SCIENCE FICTION

Herausgegeben
von Wolfgang Jeschke

Von Michael Moorcock erschienen außerdem in der Reihe
HEYNE SCIENCE FICTION & FANTASY:

Miß Brunners letztes Programm (06/3348)
INRI oder: Die Reise mit der Zeitmaschine (06/3399)
Die Zeitmenagerie (06/3492)
Gloriana oder die unerfüllte Königin (06/3808)

ELRIC-ZYKLUS:

Elric von Melniboné (06/3643)
Die See des Schicksals (06/3657)
Der Zauber des weißen Wolfs (06/3692)
Der verzauberte Turm (06/3727)
Im Banne des schwarzen Schwertes (06/3753)
Sturmbringer (06/3782)
Elric von Melniboné. Die Sage vom Ende der Zeit
(6 Romane in einem Band; 06/4101)

DIE ABENTEUER CAPTAIN OSWALD BASTABLES
(DER ZEITNOMADEN-ZYKLUS):

Der Herr der Lüfte (06/3876)
Der Land-Leviathan (06/3903)
Der Stahlzar (06/4122)

Die Kriegsmeute (06/4194)

Liebe Leser,

um Rückfragen zu vermeiden und Ihnen Enttäuschungen zu ersparen: Bei dieser Titelliste handelt es sich um eine Bibliographie und NICHT UM EIN VERZEICHNIS LIEFERBARER BÜCHER. Es ist leider unmöglich, alle Titel ständig lieferbar zu halten. Bitte fordern Sie bei Ihrer Buchhandlung oder beim Verlag ein Verzeichnis der lieferbaren Heyne-Bücher an. Wir bitten Sie um Verständnis.

Wilhelm Heyne Verlag GmbH & Co. KG, Türkenstr. 5–7, Postfach 201204, 8000 München 2, Abteilung Vertrieb

MICHAEL MOORCOCK

DIE KRIEGSMEUTE

Fantasy Roman

Deutsche Erstveröffentlichung

WILHELM HEYNE VERLAG
MÜNCHEN

HEYNE SCIENCE FICTION & FANTASY
Band 06/4194

Titel der englischen Originalausgabe
THE WAR HOUND AND THE WORLD'S PAIN
Deutsche Übersetzung von Peter Indermaur
Das Umschlagbild schuf Glyn Wyles
Die Illustrationen im Text sind von Giuseppe Mangoni

Redaktion: Rainer Michael Rahn
Copyright © 1981 by Michael Moorcock
Copyright © 1985 der deutschen Übersetzung
by Wilhelm Heyne Verlag GmbH & Co. KG, München
Printed in Germany 1985
Umschlaggestaltung: Atelier Ingrid Schütz, München
Satz: Schaber, Wels
Druck und Bindung: Elsnerdruck GmbH, Berlin

ISBN 3-453-31166-3

*Für Dr. A. C. Papadakis,
Valerie, Amanda, Charles Pitt
und all jene,
die dazu beigetragen haben,
daß dieses Buch geschrieben
werden konnte.*

Hiemit legt Graf Ulrich von Bek, vormals Befehlshaber der Infanterie, wahrheitsgetreu Zeugnis ab, niedergeschrieben im Jahre des Herrn 1680 von Bruder Olivier aus dem Kloster zu Renschel während der Monate Mai und Juni, als der genannte Edelmann im Krankenbette lag.

(Dieses Manuskript war bis jetzt in der Krypta des Klosters in einer Wand eingemauert. Es kam bei Rekonstruktionsarbeiten an dem Gebäude zum Vorschein, das während des zweiten Weltkrieges beträchtliche Schäden erlitten hatte. Aus Familienbesitz gelangte es in die Hände des Verlegers und erscheint hier zum erstenmal in einer modernen Übersetzung. Fast die ganze ursprüngliche Übersetzung war das Werk von Prinz Lobkowitz; der vorliegende englische Text ist größtenteils das Werk von Michael Moorcock.)

KAPITEL I

Es war in jenem Jahr, als die grausame Mode nicht nur die Kreuzigung von Bauernkindern, sondern auch ein ähnliches Schicksal für ihre Lieblingstiere gebot, daß ich Luzifer zum ersten Mal begegnete und in die Hölle gesandt wurde; denn der Fürst der Finsternis wünschte, einen Handel mit mir abzuschließen.

Bis zum Mai 1631 hatte ich eine irreguläre Infanterietruppe befehligt, hauptsächlich Polen, Schweden und Schotten. Wir hatten uns an der Zerstörung und Plünderung der Stadt Magdeburg beteiligt, wobei wir irgendwie ins Heer der katholischen Streitkräfte unter Graf Johann Tzerclaes Tilly gerieten. Vom Wind verbreitetes Schießpulver hatte die Stadt in ein riesiges Pulverfaß verwandelt, sie flog auf einmal in die Luft, und wir wurden mit wenig Beute als Belohnung für unsere harte Arbeit vertrieben.

Meine Männer, enttäuscht und kampflustig, waren erschöpft von dem Geschäft des Vergewaltigens und Abschlachtens; sie schimpften darüber, was für jämmerliches Zeug sie aus den brennenden Häusern hatten wegschleppen können, und beschlossen, sich von Tillys Heer abzusetzen. Seine Armee, Opfer des Hochmuts zerstrittener Verbündeter, war an schlechter Verpflegung und Ausrüstung nicht zu überbieten. Es war eine Erleichterung, sie hinter uns zu lassen. Wir zogen nach Süden in die Ausläufer des Harzgebirges, wo wir rasten wollten. Als mir augenscheinlich geworden war, daß einige meiner Leute sich die Pest zugezogen hatten, hielt ich es für weise, eines Nachts leise mein Pferd zu satteln und meine Reise allein fortzusetzen, wobei ich alle Lebensmittel mit mir nahm.

Aber auch, nachdem ich meine Männer im Stich gelassen hatte, war ich längst nicht befreit von Tod und Verwüstung. Die Welt lag im Todeskampf und schrie vor Schmerz.

Bis zum Mittag war ich an sieben Galgen vorbeigekommen, an denen Männer und Frauen gehenkt worden waren, und an vier Rädern, auf denen drei Männer und ein Knabe mit zerschlagenen Gliedern geflochten waren. Ich kam an den Überresten eines Pfahls vorbei, an dem ein armer Teufel (Hexe oder Ketzer) verbrannt worden war: gebleichte Knochen starrten durch verkohltes Holz und Fleisch.

Kein Feld war unberührt von Feuer; jeder Wald stank von Verwesung. Eine dicke Rußschicht lag auf der Straße, Ruß von dem schwarzen Rauch, der unaufhörlich aufstieg von ungezählten brennenden Leichnamen, von geplünderten Dörfern, von Burgen, zerstört durch Beschießung und Belagerung, und nachts war mein Weg oft beleuchtet von dem Feuer brennender Klöster und Abteien. Die Tage waren schwarz und grau, ob auch die Sonne schien oder nicht; die Nächte waren rot wie Blut und weiß von einem leichenblassen Mond. Alles war tot oder am Sterben; alles war Verzweiflung.

Das Leben wich aus Deutschland und vielleicht aus der ganzen Welt; ich sah nur Leichen. Einmal bemerkte ich ein zerlumptes Wesen, das sich auf der Straße vor mir bewegte, es flatterte und zappelte wie eine verwundete Krähe, aber die alte Frau war schon tot, bevor ich sie erreicht hatte.

Auf den Schlachtfeldern waren selbst die Raben auf den Überresten ihres Leichenschmauses tot liegen geblieben, Stücke verwesten Fleisches noch im Schnabel. Ihre Augen starrten teilnahmslos in die namenlose Leere, weder Himmel noch Hölle noch Vorhölle (wo doch immerhin noch ein bißchen Hoffnung wäre).

Ich begann zu glauben, daß mein Pferd und ich die einzigen Wesen seien, denen es durch eine Laune Unseres Herrn erlaubt war, als Zeugen des Schicksals Seiner Schöpfung am Leben zu bleiben.

Wenn es die Absicht Gottes war, seine Welt zu zerstören, wie es schien, dann hatte ich mich sehr gern in Seinen Willen ergeben.

Ich war darin geübt, mit Leichtigkeit zu töten, mit Gewandtheit, mit verschlagener Tüchtigkeit und ohne jede Zweideutigkeit. Meine Hinterlist war immer plötzlich und entscheidend. Wenn es um Reichtum und Geständnisse ging, beherrschte ich die Kunst der leidenschaftslosen Folter. Ich wußte, wie man Schrecken einjagt, um meine Ziele zu erreichen, ob es nun um fleischliche Bedürfnisse ging oder um strategische Zwecke.

Ich verstand es, ein Opfer so sanft zu beruhigen, wie irgendein Schlächter ein Lamm beruhigt. Ich war ein glänzender Korn- und Viehdieb geworden, damit meine Soldaten zu essen hatten und mir so lange wie möglich ergeben blieben.

Ich war der Inbegriff eines guten Söldnerhauptmanns; ein Glücksritter, den man beneidete und dem man nacheiferte; einer, der jede Gefahr überstand, sei es den Kampf, die Pest oder die Pocken, denn längst hatte ich die Dinge genommen, wie sie waren, und hatte aufgehört, zu fragen und zu klagen.

Ich war Hauptmann Ulrich von Bek, und man dachte, daß das Glück mir hold sei.

Die Rüstung, die ich trug, Helm, Brustpanzer, Beinschienen und Handschuhe, gehörte zum Allerbesten, ebenso die schweißgetränkte Seide meines Hemdes, das Leder meiner Stiefel und Kniehosen. Meine Waffen hatte ich mir bei den Reichsten, die ich getötet hatte, ausgelesen; Pistolen, Schwert, Dolche und Muskete, alles stammte von den besten Schmieden. Mein Pferd war groß und ausdauernd und ausgezeichnet beschlagen.

Ich hatte keine Schrammen im Gesicht, keine Narben von Krankheiten, und meine Körperhaltung, die etwas steif war, gab mir, so sagte man mir, die Erscheinung würdevoller Autorität, selbst, wenn ich die scheußlichste Zerstörung beging.

Die Leute fanden in mir einen guten Befehlshaber und dienten gern unter mir. Ich hatte eine gewisse Berühmtheit erlangt und trug einen Spitznamen, der gelegentlich gebraucht wurde: *Kriegshund*.

Man sagte, ich sei für den Krieg geboren. Mich belustigten solche Meinungen.

Mein Geburtsort war Bek. Ich war der Sohn eines frommen Edelmanns, der seiner guten Werke wegen geliebt wurde. Er kümmerte sich um seine Pächter und seine Güter. Er achtete Gott und die hohen Herren. Er war gelehrt nach den Begriffen jener Zeit, wenn nicht gar im Sinne der Griechen und Römer, und war durch innere Auseinandersetzung, durch verstandesmäßige Untersuchung und durch Gespräche mit andern zum lutherischen Glauben gelangt. Selbst bei den Katholiken war er bekannt für seine Freundlichkeit, und einmal hatte er einen Juden davor bewahrt, auf dem Stadtplatz gesteinigt zu werden. Er war tolerant gegenüber fast jedem Geschöpf.

Als meine Mutter nach der Geburt meiner jüngsten Schwester (ich war der einzige Sohn) noch recht jung starb, betete er für ihre Seele und wartete geduldig darauf, mit ihr im Himmel vereinigt zu werden. In der Zwischenzeit befolgte er Gottes Willen, wie er es sah, und sorgte sich um die Armen und Schwachen; er hielt sie von Versuchungen ab, welche die unwissenden Seelen nur auf den Weg des Teufels geführt hätten, und sorgte dafür, daß ich von Geistlichen und Laienlehrern die bestmögliche Erziehung erhielt.

Ich lernte musizieren und tanzen, fechten und reiten ebenso wie Lateinisch und Griechisch. Ich war bewandert in der Heiligen Schrift und den Bibelkommentaren. Man hielt mich für gutaussehend, männlich und gottesfürchtig, und jedermann in Bek liebte mich.

Bis 1625 war ich ein ernsthafter Gelehrter und überzeugter Protestant gewesen, der sich (außer Gebeten für unsere Sache) wenig für die verschiedenen Kriege und Schlachten im Norden interessierte.

Allmählich aber, als die Auseinandersetzungen kritischer zu werden schienen, entschied ich mich, Gott und meinem Gewissen, so gut ich konnte, zu gehorchen.

Meinem Glauben folgend, hatte ich eine Infanteriekompanie zusammengestellt und war aufgebrochen, um im

Heer König Christians von Dänemark zu dienen, der versprochen hatte, den böhmischen Protestanten zu helfen.

Nach König Christians Niederlage diente ich einer ganzen Reihe von Herren und Zwecken, keineswegs alle protestantisch, und ein guter Teil auch weit davon entfernt, christlich zu sein. Ich hatte auch einiges von Frankreich, Schweden, Böhmen, Österreich, Polen, Rußland, Mähren, den Niederlanden und Spanien und natürlich fast alle deutschen Lande gesehen.

Ich hatte mir ein tiefes Mißtrauen gegenüber Idealismus angeeignet, war voll von Verachtung für jede Art unvernünftigen Glaubens, und hatte eine ganze Anzahl schlagender Beweise für die angeborene Boshaftigkeit, Tücke und Scheinheiligkeit meiner Mitmenschen herausgefunden, ob es nun Päpste, Prinzen, Propheten oder Bauern waren.

Ich war in dem Glauben erzogen worden, daß einem gegebenen Wort die Tat folgen mußte. Meine Unschuld hatte ich rasch verloren, denn ich bin keineswegs ein dummer Mann.

Bis 1626 hatte ich so fließend und mühelos lügen gelernt wie alle bedeutenden Kriegsteilnehmer, die Betrug auf Betrug begingen, um Ziele zu erreichen, die selbst ihnen sinnlos zu erscheinen begannen; denn jene, die andere gefährden, setzen sich selbst aufs Spiel und berauben sich so der Fähigkeit, irgend etwas oder irgend jemand zu schätzen. Was mich betrifft, legte ich Wert auf mein eigenes Leben und traute nur mir selbst.

Magdeburg, wenn nicht irgend etwas anderes, hätte meine Ansichten belegt: Zu der Zeit, als wir die Stadt verließen, hatten wir die meisten ihrer dreißigtausend Einwohner umgebracht. Fast alle fünftausend Überlebenden waren Frauen, und ihr Schicksal war offensichtlich.

Tilly, unentschlossen, entsetzt darüber, was er in seinem Wahnsinn angerichtet hatte, erlaubte katholischen Priestern, den Versuch zu unternehmen, die Frauen mit den Männern, die sie mit Gewalt genommen hatten, zu verheiraten, aber die Priester und ihre Bemühungen wurden nur verhöhnt.

Die Lebensmittel, die wir uns zu ergattern erhofft hatten, waren in der Stadt verbrannt. Alles, was sich retten ließ, war Wein gewesen, und so schütteten unsere Männer den Inhalt der Fässer in ihre leeren Bäuche.

Was sie nüchtern begonnen hatten, vervollständigten sie betrunken. Magdeburg wurde zu einem gefolterten Geist, der die wenigen verfolgte, die im Unterschied zu mir noch ein Gewissen hatten.

Unter unsern Soldaten ging das Gerücht um, Falkenburg, der fanatische Protestant, hätte die Stadt absichtlich verbrennen lassen, damit sie nicht von den Katholiken genommen werden konnte, aber für die Sterbenden und Leidenden spielte das keine Rolle. In den darauf folgenden Jahren sollten Protestanten katholischen Truppen, die um Unterkunft baten, ›Magdeburger Gnade‹ anbieten und sie auf der Stelle umbringen. Jene, die glaubten, daß Falkenburg der Urheber des Feuers sei, ließen ihn oft hochleben und nannten Magdeburg die ›protestantische Lucretia‹, die sich das Leben nahm, um ihre Ehre zu retten. Für mich war das alles Wahnsinn; am besten man vergaß es.

Bald waren Magdeburg und meine Männer Tage hinter mir. Rauchgestank und Pest blieben mir gegenwärtig, bis ich die Berge hinter mir gelassen und die Eichenhaine der nördlichen Ausläufer des großen Thüringer Waldes betreten hatte.

Hier herrschte etwas Friede. Es war Frühling, die Blätter waren grün, und ihr Duft verdrängte nach und nach den Blutgeruch der Schlacht.

Dennoch begleiteten mich die Bilder von Tod und Chaos. Die Stille des Waldes schien mir künstlich. Ich vermutete Hinterhalte.

Ich konnte mich nicht entspannen, weil ich dachte, die Bäume könnten Räuber verbergen oder im Boden könnten versteckte Fallgruben sein. Wenige Vögel sangen; ich sah keine Tiere.

Die Stimmung ließ mich denken, daß das Verderben auch diesen Ort so ungehindert heimgesucht hatte wie irgendeinen andern. Aber ich war schon dankbar für irgendeine Art von Ruhe, und nachdem sich während zwei Tagen keine Gefahr gezeigt hatte, merkte ich, daß ich für ein paar Stunden recht behaglich schlafen konnte, daß ich mit einigem Vergnügen essen konnte und dabei frisches Quellwasser trank, das mir schon seltsam vorkam, weil es nicht nach Leichen schmeckte, welche zum Beispiel die Elbe von Ufer zu Ufer verstopften.

Es fiel mir auf, daß ich, je tiefer ich in den Wald eindrang, immer weniger Leben bemerkte.

Die Stille fing an, mich zu bedrücken; ich war dankbar für die Geräusche meiner eigenen Bewegungen, den Schlag der Pferdehufe, den gelegentlichen Luftzug, der die Blätter der Bäume streifte, so daß die Bäume sich leicht bewegten und etwas weniger wie gefrorene Riesen erschienen, die mich ungerührt von der Gefahr, die mir bevorstand, beobachteten.

Es war warm, und ich hatte mehr als einmal Lust, Helm und Brustpanzer abzulegen, behielt sie aber doch an, und schlief auch in meiner Rüstung wie ich es gewohnt war, das gezogene Schwert griffbereit.

Ich begann zu glauben, daß dies mitnichten ein Paradies war, sondern eher ein Niemandsland zwischen Erde und Hölle.

Ich war nie abergläubig gewesen und teilte die vernünftigen Ansichten über das Universum mit unseren modernen Alchimisten, Anatomen, Ärzten und Astrologen; meine Ängste erklärte ich mir nicht durch Begriffe wie Geister, Dämonen, Juden oder Hexen; aber für dieses Nichtvorhandensein von Leben konnte ich keine Erklärung finden.

Keine Armee war in der Nähe, die das Wild vor sich her trieb. Es gab hier keine großen Tiere. Es gab nicht einmal Jäger. Ich hatte nicht ein einziges Anzeichen menschlicher Gegenwart entdeckt.

Der Wald schien unversehrt und unberührt seit Anbeginn der Zeit. Nichts war vergiftet. Ich hatte Beeren gegessen und Wasser getrunken. Das Unterholz war üppig und gesund, ebenso wie die Bäume und Sträucher. Ich hatte Pilze und Trüffeln gegessen; meinem Pferd bekam das gute Gras wohl.

Durch die Baumkronen hindurch sah ich deutlich den blauen Himmel; Sonnenlicht fiel warm auf die Lichtungen. Aber kein Insekt tanzte in den Strahlen; keine Biene krabbelte auf den Blättern der Wildblumen; nicht einmal ein Wurm krümmte sich zwischen den Wurzeln, obwohl die Erde dunkel war und nach Fruchtbarkeit roch.

Mir wollte scheinen, daß dies vielleicht ein Teil des Erdenrunds war, den Gott noch nicht bevölkert hatte, irgendein vergessener Winkel, der übersehen worden war während der letzten Tage der Schöpfung. War ich ein wandernder Adam, hergekommen, um seine Eva zu finden und das Menschengeschlecht neu zu begründen? Hatte Gott, hoffnungslos angesichts der Unfähigkeit der Menschheit, auch nur einen klaren Gedanken über Seine Absicht zu bewahren, beschlossen, Seine ersten Versuche auszulöschen? Aber ich konnte nur den Schluß ziehen, daß irgendeine Naturkatastrophe das Tierleben vertrieben hatte, sei es Hunger oder Krankheit, und daß es nicht wieder zurückgekehrt war.

Man kann sich vorstellen, daß es für mich schwierig war, an dieser Begründung festzuhalten, als ich eines Nachmittags aus dem Wald herausgelangte und vor mir einen grünen blumenüberwachsenen Hügel sah, der gekrönt war von dem schönsten Schloß, das mir je vor Augen gekommen war: ein Kunstwerk feiner Steinmetzarbeit in weichem Lichtbraun, Weiß und Gelb, mit spitzzulaufenden Türmen und zierenden Zinnen. Mir schien, als ob dieses Schloß der Mittelpunkt der Stille sei, und als ob der Einfluß dieser Stille meilenweit ausstrahlte, um das Schloß zu beschützen, wie etwa eine Nonne sich mit kalter Reinheit und gleichgültigem Vertrauen selbst schützt. Doch es war verrückt – ich wußte es –, so etwas zu denken.

Wie konnte ein Gebäude Stille beanspruchen, so sehr, daß nicht einmal eine Mücke es wagen würde, diese Stille zu stören?

Meine erste Regung war, dem Schloß auszuweichen, aber Hochmut überkam mich. Ich weigerte mich zu glauben, daß da wirklich etwas mysteriös sein könnte.

Hügelan, zwischen Böschungen hindurch, die mit Blumen und wohlduftenden Büschen bestanden waren, wand sich ein breiter steiniger Weg; die Böschungen gingen allmählich über in terrassierte Gärten mit Balustraden, Statuen und streng angeordneten Blumenbeeten.

Das war ein friedvoller, für einen kultivierten Geschmack angelegter Ort, der nichts vom Krieg widerspiegelte. Als ich den Pfad hinanritt, rief ich von Zeit zu Zeit einen Gruß, bat um Unterkunft und nannte meinen Namen, wie es die allgemein verbindliche Sitte verlangte; aber niemand antwortete. Buntglasfenster glitzerten wie die Augen harmloser Eidechsen, aber ich sah kein menschliches Auge und hörte keine Stimme.

Schließlich erreichte ich die offenen Tore der äußeren Schloßmauer und ritt unter einem Fallgitter hindurch in einen schönen Hof, der von alten Bäumen, Kletterpflanzen und einem Ziehbrunnen in der Mitte beherrscht war. Um diesen Hof lagen die Räume jener, die üblicherweise hier lebten, aber es wurde mir klar, daß keine Menschenseele da war.

Ich stieg ab, zog einen Eimer Wasser aus dem Brunnen, um mein Pferd zu tränken, das ich lose festgebunden hatte. Dann ging ich die Stufen zum Hauptportal hinauf, erfaßte den eisernen Griff und öffnete es.

Es war kühl und frisch im Innern.

Die Schatten hatten nichts Unheimliches an sich, als ich weitere Stufen hochstieg und einen Raum betrat, der mit alten Truhen und Wandteppichen ausgestattet war. Weiter gab es einfach die üblichen Wohnräume eines reichen Edelmannes von Geschmack. Ich machte die Runde durch alle Räume in allen drei Stockwerken.

Nichts war in Unordnung. Die Bücher und Manuskripte in der Bibliothek waren in bestem Zustand. In den Vorratskammern waren geräuchertes und getrocknetes Fleisch,

eingemachte Früchte und Gemüse, in den Kellern gab es
Bier in Fässern und Wein in Krügen.

Es sah so aus, als hätten die Bewohner das Schloß verlassen in der Absicht, bald wieder zurückzukommen. Es gab nicht das geringste Anzeichen von Verfall. Aber es war bemerkenswert, daß es auch hier, wie im Walde, nicht die geringste Spur von kleinen Tieren wie Ratten und Mäusen gab, welche man üblicherweise hätte bemerken müssen.

Ziemlich vorsichtig naschte ich in der Vorratskammer des Schlosses; ich fand es ausgezeichnet. Dennoch wartete ich eine Weile zu, bevor ich mir ein Mahl bereitete, um zu sehen, wie mein Magen reagierte.

Ich spähte durch die Fenster, die auf dieser Seite mit grünen durchsichtigen Scheiben verglast waren, und sah, daß mein Pferd wohlauf war. Das Wasser aus dem Ziehbrunnen war nicht vergiftet.

Ich stieg in einem der Türme bis zuoberst hinauf und stieß eine kleine Holztür auf, die auf die Zinnen führte. In Töpfen gediehen hier Blumen, Gemüse und Kräuter, die ihren Duft verströmten.

Die Baumkronen unter mir waren wie die sanften Wellen einer grünen und frostigen See. Von hier aus konnte ich das Land meilenweit überblicken; ich sah kein Anzeichen von Gefahr, was mich erleichterte.

Die Wäsche trug weder Kennworte noch Zeichen, die Kleider (von denen es eine Menge gab, für jedes Alter und für beide Geschlechter) waren von guter Qualität, aber nicht gekennzeichnet. Ich kehrte in die Küche zurück, entfachte ein Feuer und begann Wasser zu kochen, damit ich baden und dann von den bequemeren Kleidungsstücken aus den Truhen Gebrauch machen konnte.

Ich war zu dem Schluß gekommen, daß dies möglicherweise der Sommersitz eines reichen katholischen Fürsten war, der die Gefahren einer Reise von seinem Hauptsitz bis hierher nicht auf sich nehmen wollte oder keine Zeit für eine Rast hatte.

Ich beglückwünschte mich zu dem Schicksal, das es so

gut mit mir gemeint hatte. Ich spielte mit dem Gedanken, mir das Schloß unverfroren zu eigen zu machen, Diener zu finden, eine Frau oder auch zwei Frauen, um mir Gesellschaft zu leisten und mit mir eines der großen bequemen Betten zu teilen, die ich bereits geprüft hatte. Aber wie würde ich, ohne die Möglichkeit zu plündern, den Ort unterhalten?

Es war augenscheinlich, daß es in der Nähe keine Gehöfte, keine Mühlen und keine Dörfer gab; also gab es weder Pachtgelder noch Vorräte. Das Alter des Schlosses war schwierig abzuschätzen, und Straßen, die darauf zuführten, waren kaum auszumachen.

Der Besitzer hatte vielleicht zuerst den ruhigen Wald entdeckt und das Schloß im Geheimen bauen lassen. Ein sehr reicher Aristokrat, dem viel an Ungestörtheit lag, mochte das zustande bringen. Ich konnte mir vorstellen, daß auch ich so etwas in Betracht ziehen könnte. Aber ich war nicht reich. Das Schloß war ein ausgezeichneter Ausgangspunkt für Raubzüge. Es ließ sich verteidigen, auch wenn es entdeckt wurde.

Das Schloß, so schien mir, hätte aber auch von einem alten Raubritter errichtet werden können zu jener Zeit, als die deutschen Lande von kleinen Kriegsherren beherrscht wurden, die sich gegenseitig und die Bevölkerung ausplünderten.

An diesem Abend zündete ich viele Kerzen an; ich saß in der Bibliothek, ich trug frische Wäsche und trank einen guten Wein, während ich eine Abhandlung über Astronomie las, die ein Schüler Keplers verfaßt hatte, und dachte über meine zunehmende Meinungsverschiedenheit mit Luther nach, der die Vernunft als größten Feind des Glaubens und der Reinheit seiner Religion gehalten hatte. Er hatte die Vernunft als Dirne betrachtet, die bereit ist, jedermanns Wünschen gefügig zu sein, aber das offenbarte bloß sein Mißtrauen gegenüber der Logik. Ich war so weit, daß ich in ihm den Verrückten sah, als den ihn die Katholiken beschrieben. Die meisten verrückten Leute sehen in der Logik eine Gefahr für den Traum, den sie leben möchten, eine Gefahr für ihre Bemühungen, diesen Traum zu verwirklichen (gewöhnlich durch Gewalt, durch Drohungen, durch Hinterlist und durch Blutvergießen). Deshalb werden Leute von Vernunft so oft als erste von Tyrannen umgebracht oder vertrieben.

Jenem, der die Welt genau untersucht, statt ihr irgend etwas vorzumachen, drohen von seinen Mitmenschen die meisten Gefahren, auch wenn er sich ihnen gegenüber noch so passiv und duldsam verhält. Wenn man in dieser Welt Trost finden wollte – so hatte es mir schon oft geschienen – mußte man auch bereit sein, wenigstens eine oder zwei große Lügen hinzunehmen. Ein Beichtvater verlangt ein gerütteltes Maß an Glauben, bevor er einem helfen wird.

Ich ging früh zu Bett, nachdem ich mein Pferd mit Hafer aus der Kornkammer gefüttert hatte, und schlief friedlich; denn vorsichtig, wie ich war, hatte ich das Fallgitter niedergelassen und wußte somit, daß ich aufwachen würde, falls jemand versuchen sollte, nachts in das Schloß einzudringen.

Mein Schlaf war traumlos, und dennoch hatte ich beim Aufwachen Eindrücke von Gold und Weiß, von Land ohne Horizont, ohne Sonne und Mond. Es war wieder ein warmer heller Tag. Alles, was ich mir wünschte, um meinen Seelenfrieden zu vervollständigen, war ein wenig Vogelgezwitscher, aber ich mußte mir selber etwas vorpfeifen, als ich in die Küche hinunterging, wo ich mir aus eingelegtem Hering und Käse ein Frühstück machte und es mit wäßrigem Bier hinunterspülte.

Ich hatte mich entschlossen, so viel Zeit wie möglich in dem Schloß zu verbringen, um mich zu sammeln und mich zu erholen, und dann meine Reise fortzusetzen, bis ich einen geeigneten Herren fand, der mich in dem Gewerbe, das ich mir zu eigen gemacht hatte, beschäftigen würde. Ich hatte längst gelernt, mich mit meiner eigenen Gesellschaft zu begnügen und spürte so nichts von der Einsamkeit, die andern zu schaffen gemacht hätte.

Es war Abend, und ich übte auf den Zinnen, als ich einige

Meilen entfernt die Anzeichen einer Auseinandersetzung wahrnahm. Dort stand der Wald in Flammen – oder vielleicht brannte ein Weiler. Ich konnte sehen, wie das Feuer sich ausbreitete, aber der Wind trug den Rauch nicht in meine Richtung.

Bei Sonnenuntergang sah ich ein schwaches rotes Glühen, aber ich konnte zu Bett gehen und wieder ruhig schlafen, denn kein Reiter hätte das Schloß vor dem Morgen erreichen können.

Kurz nach Sonnenaufgang erhob ich mich und ging sofort auf die Zinnen.

Das Feuer war am Erlöschen, schien es. Ich aß und las dann bis zum Mittag.

Ein weiterer Besuch auf den Zinnen zeigte mir, daß das Feuer sich wieder ausgebreitet hatte, was darauf hinwies, daß ein Heer von beträchtlicher Größe in meiner Richtung unterwegs war. In weniger als einer Stunde könnte ich marschbereit sein, und ich hatte den Kniff gelernt, auf nichts anderes als wirkliche und unmittelbare Gefahr zu reagieren. Es bestand noch immer die Möglichkeit, daß das Heer abdrehen würde, bevor das Schloß gesichtet worden war.

Drei Tage lang beobachtete ich, wie das Heer näher und näher kam, bis ich es durch eine Bresche in den Bäumen, die ein breiter Fluß geschaffen hatte, sehen konnte.

Es hatte sich auf beiden Ufern niedergelassen; ich kannte mich bei derartigen Truppenverbänden genügend aus, um festzustellen, daß es sich im üblichen Verhältnis zusammensetzte: mindestens fünf Mitläufer auf einen Soldaten.

Frauen, Kinder und Bedienstete jeder Art bemühten sich, den Kriegern zu dienen. Das waren Leute, die aus dem einen oder andern Grund ihr Heim verloren hatten und bei den Soldaten größere Sicherheit als anderswo fanden – und die es vorzogen, sich dem Angreifer anzuschließen statt Opfer zu sein.

Etwa hundert Pferde waren dabei, aber der Hauptharst war Fußvolk, gekleidet in Trachten und Uniformen von zwanzig Ländern und Fürsten. Man hätte unmöglich erkennen können, auf welcher – wenn überhaupt einer – Seite diese Truppen standen, weshalb man ihnen wohl besser auswich, besonders auch, da sie den Eindruck erweckten, vor kurzem eine Niederlage erlitten zu haben.

Am nächsten Tag sah ich, wie sich Vorreiter dem Schloß näherten und plötzlich, mir nichts, dir nichts, ihre Pferde wendeten. Der Tracht und den Waffen nach zu schließen waren die Reiter Deutsche, und es wollte mir scheinen, daß ihnen das Schloß bekannt war und sie es vorzogen, einen Bogen darum zu machen.

Falls irgendein Aberglaube sie fernhielt und mir damit meinen Frieden ließ, würde ich mich gern damit zufrieden geben, sie in ihren Ängsten zu belassen. Jedenfalls nahm ich mir vor, so lange auf der Hut zu bleiben, bis ich sicher war, nicht belästigt zu werden. Inzwischen führte ich meine Nachforschungen im Schloß weiter.

Das ängstliche Verhalten der Reiter hatte mich noch neugieriger gemacht. Aber so sehr ich mich auch bemühte, ich fand nichts, das etwas über den Besitzer des Schlosses ausgesagt hätte, nicht einmal den Namen der Familie, die es erbaut hatte. Daß die Besitzer vermögend waren, offenbarten die zahlreichen kostbaren Wandbehänge aus Seide und Wolle, die Bilder und die Wandteppiche, das Gold und das Silber und die gemalten Fenster.

Ich suchte nach einer Gruft, wo Vorfahren begraben hätten sein können, aber ich fand keine.

Ich kam zum Schluß, daß mein erster Eindruck höchstwahrscheinlich richtig war: Dies war der Zufluchtsort eines reichen Fürsten. Möglicherweise ein privater Zufluchtsort, wo er nicht unter seinem richtigen Namen bekannt sein wollte. Wenn der Besitzer seine Identität in geheimnisvolles Dunkel hüllte, war es durchaus möglich, daß er in dieser Gegend für mächtig und sogar für ein übernatürliches Wesen gehalten wurde, was erklärte, warum das Schloß in Ruhe gelassen wurde. Ich dachte an die legendäre Gestalt des Johannes Faust und an andere Zauberer des vergangenen unsicheren Jahrhunderts.

Nach zwei Tagen war das Heer abgezogen, und ich war wieder allein.

Ich begann mich mehr und mehr zu langweilen, nachdem ich das meiste von dem, was mich in der Bibliothek interessierte, gelesen hatte, ich hungerte nach frischem Fleisch und Brot ebensosehr, wie ich die Gesellschaft einer freundlichen Bauerndirne vermißte, einer von der Art, wie ich sie bei den Truppen gesehen hatte. Aber ich blieb für den besseren Teil einer weiteren Woche, schlief die meiste Zeit, um meine körperlichen Kräfte wiederherzustellen ebenso wie meine Urteilsfähigkeit.

Alles, worauf ich mich freute, waren eine lange Reise, die Rekrutierung einer neuen Truppe und dann die Suche nach einem neuen Herrn für meine Dienste.

Ich zog die Rückkehr nach Bek in Betracht, aber ich wußte, daß ich mich nicht mehr eignete für jene Art Leben, die dort gelebt wurde. Für meinen Vater wäre ich nur eine Enttäuschung gewesen. Schon vor langem hatte ich mir geschworen, nur dann nach Bek zurückzukehren, wenn er im Sterben lag oder tot war. Ich wollte ihn in dem Glauben lassen, daß ich ein edler christlicher Soldat sei, der der Sache des von ihm geliebten Glaubens diente.

In der Nacht vor meiner geplanten Abreise begann ich etwas von Bewegung in dem Schloß zu spüren, als ob der Ort lebendig werden wollte.

Um dem Anflug von Schrecken, der mich überkommen hatte, Herr zu werden, nahm ich eine Lampe und durchsuchte das Schloß einmal mehr von einem Ende zum andern, von oben nach unten, und fand nichts Ungewöhnliches. Ich war aber um so entschlossener, am nächsten Morgen aufzubrechen.

Wie üblich erhob ich mich bei Sonnenaufgang und holte mein Pferd aus dem Stall. Sein Zustand war jetzt bedeutend besser als bei unserer Ankunft. Ich hatte das Fallgitter hochgezogen und packte gerade Lebensmittel in die Satteltaschen, als ich ein Geräusch von draußen hörte, eine Art Knirschen und Schlurfen.

Ich ging zum Tor und war überrascht über den Anblick, der sich mir bot. Hügelan näherte sich eine Prozession in meiner Richtung. Erst dachte ich, der Besitzer des Schlosses komme zurück. Es war mir zuvor nie eingefallen, daß er nicht ein weltlicher Fürst sein könnte, sondern ein hoher Geistlicher.

Die Prozession wirkte irgendwie wie ein Kloster auf dem Marsch. An der Spitze kamen sechs gut bewaffnete Reiter, die Spieße schräg in die Steigbügel gestellt, die Gesichter von schwarzen Eisenhelmen verborgen, dahinter kamen etwa vierzig Mönche in dunklen Kutten; sie zogen an Seilen eine Kutsche, die für gewöhnlich von Pferden gezogen wurde. Ein weiteres Dutzend Mönche schritt hinter der Kutsche, gefolgt von sechs Reitern, die wie die ersten aussahen.

Die Kutsche war aus unbestimmbarem unbemalten Holz, das im Licht leicht schimmerte. Sie trug kein Wappen, nicht einmal ein Kreuz; die Fenster waren verhängt.

Die Insignien der Reiter schienen mir päpstlich zu sein, ich mußte mich also vorsichtig verhalten, wollte ich eine Auseinandersetzung vermeiden.

Ich verlor keine Zeit. Ich stieg auf und ritt den Hügel hinab. Ich wünschte mir, daß der Abhang hier weniger steil gewesen wäre, damit ich nicht der Straße hätte folgen müssen. Es war jedoch unmöglich, von hier wegzukommen, ohne an dem Zug vorbeizugehen; aber ich fühlte mich doch besser außerhalb des Schlosses, wo ich immerhin eine Aussicht hatte, entrinnen zu können, sollten mir diese Mönche und Krieger feindlich gesinnt sein.

Als ich näher kam, schlug mir ihr Geruch entgegen. Sie stanken nach Verwesung. Sie trugen den Geruch faulenden Fleisches mit sich. Ich dachte, daß in der Kutsche vielleicht ein toter Kardinal lag.

Dann wurde ich gewahr, daß all diese Gestalten gleich waren. Das Fleisch schien ihnen von Gesichtern und Gliedern zu fallen. Ihre Augen waren die Augen von Leichen. Als sie mich sahen, blieben sie plötzlich stehen.

Die Reiter hielten die Spieße zum Angriff bereit.

Ich rührte nicht an meine Waffen, da ich fürchtete, sie zu reizen. Nichtsdestoweniger machte ich mich darauf gefaßt, durch sie hindurchzupreschen, falls es sich als notwendig erweisen sollte.

Einer der Reiter sprach mich mit schwerfälliger Stimme und Grausen einjagender Würde an, als ob er der Tod selber wäre und der Spieß in seiner Hand des Schnitters Sense:

»Du vergehst dich, Kamerad.«

»Du handelst widerrechtlich.«

»Verstehst du nicht, daß dir dieses Land verboten ist?«

Die Worte kamen aus seinem Mund wie eine Reihe abgehackter Sätze mit langen Pausen dazwischen, als ob der Sprecher sich die Sprache ins Gedächtnis zurückrufen müßte.

»Ich sah keine Zeichen«, sagte ich. »Ich hörte kein Wort davon. Wie sollte ich, wenn euer Land völlig menschenleer ist?«

Nichts von all dem Grauenhaften, dessen Zeuge ich schon gewesen war, hätte sich mit dieser sprechenden Leiche vergleichen lassen. Eine entnervende panische Angst stieg in mir auf, die sich kaum noch beherrschen ließ.

Er sprach wieder:

»Es wissen es ...«

»Alle. Scheint es.«

»Rette dich.«

»Ich bin fremd hier«, erklärte ich, »und suchte um die Gastfreundschaft des Schloßherrn nach. Ich habe nicht mit einem unbewohnten Ort gerechnet. Ich bedaure meine Unwissenheit. Ich habe keinen Schaden angerichtet.«

Ich war bereit, meinem Pferd die Sporen zu geben.

Ein zweiter Reiter wandte mir den eisernen Kopf zu.

Kalte Augen voll geronnenen Blutes starrten in meine.

Mein Magen krampfte sich zusammen, ich bedauerte, noch vor kurzem gefrühstückt zu haben.

Er sagte: »Wie kannst du kommen und gehen? Hast du den Vertrag gemacht?«

Ich versuchte, in vernünftigem Ton zu antworten. »Ich

kam, wie Ihr seht, hierher auf meinem Pferd. Mit dem Herrn dieses Schlosses habe ich, falls ihr das meint, keine Verbindungen.«

Ich wandte mich der Kutsche zu in der Annahme, daß der Schloßherr darin säße:

»Aber ich sage es nochmals, daß ich mein unbeabsichtigtes Vergehen bedaure. Ich habe weiter keinen Schaden angerichtet, außer ein wenig gegessen, meinem Pferd Wasser gegeben und ein oder zwei Bücher gelesen.«

»Kein Vertrag«, murmelte einer der Mönche, als sei er verwirrt.

»Kein Vertrag, er weiß es wohl«, sagte ein dritter Reiter. Und sie lachten. Es tönte grauenhaft.

»Ich bin eurem Herrn nie begegnet«, sagte ich. »Es ist unwahrscheinlich, daß ich ihn kenne.«

»Zweifellos kennt er dich.«

Ihr Gespött, ihr boshaftes Vergnügen an einem Geheimnis, das nur sie kannten, erschütterten meine Gelassenheit und machten mich ungeduldig.

Ich sagte: »Wenn man mir erlaubt, mich zu nähern und mich vorzustellen, wird man entdecken, daß ich von vornehmer Abkunft bin ...«

Ich hatte nicht eigentlich die Absicht, mit dem Insassen der Kutsche zu reden, aber wenn ich etwas weiter vorrücken konnte, würde ich Zeit und Abstand gewinnen – und mit einigem Glück konnte ich auch ohne Gebrauch meines Schwertes durchbrechen.

»Du darfst dich nicht nähern«, sagte der erste Reiter.

»Du mußt mit uns zurückkehren.«

Ich erwiderte mit falscher Höflichkeit:

»Ich habe eure Gastlichkeit zu lange genossen. Ich will sie nicht länger in Anspruch nehmen.«

Ich lächelte in mich hinein. Ich war hellwach wie immer, wenn mich die Tat herausforderte. Ich fühlte die Kaltblütigkeit in mir, die viele Berufssoldaten haben, wenn Töten zur Notwendigkeit wird.

»Du hast keine Wahl«, sagte der Reiter.

Er senkte seinen Spieß: eine Drohung.

Ich entspannte mich in meinem Sattel und versicherte mich, daß ich sicher saß.

»Ich treffe meine eigene Wahl, Herr«, sagte ich. Ich gab meinem Pferd ganz leicht die Sporen, und es trabte auf sie zu.

Das hatten sie nicht erwartet.

Sie waren gewöhnt, Schrecken einzuflößen. An Kampf, vermute ich, waren sie nicht gewöhnt.

In Sekunden hatte ich ihre Reihe durchbrochen. Kaum berührt von einem Spieß, versuchte ich jetzt, die Mönche niederzureiten.

Ich schlug auf die vermummten Männer ein. Sie wehrten sich nicht, aber gaben sich derart ängstlich alle Mühe die Seile der Kutsche nicht aus der Hand zu lassen, daß sie mir nicht aus dem Weg gehen konnten. Es schien, daß sie eher bereit waren, unter meinem Schwert zu sterben als ihre Bürde aufzugeben.

Ich war gezwungen, zu wenden und mich wieder den Reitern zu stellen.

Sie waren nicht kampferprobt, diese Leute, und ihre Bewegungen waren trotz ihrer Überheblichkeit unsicher. Wieder hatte ich den Eindruck, daß sie zögerten, als ob sie sich erst an jeden Handgriff erinnern müßten. Sie waren so unbeholfen, daß sich ihre Spieße nach ein paar Schwertstreichen verhedderten.

Ich benutzte die Masse meines Pferdes, um die dicht zusammenstehenden Mönche abzudrängen. Ihre Körper leisteten Widerstand.

Ich wendete mein Streitroß wieder.

Ich ließ es sich aufbäumen und zwei Mönche niedertrampeln.

Ich sprang erst über das eine und dann über das andere der straff gespannten Seile und strebte dem grasbewachsenen Abhang des Hügels zu, als der Reitertrupp, der den Zug beschloß, auf mich zugaloppierte, um mir den Weg abzuschneiden.

Ich hatte eine Brüstung vor mir, zu meiner Linken einige Statuen und dahinter einen jähen Abgrund.

Wieder war ich zu einem Halt gezwungen. Ich versuchte, eine Pistole herauszuziehen und zu schießen in der Hoffnung, ihre Pferde zu erschrecken. Ich dachte nicht, daß ich ihren Angriff aufhalten könnte, wenn ich einen von ihnen verletzte.

Mein Pferd bewegte sich zu rasch unter mir, bereit loszugaloppieren, wußte aber nicht in welcher Richtung. Ich zog die Zügel an und stand fest gegen das schwankende Bündel von Spießen, das ich jetzt dicht vor mir hatte.

Ein Blick zeigte mir, daß sich meine Lage verbessert hatte. Es gab Fluchtmöglichkeiten. Die Angreifer schreckten mich nicht mehr länger. Schlimmstenfalls mußte ich mit ein paar Fleischwunden für mich und eine oder zwei gezerrten Sehnen für mein Pferd rechnen.

Die Spieße rückten näher, als ich nach meiner Pistole griff.

Da kam eine helle Stimme, die belustigt klang, aus dem Kutscheninnern: »Das ist nicht nötig. Das war nicht vorgesehen. Haltet sofort ein, ihr alle. Ich verlange, daß ihr einhaltet!«

Die Reiter zogen ihre Zügel an und richteten die Spieße auf.

Ich nahm das Schwert zwischen die Zähne, zog beide Pistolen aus den Satteltaschen, spannte den Hahn und feuerte.

Eine Pistole ging los und warf einen Reiter aus dem Sattel. Die andere, die nicht gezündet hatte, mußte ich wieder spannen, aber bevor ich dazu kam, hörte ich die Stimme wieder.

Es war eine Frau. »Haltet ein!«

Sie sollte nur ihre Befehle geben. Inzwischen hätte ich Gelegenheit, mich davonzumachen. Ich steckte das Schwert in die Scheide und schaute den Hügel hinunter. Ich hatte vor, die Gesellschaft zu umgehen und dann, wenn möglich, der Straße bergab zu folgen. Das bedeutete zwar, daß ich durch die Spieße preschen mußte, aber ich glaubte, daß es mir gelingen sollte.

Ich gab mir den Anschein nachlassender Aufmerksamkeit und machte mich bereit.

Die Kutschentür öffnete sich.

Eine gutaussehende Frau von etwa dreißig Jahren mit tiefschwarzem Haar und angetan mit einem scharlachroten Samtkleid kletterte behende auf den Kutscherbock und erhob die Arme. Sie schien erregt. Ihr Benehmen und ihre Schönheit beeindruckten mich.

»Haltet ein!« schrie sie mir zu. »Wir haben es nicht böse gemeint.«

Ich grinste nur. Aber da ich jetzt einen gewissen Vorteil hatte und weder mein Leben noch mein Pferd unnötigerweise aufs Spiel setzen wollte, hielt ich inne. Die geladene Pistole hatte ich in der Hand.

»Ihre Leute haben mich angegriffen, gnädige Frau.«

»Nicht auf meinen Befehl.« Ihre Lippen paßten zu ihrem Kleid. Ihre Haut war so zart und hell wie die Spitzen, die ihr Kleid schmückten. Sie trug einen passenden Hut, über dessen breitem Rand eine weiße Straußenfeder hing.

»Ihr seid willkommen«, sagte sie. »Ich schwöre, daß es so ist. Ihr seid hervorgetreten, bevor ich mich vorstellen konnte.«

Ich war sicher, daß sie lediglich die Taktik ändern wollte. Diese Taktik zog ich vor. Ich war ausreichend vertraut damit.

Ich lächelte sie an. »Das heißt, Ihr hattet gehofft, daß eure Diener mir Schreck einjagen würden, oder nicht, gnädige Frau?«

Sie täuschte Verwirrung vor. Sie sprach mit ernster, geradezu eindringlicher Stimme: »Das dürft Ihr nicht denken. Diese Geschöpfe sind nicht geschickt. Es sind die einzigen Diener, die man mir gegeben hat.« Ihre Augen waren wunderbar. Sie setzten mich in Erstaunen. Sie sagte: »Ich bitte um Verzeihung, Herr.«

Sie ließ die Arme sinken, es war, als ob sie mich dringend

bitten möchte. Sie machte mir den Eindruck einer vermögenden Frau, doch hatte sie einen rührenden Anflug von Verzweiflung an sich. War sie vielleicht die Gefangene dieser Männer?

»Gnädige Frau, Eure Diener beunruhigen mich schon durch ihr Aussehen.«

»Sie wurden nicht von mir ausgesucht.«

»Das hoffe ich wirklich.« Ich hielt den Finger am Abzug der Pistole. »Sie wurden schon längst vom Tod ausgewählt, so wie sie aussehen.«

Sie seufzte und machte eine leichte Geste mit der rechten Hand.

»Herr, ich wäre Euch sehr verbunden, wenn Ihr einwilligen würdet, mein Gast zu sein.«

»Eure Männer haben mich schon eingeladen. Ihr werdet Euch erinnern, daß ich ablehnte.«

»Wollt Ihr mich zurückweisen? Ich bitte in aller Demut«, sagte sie.

Sie war eine gescheite Frau, und es war schon einige Jahre her, daß ich mich einer solchen Gesellschaft erfreut hatte. Aber es waren ihre Augen, die mich weiter anzogen. Sie waren klug, sie waren wissend, eine Spur von tiefer Angst lag darin, und sie waren, dachte ich, mir besonders wohlgesinnt.

Ich war ihr ausgeliefert. Ich wußte es. Ich glaube, sie wußte es. Ich begann zu lachen.

Ich verbeugte mich.

»Es ist wahr, gnädige Frau«, sagte ich, »ich kann Euch nicht zurückweisen. Langeweile, Neugier und was mir an guten Umgangsformen noch geblieben ist, zwingen mich anzunehmen. Aber vor allem seid Ihr es selbst, denn ich möchte schwören, daß ich in Euch einen verwandten Geist sehe, der ebenso vernünftig ist, wie ich es bin. Eine nicht alltägliche Verbindung, müßt Ihr das nicht auch gestehen?«

»Ich gehe damit einig. Und ich teile Eure Gefühle.«

Spöttisches Vergnügen leuchtete in den wunderbaren Augen. Ich dachte, daß auch sie in ihrem Innern lachen mochte. Mit zarter Hand strich sie das Haar aus der linken Gesichtshälfte, neigte den Kopf und schaute mich an. Eine wissende Geste, ich wußte es, und eine kokette. Diesmal grinste ich.

»Dann seid Ihr also mein Gast?« sagte sie.

»Unter einer Bedingung«, gab ich zurück.

»Und das wäre?«

»Daß Ihr mir versprecht, mich über einige Geheimnisse Eures Schlosses und seiner Umgebung aufzuklären.«

Sie hob die Augenbrauen. »Es ist ein gewöhnliches Schloß. In einer gewöhnlichen Umgebung.«

»Ihr wißt, daß dem nicht so ist.«

Mein Grinsen beantwortete sie mit einem Lächeln. »Sehr gut«, sagte sie. »Ich verspreche Euch, daß Ihr sehr bald alles verstehen werdet.«

»Ich merke mir Euer Versprechen«, sagte ich.

Ich steckte die Pistole ein und wendete mein Pferd gegen das Schloß.

Den ersten entscheidenden Schritt in die Hölle hatte ich getan.

KAPITEL II

Ich bot der Dame meinen Arm und geleitete sie durch den Hof, die Treppen hinauf und in ihr Schloß, während ihre abscheulichen Diener Pferd und Kutsche in den Stall brachten. Die Neugierde hatte mich gepackt.

Auch Begierde, erst halb bewußt, hatte mich erfaßt.

Ich sagte mir, nicht ohne ein gewisses Behagen, daß ich völlig gefangen war. Und im Augenblick kümmerte mich das nicht.

»Ich bin Ulrich von Bek, Sohn des Grafen von Bek«, sagte ich zu ihr. »Ich bin Infanterie-Hauptmann in dem gegenwärtig stattfindenden Krieg.«

Ihr Parfüm war aufregend und einlullend wie Rosen im Sommer. »Auf welcher Seite?« fragte sie.

Ich zuckte die Achseln. »Auf jener, die besser geführt und weniger zerstritten ist.«

»Ihr habt also keinen tiefen Glauben?«

»Keinen.« Ich fügte hinzu: »Ist das ungewöhnlich für Männer meines Schlags in solchen Zeiten?«

»Keineswegs. Überhaupt nicht.« Sie schien recht belustigt zu sein. Sie legte ihren Mantel ab. Sie war beinahe so groß wie ich und wunderbar gebaut. Auch wenn sie den Eindruck machte, einen starken, ja vielleicht sogar exzentrischen Willen zu besitzen, ging doch eine Sanftheit von ihr aus, die mich annehmen ließ, daß etwas sie bedrückte.

»Ich bin Sabrina«, sagte sie, erwähnte aber weder Titel noch Familienname.

»Ist das Euer Schloß, gnädige Frau?«

»Ich wohne oft hier.« Sie war nicht mitteilsam.

Es mochte sein, daß sie nur ungern über ihre Familie sprach. Oder vielleicht war sie die Geliebte des mächtigen Fürsten, den ich ursprünglich als Besitzer vermutet hatte. Vielleicht war sie hierher verbannt worden wegen eines entsetzlichen Verbrechens. Vielleicht war sie von ihrem Gatten oder von ihren Verwandten hierhergeschickt worden, um nicht mit den Wechselfällen der Liebe oder des Krieges in Berührung zu kommen. Der Anstand verbot mir Fragen zu stellen.

Sie legte ihre zarte Hand auf meinen Arm. »Ihr werdet mit mir essen, Hauptmann von Bek?«

»Es behagt mir nicht, in Gegenwart Eurer Diener zu essen, gnädige Frau.«

»Das ist auch nicht nötig. Ich selbst werde das Essen später bereiten. Sie dürfen diese Räume nicht betreten. Sie haben ihre eigenen Quartiere im hinteren Turm.«

Ich hatte die Quartiere gesehen. Für so viele Leute schienen sie mir nicht groß genug.

»Wie lange seid Ihr hier gewesen?« Sie warf einen flüchtigen Blick über die Halle, als wir eintraten.

»Eine Woche oder zwei.«

»Ihr habt gute Ordnung gehalten.«

»Ich kam nicht hierher, um zu plündern, sondern für einen befristeten Aufenthalt, gnädige Frau. Wie lange war Euer Heim unbewohnt?«

Sie machte eine unbestimmte Handbewegung. »Ach, eine kurze Weile. Warum fragt Ihr?«

»Alles war so sauber. Kein Ungeziefer. Nicht einmal Staub.«

»Ach. Wir haben nicht viel derartige Plagen.«

»Keine Feuchtigkeit. Keine Fäulnis.«

»Nichts dergleichen«, sagte sie. Meine Bemerkungen schienen sie ungeduldig zu machen.

»Ich war dankbar für das Obdach«, sagte ich, um das Thema abzuschließen.

»Nichts zu danken.« Ihre Stimme wurde etwas abweisend. »Die Soldaten haben uns aufgehalten.«

»Wie das?«

»Auf der Straße.« Sie wies mit der Hand. »Dort drüben.«

»Man hat Euch angegriffen?«

»Verfolgt, eine Zeitlang. Gejagt.« Ihr Finger suchte Staub auf einer Truhe und fand keinen. Sie schien über meine vorhergehenden Bemerkungen nachzudenken. »Natürlich fürchten sie uns. Aber es waren so viele.« Sie lächelte und ließ ihre weißen ebenmäßigen Zähne sehen. Sie sprach, als ob ich verstehen und ihre Meinung teilen würde. Als ob ich ein Vertrauter wäre.

Ich konnte nur nicken.

»Ich kann es ihnen nicht verübeln«, fuhr sie weiter. »Ich kann es keinem von ihnen verübeln.« Sie seufzte auf. Ihre dunklen Augen verschleierten sich, wurden abwesend und träumerisch. »Aber Ihr seid hier. Und das ist gut.«

Ich hätte ihr Benehmen beunruhigend finden müssen, aber zu der Zeit fand ich es bezaubernd. Sie sprach, als wäre ich erwartet worden, als wäre sie eine armselige Gastgeberin, die sich unterwegs verspätet hatte und bei ihrer Rückkehr einen vernachlässigten Gast vorfand.

Ich machte ein paar steife Komplimente über ihre Schönheit und Anmut. Sie lächelte leicht und nahm es entgegen wie jemand, der längst an solche Bemerkungen gewöhnt ist und sie vielleicht sogar als Eröffnungsgeplänkel für ein Gefühlsduell betrachtete. Ich kannte diese Art. Sie machte mich um einiges zurückhaltender und wachsamer. Sie war eine Spielerin, dachte ich, ausgebildet von einem oder mehreren Meistern in der widerwärtigen kalten Kunst der intellektuellen Koketterie. Ich fand die Frau zu interessant, als daß ich mich mit ihr auf einen Wettkampf hätte einlassen wollen, und griff wieder die Bedingung auf, die ich für die Annahme ihrer Einladung gestellt hatte.

»Ihr habt mir versprochen, mich über die Geheimnisse des Schlosses aufzuklären«, sagte ich. »Und weshalb es in dieser Gegend keine Tiere gibt.«

»Stimmt«, sagte sie. »Es gibt keine.«

»Ihr stimmt mir zu, gnädige Frau«, sagte ich freundlich, »aber Ihr habt mir nichts erklärt.«

Ihr Ton wurde eine Spur schroffer. »Ich habe Euch eine Erklärung versprochen, nicht wahr, mein Herr?«

»Das habt Ihr tatsächlich.«

»Und eine Erklärung steht bevor.«

In jenen Tagen war ich nicht der Mann, der sich mit gegenstandslosen Versicherungen abspeisen ließ. »Ich bin Soldat, gnädige Frau. Ich hatte die Absicht, um diese Zeit unterwegs nach Süden zu sein. Ihr werdet Euch erinnern, daß ich hierher zurückkehrte auf Eure Einladung hin – und wegen Eures Versprechens. Soldaten sind eine ungeduldige Menschenrasse.«

Meine Bemerkung regte sie scheinbar doch etwas auf; sie schob das lange Haar, das ihr über die Wange fiel, zurück. Ihre Worte kamen schnell und verhaspelten sich. »Keine Seele – das heißt, keine freie Seele, wie klein auch immer – kann hier leben.«

Das genügte mir nicht, auch wenn ich verblüfft war. »Ich kann Euch nicht folgen, gnädige Frau«, sagte ich betont. »Ihr drückt Euch undeutlich aus. Ich bin an Taten und an klare Tatbestände gewöhnt. Anhand der Tatbestände kann ich bestimmen, was ich zu unternehmen habe.«

»Ich will Euch nicht verwirren, Herr.« Sie flehte mich an, aber ich weigerte mich, darauf einzugehen.

Ich seufzte. »Was soll das heißen, wenn Ihr sagt, keine Seele könne hier leben?«

Sie zögerte kurz. »Nichts«, sagte sie dann, »was Gott gehört.«

»Gott? Gehört? Der Wald, sicher ...?«

»Der Wald« – sie machte eine dämpfende Geste – »liegt auf der Grenze.«

»Ich verstehe noch immer nicht.«

Sie nahm sich zusammen und gab meinen Blick zurück. »Das sollt Ihr auch nicht«, sagte sie.

»Metaphysik beeindruckt mich nicht besonders.« Ich wurde wütend. Derart abstrakte Diskussionen hatten unser gegenwärtiges Leid verursacht. »Wollt Ihr andeuten, daß einmal irgendeine Art von Pest dieses Land heimgesucht hat? Ist das der Grund, weshalb Menschen und Tiere es meiden?«

Sie gab keine Antwort.

Ich fuhr weiter: »Eure Diener jedenfalls sind krank.

Könnte es sein, daß sie an einer Seuche leiden, die es nur in dieser Gegend gibt?«

»Ihre Seelen ...«, begann sie wieder.

Ich unterbrach sie: »Die gleiche Abstraktion ...«

»Ich versuche mein Bestes«, sagte sie.

»Gnädige Frau, Ihr gebt mir keine Tatsachen.«

»Ich habe Euch Tatsachen gegeben, so wie ich sie verstehe. Es ist schwierig ...«

»Ihr sprecht in Tat und Wahrheit von einer Krankheit. Oder nicht? Ihr befürchtet, daß ich, wenn Ihr den Namen aussprecht, nervös werde, daß Ihr mich vertreiben würdet.«

»Wie Ihr meint«, sagte sie.

»Es gibt wenig, wovor ich Angst habe, obwohl ich zugeben muß, daß ich vorsichtig bin, wenn es um die Pest geht. Andrerseits habe ich Anlaß zu glauben, daß ich einer jener Glücklichen bin, die anscheinend gegen die Pest gefeit sind; deshalb müßt Ihr wissen, daß ich nicht auf der Stelle schreiend davonlaufe. Sagt es mir. Sprecht Ihr von einer Krankheit?«

»Ach«, sagte sie, als ob sie müde wäre und willens, jeder Deutung, die ich aussprach, zuzustimmen. »Es könnte sein, wie Ihr sagt.«

»Aber Ihr seid unversehrt.« Ich rückte einen Schritt näher an sie heran. »Und ich auch.«

Sie wurde still. Mußte ich annehmen, fragte ich mich, daß die Anzeichen der schrecklichen Krankheit, die ihre Diener befallen hatte, sich in uns noch nicht offenbart hatten? Ich schauderte bei dem Gedanken.

»Wie lange lebt Ihr schon in diesem Schloß?« fragte ich.

»Ich halte mich hier nur von Zeit zu Zeit auf.«

Diese Antwort ließ mich denken, daß sie vielleicht gefeit war. Falls sie gefeit war, war ich es vielleicht auch. Der Gedanke beruhigte mich.

Sie setzte sich auf ein Ruhebett. Sonnenlicht flutete durch das gemalte Fenster, das Diana auf der Jagd darstellte. Erst jetzt fiel mir auf, daß hier kein einziges christliches Zeichen vorhanden war, kein Kruzifix, kein Jesusbild, keine Heiligenbilder. Die Statuen, die Dekorationen auf Wandbehängen und Fenstern, alles war heidnisch.

»Wie alt ist dieses Schloß?« Ich stand vor dem Fenster und ließ einen Finger über die Bleifassung gleiten.

»Sehr alt, glaube ich. Wenigstens mehrere Jahrhunderte.«

»Es ist gut instand gehalten worden.«

Sie wußte, daß meine Fragen nicht ziellos oder zufällig waren. Ich wollte mehr wissen über den Besitz und die geheimnisvolle Krankheit, die ihn heimsuchte.

»Stimmt«, sagte sie.

Ich spürte eine neue Spannung. Ich wandte mich um.

Sie ging in den Raum nebenan und kam mit Wein zurück. Als sie mir den Becher reichte, bemerkte ich, daß sie keinen Ehering trug. »Ihr habt keinen Gebieter, gnädige Frau?«

»Ich habe einen Gebieter«, sagte sie und schaute mir gerade in die Augen, als ob ich sie herausgefordert hätte. Dann, als sie sah, daß meine Frage harmlos war, zuckte sie die Schultern. »Ja, ich habe einen Gebieter, Hauptmann.«

»Aber dies ist nicht Euer Familienbesitz.«

»Ach ja. Familie?« Sie begann sehr seltsam zu lächeln und beherrschte dann ihren Gesichtsausdruck. »Das Schloß gehört meinem Herrn, es gehört ihm seit vielen Jahren.«

»Aber es gehörte ihm nicht immer?«

»Nein. Er gewann es, glaube ich.«

»Kriegsbeute?«

Sie schüttelte den Kopf. »Eine Spielschuld.«

»Euer Herr ist ein Spieler, nicht wahr? Und spielt um wohl bemessene Einsätze? Beteiligt er sich an unserem Krieg?«

»O ja.« Ihre Haltung änderte sich wieder. Sie wurde lebhaft. »Ich will mich Euch gegenüber nicht in Geheimnisse hüllen, Hauptmann von Bek.« Sie lächelte; und wieder war da ein Anflug von Hilflosigkeit. »Andrerseits bin ich nicht in der Lage, dieses Gespräch im gegenwärtigen Zeitpunkt weiterzuführen.«

»Bitte verzeiht mir meine Grobheit.« Ich glaube, ich wirkte kalt.

»Ihr seid geradeaus, Hauptmann, aber nicht grob.« Sie sprach ruhig. »Für einen Mann, der in Sachen Krieg zweifellos eine Menge gesehen und getan hat, scheint Ihr Euch einen beachtenswerten Anstand bewahrt zu haben.«

Ich führte den Becher an meine Lippen – ein unausgesprochener halber Trinkspruch auf ihre guten Manieren. »Es erstaunt mich, daß Ihr so denkt. Doch im Vergleich zu Euern Dienern muß ich doch besser scheinen als ich bin ...«

Sie lachte. Ihre Haut schien zu glühen. Ich roch den Duft von Rosen. Mir war, als ob in diesem Raum Sonnenhitze auf mich fiele. Ich wußte, daß ich Sabrina begehrte, wie ich noch nie jemanden oder etwas in meinem Leben begehrt hatte. Aber meine Vorsicht ließ mich Abstand halten. In jenem Augenblick gab ich mich damit zufrieden, diese Empfindungen zu erleben (die ich in vielen Jahren meines Soldatenlebens nicht erfahren hatte) und nicht nach Erfüllung zu suchen.

»Wie seid Ihr zu Euren Dienern gekommen?« Ich nippte an meinem Wein. Er schmeckte besser als jeder andere Jahrgang, den ich hier schon versucht hatte. Ich verspürte seine Wirkung und hatte das Gefühl, daß alle meine Sinne plötzlich wieder lebendig wurden.

Sie kräuselte die Lippen bevor sie antwortete. Dann sagte sie: »Es sind, könnte man sagen, Kostgänger meines Herrn.«

»Eures Herrn? Ihr erwähnt ihn oft. Aber Ihr erwähnt seinen Namen nicht.« Ich betonte das sehr sanft.

»Das ist richtig.« Sie strich das Haar aus dem Gesicht.

»Ihr wollt seinen Namen nicht nennen?«

»Jetzt? Nein.«

»Er sandte Euch her?« Ich schmeckte den Wein.

»Ja«, sagte sie.

»Weil er um Eure Sicherheit fürchtete?« Ich vermutete es.

»Nein.« Traurigkeit und verzweifelte Belustigung zeigten sich eine Sekunde lang auf ihren Lippen.

»Dann habt Ihr einen Auftrag?« fragte ich. Ich rückte wieder näher.

»Ja.« Sie rückte ein paar Schritte von mir ab. Ich vermutete, daß sie von mir ebenso angezogen war wie ich von ihr, aber es hätte ebenso gut sein können, daß ich ihr mit meinen Fragen so sehr zu Leibe rückte und ihr auf die Nerven ging.
Ich hielt eine Weile inne.
»Darf ich Euch fragen, welchen Auftrag Ihr habt?«
Sie wurde fröhlich, aber ganz so natürlich war ihre Stimmung nicht. »Euch zu unterhalten«, – sie schnippte mit den Fingern – »Hauptmann.«
»Aber Ihr hattet keine Kenntnis davon, daß ich hier wohnte.«
Sie senkte ihren Blick.
»Hattet Ihr Kenntnis davon?« fuhr ich weiter. »Es sei denn, ein unsichtbarer Diener Eures Herrn berichtete Euch von mir.«
Sie hob ihre Augen. Sie überging meine letzte Bemerkung und sagte: »Ich habe einen mutigen Mann gesucht. Einen mutigen und gescheiten Mann.«
»Gemäß den Anweisungen Eures Herrn? Steht das dahinter?«
Sie schaute mich herausfordernd an. »Wie Ihr meint.«
Mein Instinkt hatte mir bisher bei allem, was ich unternahm, geholfen, Leben und Gesundheit zu bewahren; er warnte mich jetzt, daß diese ungewöhnliche Frau ein Köder in der Falle sein könnte. Doch diesmal überhörte ich die Warnung. Sie war bereit, vermutete ich, sich mir hinzugeben. Als Gegenleistung würde ich, nahm ich an, einen hohen Preis zu zahlen haben. Der Preis kümmerte mich in jenem Augenblick nicht. An Einfallsreichtum fehlte es mir ja nicht, sagte ich mir, und ich konnte mich später, wenn nötig, immer noch aus der Sache ziehen. In Sachen Selbsterhaltung kann man ja auch zu viel tun, um dafür nichts Neues zu erleben.
»Welche Handlungsfreiheit läßt er Euch?« fragte ich sie.
»Beinahe alles zu tun, was mir gefällt.« Sie zuckte die Achseln.
»Er ist nicht eifersüchtig?«

»Nicht im herkömmlichen Sinn, Hauptmann von Bek.«
Sie leerte ihren Becher. Ich folgte ihrem Beispiel. Sie nahm beide Becher und füllte sie wieder. Jetzt setzte sie sich neben mich auf das Ruhebett unter dem Fenster. Mein Fleisch, meine Haut, jede Ader und Sehne summte. Ich, der ich über Jahre hin Selbstbeherrschung geübt hatte, war kaum noch fähig, einen klaren Gedanken zu fassen, als ich ihre Hand ergriff und küßte und dabei murmelte: »Er ist ein ungewöhnlicher Gebieter, Euer Herr.«
»Auch das ist richtig.«
Ich löste meine Lippen von ihrer Hand, lehnte mich etwas zurück und schaute ihr aufmerksam ins Gesicht. »Er läßt Euch gewähren? Weil er Euch sehr liebt?«
Ihr Atem ging wie meiner. Ihre Augen waren leuchtende leidenschaftliche Juwelen. Sie sagte: »Ich bin nicht sicher, ob mein Gebieter das Wesen der Liebe versteht. Nicht wie ihr oder ich es verstehen würden.«
Ich lachte und machte es mir ein wenig bequemer. »Ihr werdet wieder geheimnisvoll, Frau Sabrina, obwohl Ihr geschworen habt, es sein zu lassen.«
»Verzeiht mir.« Sie erhob sich, um die Becher neu zu füllen.
Ich betrachtete ihre Gestalt. Noch nie hatte ich soviel Schönheit und soviel Geist zusammen bei einem menschlichen Wesen angetroffen.
»Wollt Ihr mir Eure Geschichte nicht erzählen?«
»Noch nicht.«
Ihre Antwort faßte ich als Versprechen auf, doch ich drängte sie noch etwas mehr: »Seid Ihr in dieser Gegend geboren?«
»In Deutschland, ja.«
»Und vor nicht sehr langer Zeit.« Das sagte ich, um ihr zu schmeicheln. Die Schmeichelei war überflüssig, ich wußte es, aber als Glücksritter hatte ich mir Wirtshausmanieren angeeignet, deren ich mich nicht in einem Augenblick entledigen konnte.
Die Antwort, die sie mir gab, hatte ich nicht erwartet. Sie

wandte sich zu mir, einen Weinbecher in jeder Hand. »Das hängt davon ab, was Ihr unter Zeit versteht«, sagte sie. Sie reichte mir den gefüllten Becher. »Nun forscht Ihr, und ich hülle mich in Dunkel. Sollen wir von weniger persönlichen Dingen reden? Oder wollt Ihr über Euch sprechen?«

»Ihr scheint bereits ermittelt zu haben, wer und was ich bin, gnädige Frau?«

»Nicht ganz, Hauptmann.«

»Ich habe wenige Geheimnisse. Die letzten Jahre habe ich als Soldat verbracht. Und die Zeit davor war meiner Ausbildung gewidmet. Das Leben in Bek ist nicht sehr aufregend.«

»Aber als Soldat habt Ihr eine Menge gesehen und getan?«

»Das Übliche.« Ich runzelte finster die Stirn. Ich wollte mir nicht allzuviel ins Gedächtnis zurückrufen. Die Erinnerungen an Magdeburg waren mir noch immer gegenwärtig, auch wenn ich sie mit einigem Aufwand zurückdrängen konnte.

»Habt Ihr oft getötet?«

»Natürlich.« Es war mir zuwider, mich über dieses Thema zu verbreiten.

»Und Euch beim Plündern beteiligt? Bei Folterungen?«

»Nötigenfalls, ja.« Wut stieg in mir auf. Ich glaubte, daß sie mich absichtlich aus der Fassung bringen wollte.

»Und vergewaltigt?«

Ich starrte sie an. Hatte ich sie falsch eingeschätzt? War sie vielleicht doch eine jener gelangweilten wollüstigen Damen, wie ich sie bei Hofe getroffen hatte? Sie hatten derartige Unterhaltung genossen. Es hatte sie erregt. Sie waren sensationslüstern und hatten die feinen Formen menschlicher Sinnlichkeit und Gefühlsregung vergessen oder nie erlebt. Zynisch wie ich war, hatte ich ihnen alles, was sie wünschten, gegeben. Es war gewesen, wie wenn man goldgierigen Händlern, die aus lauter Gier, soviel wie möglich zu besitzen, nicht mehr ein Metall vom andern unterscheiden können, Blei gibt. Sollte Sabrina zu dieser Klasse gehören, würde sie erhalten, was sie wünschte.

Aber ihr Blick war aufrichtig und fragend, und so antwortete ich kurz: »Ja. Soldaten, wie ich schon sagte, sind ungeduldig. Erschöpft ...«

Sie zeigte kein Interesse für meine Erklärungen. Sie fuhr fort: »Und habt Ihr Ketzer bestraft?«

»Ich habe gesehen, wie man sie umbrachte.«

»Aber Ihr habt Euch nicht an ihrer Tötung beteiligt?«

»Dank Zufall und meiner Abscheu – nein.«

»Könntet Ihr einen Ketzer bestrafen?«

»Gnädige Frau, ich weiß wirklich nicht, was ein Ketzer ist. In diesen Tagen macht man viel Aufhebens aus diesem Wort. Es scheint jeden zu beschreiben, den man sich tot wünscht.«

»Oder Hexen? Habt Ihr Hexen hingerichtet?«

»Ich bin Soldat, nicht Priester.«

»Viele Soldaten machen sich die Aufgaben von Priestern zu eigen, nicht wahr? Und viele Priester werden Soldaten.«

»Ich bin nicht von dieser Art. Ich habe jammervolle Geisteskranke und alte Frauen gesehen, die man als Hexen bezeichnet und entsprechend behandelt hat, gnädige Frau. Aber ich habe keine Zauberei erlebt, keine Beschwörungen und keine Anrufung von Dämonen oder Ghulen.« Ich lächelte. »Einige jener alten Weiber waren so vertraut mit Mephistopheles, daß sie beinahe seinen Namen aussprechen konnten, wenn er ihnen mehrmals vorgesagt wurde ...«

»Hexerei erschreckt Euch demnach nicht?«

»Nein. Oder zumindest, was ich von Hexerei gesehen habe, erschreckt mich nicht.«

»Ihr seid ein vernünftiger Mann, mein Herr.«

Ich nahm an, daß sie dies als Kompliment meinte.

»Vernünftig nach dem Maßstab unserer Gesellschaft, aber nicht nach meinem eigenen.«

Sie fand offenbar Gefallen daran. »Eine ausgezeichnete Antwort. Ihr stellt also hohe Ansprüche an Euch?«

»Ich verlange wenig von mir, außer zu überleben. Ich nehme von den andern, was ich brauche.«

»Ihr seid also ein Dieb?«
»Ich bin ein Dieb, wenn Ihr so meint. Ich hoffe, daß ich kein Heuchler bin.«
»Selbstbetrug, es kommt alles aufs gleiche heraus.«
»Wie meint Ihr das?«
»Den wesentlichen Teil von Euch selbst verbergt Ihr, weil Ihr der Soldat sein wollt, den Ihr beschreibt. Und dann leugnet Ihr, daß dieser Teil existiert.«
»Ich kann Euch nicht folgen. Ich bin, was ich bin.«
»Und das ist?«
»Wohl, was die Welt aus mir gemacht hat?«
»Nicht, was Gott geschaffen hat? Gott schuf die Welt, nicht wahr?«
»Ich habe andere Theorien gehört.«
»Von Ketzern?«
»Ach, gnädige Frau. Verzweifelte Seelen wie wir alle.«
»Ihr seid ungewöhnlich unvoreingenommen.«
»Für einen Soldaten?«
»Für jemanden, der in der heutigen Zeit lebt.«
»Ich bin nicht so sicher, ob ich aufgeschlossen bin. Möglicherweise einfach gleichgültig. Ich gebe keinen Pfifferling auf metaphysische Debatten, wie ich, glaube ich, schon angedeutet habe.«
»Ihr habt also kein Gewissen?«
»Zu kostspielig, als daß man sich das heutzutage leisten könnte, gnädige Frau.«
»Es ist somit vernachlässigt, aber vorhanden?«
»Sagt Ihr deshalb, ich verberge mich vor mir selbst? Habt Ihr die Absicht, mich zu Eurem Glauben, was auch immer das ist, zu bekehren, meine Gnädige?«
»Mein Glaube ist Eurem nicht allzu unähnlich.«
»Das habe ich mir gedacht.«
»Seele? Gewissen? Diese Worte bedeuten wenig. Ich bin sicher, Ihr geht mit mir einig ohne Einschränkung.«
»Ich bin damit völlig einverstanden.«
Wir setzten uns noch eine kurze Weile über diesen Gegenstand auseinander, und dann erweiterte sich das Gespräch.

Sie erwies sich als gebildete Frau mit einem beachtlichen Schatz an Erfahrungen und Anekdoten. Je länger wir zusammen waren, desto mehr begehrte ich sie.

Wir sprachen und tranken weiter und weiter und hatten darüber das Mittagessen vergessen. Sie zitierte Griechen und Römer, sie rezitierte Gedichte in mehreren Sprachen. Sie war bedeutend gewandter in den Sprachen des modernen Europas und des Orients, als ich es war.

Es wurde mir klar, daß Sabrinas Gebieter sie hochschätzen mußte, und daß sie möglicherweise doch etwas mehr als nur seine Geliebte war. Eine Frau auf Reisen war zwar etwas mehr Gefahren ausgesetzt, zog aber weniger Verdacht auf sich als ein männlicher Gesandter. Ich gewann den Eindruck, daß sie mit einer ganzen Anzahl einflußreicher Fürstenhäuser bekannt war. Ich fragte mich jedoch, wie ihre Dienerschaft aufgenommen würde, falls sie sie dorthin begleitete.

Es wurde Abend. Wir begaben uns in die Küche, wo sie aus den gleichen Zutaten eine weitaus bessere Mahlzeit bereitete, als mir das je gelungen war. Wir tranken noch mehr Wein und zogen uns dann, ohne zu überlegen, in eines der Schlafgemächer zurück und entkleideten uns.

Laken, Decken und Betthimmel waren sahnig weiß im abendlichen Sonnenlicht. Sabrina war vollkommen in ihrer Nacktheit. Ihr weißer Körper war makellos, ihre Brüste waren klein und fest. Noch nie hatte ich eine solche Frau gesehen außer als Statuen oder auf Gemälden.

Bis zu dieser Nacht hatte ich nicht an Vollkommenheit geglaubt, und ich wollte ihren Reizen nicht im geringsten widerstehen, obwohl ich mir ein gesundes Mißtrauen gegenüber ihren Beweggründen bewahrte.

Wir gingen rasch zu Bett. Sie war einmal zärtlich, dann wieder wild, sie wurde passiv und dann aggressiv. Ich paßte mich ihren Launen an, wie sie den meinen folgte. Meine Sinne, die schon fast ebenso leblos geworden waren wie die ihrer Diener, lebten wieder auf.

Ich fühlte, wie meine Einbildungskraft wieder aufblühte

und damit auch etwas von der Hoffnung und dem Optimismus, die ich als junger Mann in Bek gekannt hatte.

Unsere Verbindung, schien mir, war vorherbestimmt, denn zweifellos genoß sie mich so durch und durch, wie ich sie genoß. Ich nahm ihren Duft in mir auf, die Fühlungnahme mit ihrer Haut.

Unsere Leidenschaft schien so endlos wie die Gezeiten; unsere Begierde verdrängte alle Müdigkeit. Wenn nicht die Erinnerung daran, daß sie in irgendeiner Art einem andern verpflichtet war, in mir genagt hätte, wäre ich ihr vollkommen ausgeliefert gewesen. Ein kleiner Teil von mir hielt mich zurück. Aber es war ein verschwindender Bruchteil. Er war kaum vorhanden.

Schließlich schliefen wir ein und wachten im Morgengrauen auf, um uns wieder zu lieben. Eine Woche oder auch zwei vergingen. Ich war mehr und mehr in ihrem Bann.

Dann einmal, in der Morgendämmerung, murmelte ich ihr noch halb schlafend zu, ich wolle, daß sie mit mir kommen und ihre abscheulichen Diener lassen sollte, wo sie seien, damit wir einen Ort finden, den der Krieg nicht berührt habe.

»Gibt es einen solchen Ort?« fragte sie mich und lächelte mich zärtlich an.

»Im Osten möglicherweise. Oder England. Wir könnten nach England gehen. Oder in die Neue Welt.«

Sie wurde niedergeschlagen und strich mir über die Wange. »Das ist unmöglich«, sagte sie. »Mein Gebieter würde es nicht erlauben.«

Ich wurde wütend. »Dein Gebieter würde uns nicht finden.«

»Er würde mich finden und mich von dir trennen, davon kannst du überzeugt sein.«

»In der Neuen Welt? Ist er der Papst?«

Sie schien überrascht, und ich fragte mich, ob ich mit meiner rhetorischen Frage die Wahrheit getroffen hatte.

Ich fuhr weiter: »Ich würde mit ihm kämpfen. Ich würde, wenn nötig, eine Armee gegen ihn zusammentrommeln.«

»Du würdest verlieren.«

Ich fragte sie eindringlich: »Ist es der Papst? Dein Gebieter?«

»O nein«, sagte sie leidenschaftlich, »er ist weitaus mächtiger als der Papst.«

Ich runzelte die Stirn. »Vielleicht in deinen Augen. Aber gewiß nicht in den Augen der Welt?«

Sie bewegte sich unruhig im Bett und sagte dann, wobei sie vermied, mich gerade anzublicken: »In den Augen der ganzen Welt und auch des Himmels.«

Ihre Antwort verwirrte mich wider meinen Willen. Eine Woche verging, bevor ich wieder eine Bemerkung machte. Ich hätte die Sache wohl besser nicht weiterverfolgt.

»Du hast mir versprochen, auf meine Fragen zu antworten«, sagte ich zu ihr, auch diesmal in einer Morgenstunde. »Wäre es nicht recht und billig, mir den Namen deines allmächtigen Herrn zu nennen? Immerhin könnte ich mich ja in Gefahr bringen, wenn ich hierbleibe.«

»Du bist nicht besonders gefährdet.«

»Das zu entscheiden, mußt du mir überlassen. Du mußt mir die Wahl lassen.«

»Ich weiß ...« Ihre Stimme erstarb. »Morgen.«

»Seine Name«, drang ich in sie am Tag darauf. Ich sah Schrecken in ihren Augen und fühlte Schrecken in mir.

Sie lag auf dem Bett und schaute mir gerade in die Augen. Sie schüttelte den Kopf.

»Wer ist dein Gebieter?« fragte ich.

Sie bewegte ihre Lippen sachte. Sie hob den Kopf, als sie sprach. Ihr Mund schien trocken, ihr Ausdruck seltsam leer.

»Sein Name«, sagte sie, »ist Luzifer.«

Meine Selbstbeherrschung verschwand beinahe. Sie hatte mich gleichzeitig in verschiedener Weise schockiert, denn ich konnte mich nicht festlegen, wie ich diese Antwort verstehen sollte. Ich war nicht willens, meine Vernunft von Aberglaube untergraben zu lassen. Ich saß im Bett und zwang mich zu lachen.

»Und du bist eine Hexe, nicht wahr?«
»Man hat mich als das bezeichnet«, sagte sie.
»Ein Gestaltwechsel!« Mir war, als sei ich halb wahnsinnig. »Du bist in Wirklichkeit ein häßliches altes Weib, das mir den Kopf verdreht hat!«
»Ich bin jene, die du vor dir siehst«, sagte sie. »Und doch war ich eine Hexe.«
»Und deine Kräfte rühren aus deinem Bund mit dem Fürsten der Finsternis her?«
»Nein. Die Leute, die mich töten wollten, bezeichneten mich als Hexe. Aber das war, bevor ich Luzifer traf ...«
»Vor einiger Zeit hast du durchblicken lassen, daß du meine Ansichten über Hexen teilst.«
»Ja, über jene arme Frauen, die man als Hexen gebrandmarkt hat.«
»Doch warum bezeichnest du dich selbst als Hexe?«
»Du hast das Wort gebraucht. Ich habe nur beigestimmt, daß man mich so genannt hat.«
»Du bist keine Hexe?«
»In meiner Jugend hatte ich gewisse Gaben, die ich in den Dienst meiner Stadt stellte. Ich bin nicht dumm. Man suchte und beanspruchte meinen Rat. Mein Vater hatte mich gut erzogen. Ich konnte lesen und schreiben. Ich kannte andere Frauen meiner Art. Wir trafen uns, um unsere Erfahrungen auszutauschen und über Alchemie, Pflanzenkunde und dergleichen zu reden.« Sie zuckte die Achseln. »Es war eine kleine Stadt. Die Leute waren kleine Händler, Bauern, du weißt ja wie das ist ... Im großen und ganzen sind die Frauen von der Bildung ausgeschlossen, selbst im Nonnenkloster. Die Christen gestatten Eva nicht, gelehrsam zu sein, nicht wahr? Sie können sich nur vorstellen, daß sie unter dem Einfluß eines gefallenen Engels steht.« Sie war sardonisch. Sie seufzte, stützte sich auf ihren entblößten Arm und schaute mich an.
»Gelehrte Männer waren verdächtig in unserer Stadt. Frauen hatte überhaupt keinen Zugang zur Bildung. Es scheint, daß Männer zwei Dinge auf der Welt fürchten –

Frauen und Wissen. Beide gefährden ihre Macht, nicht wahr?«

»Wie du meinst«, sagte ich. »Gab es in der Stadt nicht auch Frauen, die Angst vor solchen Dingen hatten?«

»Natürlich. Mehr als nur Angst. Schließlich waren es auch Frauen, die uns verrieten.«

»Das ist der Lauf der Dinge«, sagte ich. »Viele sprechen von Freiheit, von Gedankenfreiheit, aber wenn sie sie tatsächlich haben, sind nur wenige bereit, auch die Verantwortung dafür zu tragen.«

»Ist das der Grund, daß du Soldat sein willst?«

»Vermutlich. Ich habe kein großes Verlangen nach wirklicher Freiheit. Ist das wohl der Grund, daß ich dich als Hexe bezeichne?«

Sie lächelte traurig. »Möglich.«

»Und ist das der Grund, daß du mir jetzt sagst, daß Satan dein Gebieter ist?«

»Nicht genau«, gab sie zurück. »Obwohl ich deinen Gedankengang verstehe.«

»Wie kam es, daß du in deinem Heimatort als Hexe verschrieen warst?«

»Vielleicht war es Hochmut«, sagte sie. »Wir begannen uns als starke Kraft für das Gute in der Welt zu sehen. Wir betrieben so etwas wie Magie und stellten manchmal Versuche an. Aber wir betrieben nur weiße Magie. Ich gebe zwar zu, daß wir uns auch mit der anderen Art beschäftigten. Wir wußten, wie sie bewerkstelligt werden konnte. Vor allem von den Schwachen, die mit Hilfe des Bösen zu Scheinkräften kommen wollten.«

»Du begannst zu glauben, daß du stark genug wärest, um dem menschlichen Vorurteil gewachsen zu sein?«

»Ja, so könnte man sagen.«

»Aber wie kamst du dazu, wie du dich ausgedrückt hast, in den Dienst Satans zu treten?« Ich glaubte, daß sie nur in Bildern sprach oder zumindest übertrieb. Ich mochte noch immer nicht glauben, daß sie wahnsinnig war. Immerhin war ihr Bekenntnis in vernünftigste Begriffe gefaßt.

»Unser Hexensabbat wurde entdeckt, verraten. Wir wurden ins Gefängnis geworfen. Wir wurden natürlich gefoltert, vor Gericht gestellt und für schuldig befunden. Manche gestanden, einen Pakt mit dem Teufel geschlossen zu haben.« Ihr Ausdruck verdüsterte sich. »Damals konnte ich nicht glauben, daß so viele schlechte Leute sich für gut ausgeben würden, während wir, die wir niemandem etwas angetan hatten und lediglich unsern Nachbarn Gefallen erwiesen hatten, der abscheulichsten und brutalsten Aufmerksamkeit ausgesetzt waren.«

»Aber du entgingst ...«

»Ich wurde ernüchtert, als ich verletzt und entwürdigt im Kerker lag. Ich war verzweifelt. Ich beschloß, daß ich mich, wenn ich schon als böse Hexe verurteilt werden sollte, ebensogut als solche verhalten könnte. Ich kannte die Beschwörungsformeln, mit denen man einen Diener des Teufels herbeirufen kann.«

Sie rührte sich sachte und schaute mir voll ins Gesicht, bevor sie weitersprach.

»Weil ich mich vor dem Tod und noch mehr Brutalitäten bewahren wollte und weil ich den Glauben an die Kraft meiner Schwestern verloren hatte, auf die ich mich vertrauensvoll verlassen hatte, fing ich eines Nachts in meiner Zelle mit dem erforderlichen Ritual an. Es war der Augenblick meiner größten Schwäche. Und in diesem Augenblick, mußt du wissen, melden sich Luzifers Diener.«

»Du riefst einen Dämon herbei?«

»Und verkaufte meine Seele.«

»Und wurdest gerettet.«

»Nachdem der Bund besiegelt war, bekam ich Anzeichen der Pest und wurde lebendig in eine Grube am Stadtrand geworfen. Aus dieser Grube machte ich mich davon, und die Anzeichen der Pest verschwanden. Zwei Tage darauf, als ich in einer Scheune lag, erschien mein Gebieter persönlich. Er sagte, daß Er mich für eine besondere Aufgabe vorgesehen habe. Er brachte mich hierher, wo ich in Seinem Dienst ausgebildet wurde.«

»Du glaubst wahrhaftig, daß Luzifer dich hierher brachte? Daß dies Luzifers Schloß ist?« Ich streckte meine Hand aus und berührte ihr Gesicht.

»Ich weiß, daß Luzifer mein Gebieter ist. Ich weiß, daß dies Sein Herrschaftsgebiet auf Erden ist.« Sie konnte mir ansehen, daß ich ihr nicht glaubte.

»Aber heute ist Er nicht anwesend?« fragte ich.

»Er ist jetzt hier«, sagte sie tonlos.

»Ich habe kein Anzeichen Seiner Anwesenheit bemerkt.« Ich blieb hartnäckig.

»Könntest du Luzifers Spuren erkennen?« fragte sie mich. Sie sprach wie zu einem Kind.

»Zumindest würde ich etwas Schwefelgeruch erwarten«, sagte ich.

Sie breitete die Arme aus. »Dieses ganze Schloß, der Wald draußen, das sind Seine Kennzeichen. Konntest du nicht daraufkommen? Warum weichen selbst die kleinsten Insekten dieser Gegend aus? Warum fürchten ganze Armeen sie?«

»Warum verspürte ich dann lediglich einen Anflug von Angst, als ich hierher kam? Wie kannst du hier leben?«

In ihrem Ausdruck spiegelte sich Mitleid.

»Nur Seelen, die Ihm gehören, können hier leben«, sagte sie.

Ich erschauderte und es wurde mir kalt. Sie hatte mich beinahe überzeugt. Glücklicherweise wurde mein gesunder Menschenverstand wieder wach. Mein gewohnter Selbsterhaltungstrieb. Ich stieg aus dem Bett und begann mich anzuziehen. »Dann werde ich mich auf den Weg machen«, sagte ich. »Ich habe keine Lust, einen Pakt mit Luzifer oder irgend jemandem, der sich Luzifer nennt, abzuschließen. Und ich möchte dir vorschlagen, Sabrina, daß du mich begleitest. Es sei denn, du willst in deinen Wahn verstrickt bleiben.«

Sie wurde wehmütig.

»Wenn es doch nur ein Wahn wäre und du mich retten könntest.«

»Ich kann es. Auf dem Rücken meines ganz gewöhnlichen Pferdes. Komm jetzt mit mir.«

»Ich kann nicht weggehen und du auch nicht. Und ebensowenig dein Pferd.«

Das reizte mich zum Spott. »Kein Mann ist völlig frei, und dasselbe, gnädige Frau, kann von seinem Reittier gesagt werden, aber wir fühlen uns doch beide frei genug, um augenblicklich von hier zu verschwinden.«

»Du mußt bleiben und die Bekanntschaft meines Gebieters machen«, sagte sie.

»Ich denke nicht daran, meine Seele zu verkaufen.«

»Du mußt bleiben.« Sie streckte ihre Hand nach mir aus. »Meinethalber.«

»Gnädige Frau, derartige Appelle an meine Ehre sind zwecklos. Ich habe keine Ehre mehr. Ich dachte, daß ich das völlig klar gemacht hätte.«

»Ich flehe dich an«, sagte sie.

Es war eher das Verlangen nach ihr als meine Ehre, was mich zurückhielt. Ich zögerte. »Du sagst, daß dein Gebieter jetzt im Schloß ist?«

»Er erwartet uns.«

»Allein? Wo? Ich werde mein Schwert nehmen und mit deinem ›Luzifer‹, deinem Zauberer, in meiner gewohnten Weise verfahren. Er hat dich hinters Licht geführt. Guter, scharfer Stahl wird Ihn erleuchten und dir beweisen, daß Er sterblich ist. Du wirst bald frei sein, das verspreche ich dir.«

»Nimm dein Schwert mit, wenn du willst«, sagte sie.

Sie erhob sich und begann, ein wallendes weißes Seidenkleid anzuziehen. Ich stand dabei und schaute ruhelos zu, wie sie sich mit ihrer Garderobe Mühe gab. Ich fühlte eine geradezu stechende Eifersucht wie ein betrogener Ehemann, der weiß, daß sich seine Frau für ihren Liebhaber schön macht.

Es war tatsächlich sonderbar, daß eine so schöne und gescheite Frau sich im Banne von Satan wähnen sollte. Unser Zeitalter war so, daß sich menschliche Verzweiflung in manchen Arten von Verrücktheit widerspiegelte.

Ich schnallte mir das Schwertgehenk um die Hüfte und zog meine Stiefel an. Ich stand vor ihr und versuchte zu ergründen, wie tief ihr Wahn saß. Ihr Blick war gerade auf mich gerichtet; Schmerz lag darin, aber auch eine seltsame Entschlossenheit.

»Falls du verrückt bist«, sagte ich, »ist das die subtilste Form von Wahnsinn, die ich je erlebt habe.«

»Die menschliche Erfindungskraft stattet jeden mit Verrücktheit aus«, sagte sie, »je nach seinem Geisteszustand. Geistig bin ich so gesund wie Ihr, mein Herr.«

»Dann bist du also nur halbverrückt«, sagte ich zu ihr. Ich bot ihr meinen Arm und hielt ihr die Schlafzimmertür auf. Der Gang draußen war kalt.

»Wo hält dieser dein Luzifer Hof?«

»In der Hölle«, sagte sie.

Langsam schritten wir den Gang entlang und stiegen die breiten Steinstufen hinunter, die zur Haupthalle führten.

»Und Sein Schloß befindet sich in der Hölle?« fragte ich und schaute etwas theatralisch um mich. Ich konnte die Bäume durch die Fenster sehen. Alles war genau, wie es während meines ganzen Aufenthaltes schon gewesen war.

»Es könnte sein«, sagte sie.

Ich schüttelte den Kopf. Es brauchte viel, um meine nüchternen Ansichten über die Welt zu erschüttern, denn mein Geist war in den Stürmen, Grausamkeiten und Schrecken des Krieges abgehärtet worden und hatte alles Nachsinnen über Lug und Trug überstanden.

»Dann ist die ganze Welt die Hölle? Schlägst du diese Weltanschauung vor?«

»Ach«, sagte sie fast fröhlich, »bleibt uns nur noch das, mein Herr, wenn wir jede andere Hoffnung aufgegeben haben?«

»Es ist doch ein Zeichen von Hoffnung, wenn wir glauben, daß unsere eigene Welt die Hölle ist, oder nicht?«

»Die Hölle ist besser denn gar nichts«, antwortete sie, »für manche zumindest.«

»Ich weigere mich, solchen Unsinn zu glauben«, sagte ich

zu ihr. »In der Sicht der meisten Dinge, gnädige Frau, bin ich unbeugsam und absolut geworden. Anscheinend kehren wir ins Reich der Mutmaßungen zurück. Ich will einen handgreiflichen Teufel sehen, und falls wir in der Hölle sind, einen handgreiflichen Beweis dieser Behauptung.«

»Im Gebrauch Eurer Intelligenz seid Ihr übersparsam, mein Herr.«

»Das glaube ich nicht. Ich bin Soldat, wie ich Euch mehr als einmal gesagt habe. Es ist eine Soldateneigenschaft: Einfache Tatsachen sind sein Geschäft.«

»Über Eure Gründe, weshalb Ihr Soldat geworden seid, haben wir bereits gesprochen, mein Herr.«

Einmal mehr war ich entzückt von der Schärfe ihres Verstandes.

Wir gingen die Stufen hinab, abwechselnd durch Sonnenlicht und Schatten. Der Wechsel von Licht und Schatten gab ihren Zügen, die mir so vertraut geworden waren, einen immer wieder anderen Ausdruck.

Auffallende Geistes- oder Körperkraft ging gewöhnlich nicht einher mit Hexerei und Teufelskult. Nach meinen Erfahrungen, die Sabrina andeutungsweise bestätigt hatte, waren jene, welche die Hilfe böser Geister suchten, jämmerliche kraftlose Geschöpfe, die alle Hoffnung auf Erlösung, sei es auf Erden oder im Himmel, aufgegeben hatten.

Wir gingen jetzt durch das Hauptgeschoß auf die mächtigen Türen der Bibliothek zu.

»Er ist dort drin«, sagte sie.

Ich hielt an und löste mein Schwert. Ich schnupperte.

»Noch immer kein Schwefel«, sagte ich. »Hat Er Hörner, Euer Gebieter? Einen langen Schwanz? Einen Pferdefuß? Schlägt Feuer aus seinen Nüstern? Oder ist seine Zauberausrüstung etwas delikater?«

»Ich würde sagen, etwas delikater«, sagte sie sanft. Sie schien hin- und hergerissen zu sein zwischen dem Wunsch, mir den Beweis zu liefern und dem Wunsch, mit mir zu fliehen. Sie schaute zu mir auf; ihr Ausdruck war herausfordernd und ängstlich zugleich. Sie erschien mir noch schöner. Ich berührte ihr Haar, strich darüber. Ich küßte ihre warmen Lippen.

Dann trat ich vor und stieß die breiten Türen auf.

Sabrina berührte mich am Arm und ging vor mir in den Raum. Sie verneigte sich.

»Meister, ich habe Euch Hauptmann von Bek gebracht.«

Ich folgte ihr auf dem Fuß, mit gezogenem Schwert und bereit für jede Auseinandersetzung, doch meine Entschlossenheit fiel im gleichen Augenblick von mir ab.

Ganz offensichtlich in ein Buch vertieft, saß an dem Tisch, der in der Mitte stand, das wunderbarste Wesen, das ich je gesehen hatte.

Mir wurde schwindlig. Mein Körper entzog sich meinem Willen. Ich merkte, daß ich mich verbeugte.

Er war nackt, und Seine Haut glühte in leicht zitternden Flammen. Sein Lockenhaar war silbern und seine Augen waren geschmolzenes Kupfer. Sein Körper war riesig und vollkommen, und als Seine Lippen mich anlächelten, fühlte ich, daß ich nie zuvor geliebt hatte; ich liebte Ihn. Eine Aura umgab Ihn, die ich nie mit dem Teufel in Zusammenhang gebracht hätte: vielleicht war es eine Art würdevoller Bescheidenheit vereint mit dem Bewußtsein geradezu unbeschränkter Macht.

Er sprach mit angenehmer voller Stimme und legte dabei das Buch nieder.

»Willkommen, Hauptmann von Bek.«

Ich begann zu reden. Ich glaubte an Ihn in diesem Augenblick und sagte es.

Luzifer nahm es zur Kenntnis, er stand in seiner ganzen Größe da und ging dann zum Regal, wo er das Buch an seinen Platz stellte.

Seine Bewegungen waren elegant, und jede seiner Gesten drückten tiefste Trauer aus. Es ließ sich ahnen, daß dieses Wesen der Liebling Gottes gewesen und daß Er zweifellos der Gefallene war, durch Hochmut vernichtet und jetzt erniedrigt, der seinen Platz im Himmel nicht wieder erlangen konnte.

Ich glaube, daß ich Ihm sagte, ich stehe zu Seinen Diensten. Ich konnte meine Worte nicht zurückhalten, obwohl ich mich soweit gefangen hatte, daß ich die Auswirkungen dessen, was ich sagte, innerlich in Abrede stellen konnte. Ich versuchte verzweifelt, meinen Verstand zu meistern.

Er schien dies zu wissen und war verständnisvoll. Sein Mitgefühl freilich war auch entwaffnend, und ich durfte es nicht beachten.

Er antwortete auf meine Worte, als ob ich sie aus freiem Willen gesagt hätte. »Ich will einen Handel mit Euch abschließen, Hauptmann von Bek.« Luzifer lächelte, als ob er sich über sich selber lustig machte. »Ihr seid gescheit und tapfer und verleugnet nicht, was aus Euch geworden ist.«

»Die Wahrheit ...«, begann ich mühsam, »ist nicht – ist nicht ...«

Er schien nicht zuzuhören. »Deshalb habe ich meine Dienerin Sabrina angewiesen, Euch herzubringen. Ich bedarf der Hilfe eines überlegenen menschlichen Wesens. Eines ohne Vorurteile. Eines mit spürbarer Erfahrung. Eines, das gewohnt ist, Gedanken in zielbewußte Handlung umzusetzen. Eines, das frei von Furcht und Zaudern ist. Auf der Welt sind solche Leute immer selten.«

Meine Zunge war jetzt nicht mehr gelähmt. Ich durfte sprechen. Ich sagte: »Auch mir scheint das so, Fürst Luzifer. Aber Ihr beschreibt nicht mich. Ich bin ein armseliger Vertreter der Menschheit.«

»Man könnte sagen, daß Ihr am besten meinen Vorstellungen entsprecht.«

Eine Spur meines Verstandes wurde wieder wach. »Ihr glaubt wohl, Majestät, daß Ihr mir schmeichelt.«

»Keineswegs. Ich sehe nur Mannestugend. Ich sehe Mannestugend in Euch, Hauptmann von Bek.«

Ich lächelte. »Ihr solltet doch Böses und Gottlosigkeit erkennen und diese Eigenschaften ansprechen.«

Luzifer schüttelte den Kopf. »Das ist, was die Menschheit in mir sieht: der Wunsch, Beispiele für ihre eigenen niedrigen Triebe zu finden. Viele glauben, daß sie von der Verantwortung entbunden werden, wenn sie ein solches Beispiel entdecken. Ich bin mit manchen schrecklichen Merkmalen ausgestattet, Hauptmann. Aber ich besitze auch viele Tugenden. Das ist das Geheimnis meiner Macht und bis zu einem gewissen Punkt auch der Euren. Wußtet Ihr das?«

»Nein, Majestät.«

»Aber Ihr versteht mich?«

»Ich glaube es.«

»Ich bitte Euch, mir zu dienen.«

»Ihr müßt weitaus stärkere Männer und Frauen als mich zu Euren Diensten haben.«

Luzifer setzte sich wieder hinter seinen Schreibtisch. Jedem Wort, das ich äußerte, schien er seine volle Aufmerksamkeit zu schenken. Und allein dies schmeichelte mir natürlich.

»Stark«, gab Er zurück, »gewiß. Viele von ihnen. In der Art, wie man Stärke auf Erden bemißt. Die Alleinseligmachende Kirche gehört zum größten Teil mir; aber diese Tatsache ist jedem denkenden Menschen bekannt. Eine Mehrheit der Fürsten gehört mir. Gelehrte dienen mir. Die Befehlshaber von Heeren und Flotten dienen mir. Man sollte denken, daß ich zufrieden gestellt bin, nicht wahr? Noch selten standen so viele in meinem Dienst. Aber Leute Eures Schlages, von Bek, habe ich wenige.«

»Das kann ich nicht glauben, Majestät. Soldaten mit blutbefleckten Händen sind in diesen Zeiten im Überfluß vorhanden.«

»Das waren sie immer. Aber nur wenige mit Euren Eigenschaften. Wenige, die handeln mit dem vollen Bewußtsein, was sie sind und was sie tun.«

»Ist es eine Tugend, wenn man weiß, daß man ein Schlächter und ein Dieb ist? Daß man skrupellos und ohne jedes Mitgefühl für andere ist?«

»Das meine ich. Aber schließlich bin ich Luzifer.« Wieder diese Selbstironie.

Sabrina verbeugte sich wieder. »Soll ich gehen, mein Gebieter?«

»Ja«, sagte Luzifer. »Geh, meine Liebe. Ich werde dir den Hauptmann rechtzeitig zurückschicken, das verspreche ich.«

Die Hexe zog sich zurück. Ich fragte mich, ob Sabrina mich für immer verließ, nachdem sie ja jetzt ihre Aufgabe erfüllt hatte. Ich versuchte, den Blick dieses Geschöpfes, das sich selbst Luzifer nannte, zu erwidern, aber in diese schwermütigen, schrecklichen Augen zu sehen, war zu viel für mich. Ich wandte meine Aufmerksamkeit dem Fenster zu. Draußen konnte ich die unzähligen Bäume des großen Waldes sehen. Ich versuchte mich auf diesen Anblick zu konzentrieren, um meinen Verstand in Ordnung zu halten und mich daran zu erinnern, daß ich aller Wahrscheinlichkeit nach von der Komplizin eines Mannes betäubt worden war, der nichts anderes als ein Schwindler und Hexenmeister von sehr hohem Rang war.

»Hauptmann«, sagte der Fürst der Finsternis, »möchtet Ihr mich jetzt nicht in die Hölle begleiten?«

»Was?« entfuhr es mir. »Bin ich schon verdammt? Und tot?«

Luzifer lächelte. »Ich gebe Euch mein Wort, daß ich Euch in diesen Raum zurückbringen werde. Falls mein Vorschlag Euch nicht interessiert, erlaube ich Euch, das Schloß unversehrt zu verlassen und zu tun, was Euch beliebt.«

»Weshalb sollte ich dann mit Euch in die Hölle kommen? Man hat mir beigebracht, daß man Satans Wort mitnichten trauen darf. Und daß ihm jedes Mittel recht ist, sich einer ehrlichen Seele zu bemächtigen.«

Luzifer lachte. »Vielleicht habt Ihr recht. Ist Eure Seele redlich?«

»Sie ist nicht rein.«

»Aber im großen ganzen redlich. Ja?«

»Ihr scheint auf Redlichkeit Wert zu legen.«

»Großen Wert, Hauptmann. Ich gestehe Euch offen ein, daß ich Euch brauche. Ihr schätzt Euch nicht so hoch ein, wie ich das tue. Vielleicht ist auch das eine eurer Tugenden. Ich bin willens, Euch günstige Bedingungen zu gewähren.«

»Aber die Bedingungen wollt Ihr nicht nennen.«

»Nicht bevor Ihr die Hölle besucht habt. Wollt Ihr Eure Neugier nicht befriedigen? Nur wenige können einen Blick in die Hölle werfen, bevor ihre Zeit gekommen ist.«

»Und die wenigen, von denen ich weiß, Majestät, werden gewöhnlich hereingelegt und müssen recht bald dorthin zurück.«

»Ich gebe Euch mein Wort als Engel, daß ich nicht daran denke, Euch zu betrügen, Hauptmann von Bek. Ich will mit Euch aufrichtig sein: Ich kann es mir nicht leisten, Euch hereinzulegen. Wenn ich das, was ich von Euch brauche, durch Betrug erlangen würde, wäre das, was ich erhielte, unbrauchbar für mich.«

Luzifer streckte die Hand nach mir aus.

»Wollt Ihr mit mir in mein Reich hinuntersteigen?«

Noch zögerte ich, nicht ganz überzeugt davon, daß dies nicht doch eine umständliche und raffinierte Zauberei rein menschlichen Ursprungs sein sollte.

»Könnt Ihr nicht hier mit mir verhandeln?« fragte ich.

»Das könnte ich. Aber wenn der Handel abgeschlossen wird – falls es dazu kommt – und wenn wir uns getrennt haben, wärt Ihr dann überzeugt, daß Ihr mit Luzifer verhandelt habt?«

»Wahrscheinlich nicht. Selbst jetzt glaube ich, daß ich von einer Art Zauber betäubt sein könnte.«

»Ihr wärt nicht der erste, der zum Schluß gekommen ist, daß die Begegnung mit mir nichts als ein Traum war. Grundsätzlich wäre es für mich belanglos, ob auch Ihr zum Schluß kommt, daß Euch Eure Einbildung einen Streich gespielt hat oder ob Ihr zutiefst überzeugt seid, das Vergnügen eines Zusammentreffens mit dem Fürsten der Dunkelheit gehabt zu haben. Aber es liegt mir daran, Euch zu überzeugen, Hauptmann.«

»Weshalb sollte Luzifer etwas daran liegen?«

Ein Anflug des alten Hochmutes. Fast ein Wutschrei. Dann war es vorüber. »Seid versichert, Hauptmann, daß mir bei dieser Gelegenheit etwas daran liegt.«

»Ihr müßt deutlicher mit mir sein, Majestät.« Mehr als diesen einfachen Satz konnte ich nicht sagen.

Er wandte Geduld an. »Hier kann ich Euch nicht überzeugen. Wie Ihr zweifellos wißt, bin ich weitgehend gezwungen, die Menschheit für meine Zwecke auf Erden zu gebrauchen, nachdem es mir verboten ist, unmittelbaren Einfluß auf Gottes Geschöpfe auszuüben, es sei denn, sie machen mich ausfindig. Ich bin darauf bedacht, nichts mehr Gott zum Hohn zu tun. Ich sehne mich nach Freiheit, von Bek.« In seinen kupfernen Augen lag noch größerer Schmerz, als er mir in Sabrinas Augen aufgefallen war. »Einst dachte ich, ich könnte sie erringen! Doch nun weiß ich, daß es mir nicht gelingen kann. Deshalb will ich meinen Platz wieder einnehmen.«

»Im Himmel, Majestät?« Ich war erstaunt.

»Im Himmel, Hauptmann von Bek.«

Luzifer, der darum bat, wieder in Gnade aufgenommen zu werden! Und der zu verstehen gab, daß jemand wie ich als sein Vermittler das erwirken könnte! Wenn ich tatsächlich unter einem Zauberbann stand, wenn ich in einem Trancezustand war, dann war es ein äußerst faszinierender.

Ich war gerade noch fähig zu sagen: »Würde das nicht die Abschaffung der Hölle bedeuten, das Ende des Leides in der Welt?«

»Man hat Euch gelehrt, das zu glauben.«

»Ist es nicht wahr?«

»Wer weiß, Hauptmann von Bek? Ich bin nur Luzifer. Ich bin nicht Gott.«

Seine Finger berührten meine.

Ohne daß es mir bewußt geworden war, hatte ich meine Hand nach ihm ausgestreckt.

Seine Stimme war ein Hämmern inständigen Bittens, Überredens. »Kommt, ich flehe Euch an. Kommt.«

Es war, als ob wir uns gemeinsam im Tanze wiegten, wie Schlange und Opfer.

Ich schüttelte den Kopf. Mein Verstand war in Aufruhr.

Ich spürte, wie ich körperlich und geistig das Gleichgewicht verlor.

Er berührte meine Hand wieder. Ich schnappte nach Luft.

»Kommt, von Bek. Kommt in die Hölle.«

Sein Fleisch war heiß, aber es brannte mich nicht. Die Berührung damit war sinnlich und überwältigend.

»Majestät ...« Jetzt war ich es, der inständig bat.

»Habt Ihr kein Mitleid, von Bek? Habt Mitleid mit dem Gefallenen. Habt Mitleid mit Luzifer.«

Die Eindringlichkeit, der Schmerz, das dringende Bedürfnis, die Verzweiflung, alles hatte sich verschworen, um mich zu gewinnen, aber ich kämpfte noch einige Augenblicke weiter. »Ich habe kein Mitleid«, sagte ich. »Ich habe das Mitleid aus meiner Seele verbannt. Ich habe die Barmherzigkeit verbannt. Ich kümmere mich nur um mich selbst!«

»*Dem ist nicht so, von Bek.*«

»Es ist so! Es ist so!«

»*Ein wahrhaft unbarmherziges Wesen würde gar nicht wissen, worum es geht. Ihr widersetzt Euch der Barmherzigkeit in Euch selbst. Ihr widersteht dem Mitleid. Ihr seid das Opfer Eures Verstandes. Er ist an die Stelle Eurer Menschlichkeit getreten. Und das ist wahrhaftig, was Totsein bedeutet, auch wenn Ihr gehen könnt und atmet. Helft mir, daß ich wieder in den Himmel erhoben werde, und ich werde Euch helfen, wieder leben zu können ...*«

»Oh, Majestät«, sagte ich, »Ihr seid so klug, wie man es Euch nachsagt.« Auch wenn ich Ihm in diesem Augenblick schon gehörte, versuchte ich doch noch, eine Art vorläufigen Handels herauszuschlagen. »Ich komme, vorausgesetzt, daß ich vor Ablauf einer Stunde wieder in diesem Raum bin. Und daß ich Sabrina wiedersehe ...«

»*Gewährt.*«

Die Fliesen der Bibliothek schwanden vor uns dahin. Sie verwandelten sich in Quecksilber und dann in tiefblaues Wasser. Wir begannen abwärts zu schweben wie durch einen kalten Himmel, auf eine entfernte Landschaft zu, weit, weiß und ohne Horizont.

KAPITEL III

Meine Haut schien fast so weiß geworden zu sein wie diese unbestimmbare Ebene. Ich stellte auf meinen Händen Linien, Umrisse von Adern und Knochen fest, die ich früher nie bemerkt hatte. Meine Fingernägel glitzerten wie Glas und wirkten äußerst zerbrechlich.

Ich war praktisch gewichtslos. Ich dachte, daß ich ebensogut ein kristallener Geist hätte sein können.

»Das ist die Hölle?« fragte ich Luzifer.

Auch der Fürst der Dunkelheit war bleich. Nur seine Augen, schwarz wie verwittertes Eisen, wirkten lebendig.

»Das ist die Hölle«, sagte Er. »Besser gesagt, ein Teil meines Reiches. Ein Reich, das natürlich unbegrenzt ist.«

»Und unbegrenzte Aspekte hat?« ergänzte ich.

»Natürlich nicht. Ihr sprecht vom Himmel. Die Hölle ist das Reich der Beschränkung und düsterer Einzigartigkeit.« Mit einem Seitenblick lächelte Er fast zurückhaltend, als ob es Ihm wichtig sei, daß mir Seine Ironie nicht entging.

Luzifer schien mir gegenüber eine gewisse Scheu an den Tag zu legen. Ich mußte glauben, daß er sich von mir eine gute Meinung erhoffte. Ich zerbrach mir den Kopf, weshalb das so sein mochte. Noch immer ging von Ihm eine Aura von ungeheurer Macht und Geisteskraft aus. Entgegen meiner Willensanstrengung stand ich nach wie vor in seinem Bann. Gewiß war ich Ihm in keiner auch nur denkbaren Weise gewachsen. Und doch hatte ich den Eindruck, daß ich Ihn beunruhigte. Was mochte ich wohl besitzen, wonach Er nicht fragen konnte? Weshalb sollte er meine Seele so dringend nötig haben?

Aber ich sah keinen Sinn in dem Versuch, Satan durchschauen zu wollen. Mit aller Gewißheit konnte er jeden Gedanken lesen, jeden Einwand vorwegnehmen und allem, was ich unternehmen wollte, zuvorkommen.

Dann kam mir in den Sinn, daß Er dies vielleicht gar nicht

tun wollte. Vielleicht war Seine offensichtliche Empfindlichkeit die Folge Seiner eigenen Abneigung, die Macht zu gebrauchen, die Ihm zu Gebote stand. Der Fürst der Dunkelheit, der Könige und Generäle, Päpste und Kardinäle nach seinem Willen steuern konnte und dem derartige Machenschaften zweite Natur waren, versuchte irgendwie offen und ehrlich zu sein und widersetzte sich den Gewohnheiten eines ewigen Lebens.

Der Eindruck, den ich hatte, hätte eine gründliche Täuschung sein können. Der Versuch, Luzifers Beweggründe zu verstehen oder Seinen Charakter abzuschätzen, war einfach sinnlos. Ich sagte mir auch, daß ich ebensowenig den Rest von Geisteskraft, die mir verblieben war, auf den Versuch verschwenden sollte, Sein Handeln oder Seine Bedürfnisse vorauszuahnen.

Ich sollte eher darauf bauen, daß er Sein Wort halten würde. Er sollte mir zeigen, was Er mir von seinem Reich zu zeigen wünschte. Und nichts würde ich ganz glauben, was es auch zu sein scheinen mochte.

»Ihr seid ein nüchterner Mensch, Hauptmann«, sagte Luzifer beiläufig, »bis in die Knochen. Besser gesagt, bis in Eure Seele.«

Meine Stimme klang schwächer als üblich. Ein schwaches Echo darauf, dachte ich. »Seht Ihr meine Seele, Hoheit?«

Er hakte sich bei mir ein und wir schritten durch die Ebene.

»Sie ist mir vertraut, Hauptmann.«

Die Bemerkung beeindruckte mich nicht, während sie mich auf Erden doch etwas erschüttert hätte. Obwohl der Gegenwart Luzifers gewahr, war mein Körper nun weder materiell noch ätherisch, sondern irgend etwas dazwischen. Was ich deutlich hätte fühlen müssen, merkte ich jetzt nur anflugsweise; mein Gehirn schien wacher, aber auch das mochte nur Einbildung gewesen sein; meine Bewegungen waren langsam und vorsichtig, folgten jedoch meinen Gedanken ausreichend.

Dieser Zustand war nicht unangenehm, und ich fragte mich, ob Engel üblicherweise in dieser Verfassung sein mochten und ob dies die Stärke übernatürlicher Wesen ausmache.

Während ich Seite an Seite mit Luzifer durch die Hölle schlenderte, kam es mir keineswegs seltsam vor, daß ich bereits angefangen hatte, in Begriffen von Geistern und von Bereichen außerhalb meiner irdischen Welt zu denken, wo ich doch während vieler Jahre mich geweigert hatte, an irgend etwas anderes zu glauben als an rein wirkliche und materielle Erscheinungen.

Fleisch und Blut – überwiegend also meine Selbsterhaltung – waren seit Beginn meiner Soldatenzeit meine einzige Wirklichkeit gewesen. Mein Geist und meine Sinne waren ziemlich abgestumpft, aber bei dem Leben, das ich führte, konnte ich mir nur Unempfindlichkeit erlauben. Und in der Welt, in der ich mich befand, war nur das Leben, das ich führte, vernünftig.

Jetzt entdeckte ich plötzlich, daß in mir nicht nur leise Empfindungen wieder erwachten, sondern daß ich auch Wahrnehmungen erlebte, die – unwirklich oder nicht – üblicherweise der großen Menge versagt bleiben.

Es war kein Wunder, daß mein Urteilsvermögen durcheinander war. Auch selbst, wenn ich dies in Betracht zog, konnte ich nicht anders als ergriffen sein. Ich kämpfte um die Erinnerung, daß ich keinen Vertrag mit Luzifer abschließen durfte, daß ich in nichts einwilligen durfte und daß ich, ungeachtet der verlockendsten Angebote, die er mir machen mochte, Zeit gewinnen mußte. Denn nicht allein mein Leben stand auf dem Spiel, nein, es konnte um mein Schicksal für alle Ewigkeit gehen.

Luzifer schien mich trösten zu wollen. »Ich habe Euch mein Wort gegeben«, erinnerte Er mich, »und ich werde es halten.«

Ein überwölbter Torweg aus silbernen Flammen tauchte unmittelbar vor uns auf. Luzifer zog mich in dieser Richtung.

Diesmal zögerte ich nicht, durchschritt den Torweg und befand mich in einer Stadt.

Die Stadt war aus schwarzem Obsidian gebaut. Jede Oberfläche, jede Mauer, jedes Vordach, jede Fliese war schwarz und schimmernd. Das Stadtvolk trug prächtige dunkelfarbene Kleider, scharlachrot und tiefblau, blutorangenfarben und moosgrün, und die Haut der Leute hatte die Farbe von altem polierten Eichenholz.

»Diese Stadt steht in der Hölle?« fragte ich.

»Es ist eine der wichtigsten Städte der Hölle«, antwortete Luzifer.

Während wir vorbeigingen, knieten die Leute sofort nieder und huldigten ihrem Gebieter.

»Sie erkennen Euch«, sagte ich.

»Oh, tatsächlich.«

Die Stadt schien wohlhabend und die Leute machten einen gesunden Eindruck.

»Hölle bedeutet doch gewiß Strafe?« sagte ich. »Doch diese Leute leiden augenscheinlich nicht.«

»Sie leiden«, sagte Luzifer. »Das ist ihr besonderes Los. Ihr habt gesehen, wie behende sie auf die Knie fielen.«

»Ja.«

»Alle sind sie meine Sklaven. Keiner von ihnen ist frei.«

»Zweifellos waren sie auch auf Erden nicht frei.«

»Wahr. Aber sie wissen, daß sie im Himmel frei wären. Ihr eigentliches Leiden besteht ganz einfach darin: Sie wissen, daß sie auf alle Ewigkeit in der Hölle sind. In diesem Wissen besteht ihre Strafe.«

»Was ist Freiheit im Himmel?«

»In der Hölle wird man, was man befürchtet zu sein. Im Himmel kann man werden, was man hofft zu sein«, sagte Luzifer.

Ich hatte eine gewichtigere Antwort oder zumindest eine kompliziertere erwartet.

»Eine recht milde Bestrafung verglichen mit dem, was Luther androhte«, bemerkte ich.

»Scheinbar. Und weitaus weniger interessant als Luthers Qualen, wie er Euch selber sagen könnte. Nichts in der Hölle ist besonders interessant.«

Ich war amüsiert. »Wäre das die Hölle in einem Epigramm zusammengefaßt?«

»Ich weiß nicht, ob es ein solches Epigramm gibt. Vielleicht meint Luther, daß es das ist. Wollt Ihr ihn fragen?«

»Ist er hier?«

»Hier in dieser Stadt. Sie heißt ›Stadt der ergebenen Fürsten‹. Sie könnte für ihn gebaut sein.«

Ich hatte kein Bedürfnis, Luther zu begegnen, weder in der Hölle noch im Himmel oder auf Erden. Ich mache kein Hehl aus meiner Genugtuung über den Umstand, daß er nicht die Belohnung, die er für sich in Anspruch genommen hatte, erhalten hatte, sondern nun seinen Platz in der Hölle mit jenen Geistlichen teilen mußte, die er in Bausch und Bogen verdammt hatte.

»Ich glaube zu verstehen, was Ihr meint«, sagte ich.

»Oh, ich glaube, wir beide kennen uns im Hochmut aus, Hauptmann von Bek«, sagte Luzifer fast fröhlich. »Soll ich Luther rufen? Er ist jetzt sehr fügsam.«

Ich schüttelte den Kopf.

Luzifer zog mich weiter durch die schwarzen Straßen. Ich schaute in die Gesichter der Bewohner, und ich wußte, daß ich geradezu alles tun würde, nur um nicht einer von ihnen zu werden. Diese Verdammnis war sicherlich tückisch. Vor allem ihre Augen erschütterten mich: hart und ohne Hoffnung. Dann ihre flüsternden Stimmen: kalt und ohne Würde. Und dann die Stadt selbst: Sie hatte nichts Menschliches.

»Dieser Besuch in der Hölle wird kurz sein«, versicherte mir Luzifer. »Doch glaube ich, er wird Euch überzeugen.«

Wir betraten ein riesiges quadratisches Gebäude und gelangten in tiefere Dunkelheit.

»Gibt es keine Flammen hier?« fragte ich Ihn. »Keine Dämonen? Keine heulenden Sünder?«

»Hier kommen wenige Sünder in den Genuß dieser Art von Genugtuung«, sagte Luzifer.

Wir standen am Ufer eines ausgedehnten seichten Sees. Das Wasser war unbewegt und bleifarben. Das Licht war grau und milchig; woher es stammte, war nicht zu ermitteln. Der Himmel hatte dieselbe Farbe wie das Wasser. Soweit ich sehen konnte, standen nackte Männer und Frauen hier und dort hüfttief im Wasser und wuschen sich.

Das Geräusch des Wassers war gedämpft und verschwommen. Die Bewegungen der Männer und Frauen waren mechanisch, als hätten sie sie schon seit undenklichen Zeiten gemacht. Alle waren sie etwa gleich groß. Alle hatten den gleichen trägen Leib und dasselbe ausdruckslose Gesicht. Kein Ton kam über ihre Lippen. Sie schöpften das Wasser mit den Händen und gossen es über Kopf und Körper, sie bewegten sich wie mechanische Figuren. Auch bei ihnen waren es die Augen, welche ihre Pein offenbarten. Sie bewegten sich, so schien mir, gegen ihren Willen, und waren unfähig einzuhalten.

»Ist das eine Strafe?« fragte ich Luzifer. »Wissen sie, daß sie für etwas bestraft werden?«

Er lächelte. Mit dieser ausgefallenen Marter schien er besonders zufrieden zu sein. »Man könnte es als Nachahmung von Strafe bezeichnen, Hauptmann. Das ist der See der unaufrichtigen Büßer.«

»Gott ist nicht nachsichtig«, sagte ich. »So scheint es zumindest.«

»Gott ist Gott«, sagte Luzifer. Er zuckte die Achseln. »Es ist an mir, Seinen Willen auszulegen und eine Auswahl von Bestrafungen auszudenken für jene, denen der Himmel verwehrt ist.«

»So dient Ihr ihm also weiterhin?«

»Kann sein.« Luzifer machte wieder einen unsicheren Eindruck. »Doch seit einiger Zeit frage ich mich, ob ich Ihn nicht mißdeutet habe. Zwar ist es mir überlassen, angemessene Martern zu erfinden. Aber wenn ich sie nicht bestrafen sollte? Wenn ich Gnade walten lassen sollte?« In Seiner Stimme bemerkte ich etwas fast Ergreifendes.

»Habt Ihr keine Anweisungen erhalten?« fragte ich etwas unsicher. »Abermillionen von Seelen mögen umsonst gelitten haben, weil Ihr geirrt habt!« Es war unglaublich.

»Jeder Umgang mit Gott ist mir versagt, Hauptmann.« Sein Ton wurde schärfer. »Ist euch das nicht klar?«

»So wißt Ihr also nie, ob Ihr Ihn zufriedenstellt oder nicht? Er schickt Euch kein Zeichen?«

»Während fast meiner ganzen Zeit in der Hölle habe ich mich nie darum bemüht. Wie ich schon angedeutet habe, bin ich auf menschliche Vermittler angewiesen.«

»Und durch diese Vermittler habt Ihr nie eine Botschaft erhalten?«

»Wie soll ich ihnen vertrauen? Ich bin mit dem Bann belegt, Hauptmann von Bek. Die Seelen, die mir gesandt werden, sind mir auf Gedeih und Verderb ausgeliefert. Ich verfahre mit ihnen, wie es mir gefällt, großenteils, um mir meine eigene entsetzliche Langeweile zu vertreiben.« Er wurde finster. »Und um mich an denen zu rächen, die die Möglichkeit hatten, sich um die Gnade Gottes zu bemühen und sie verschmähten, oder die zu dumm oder zu eingebildet waren, als daß sie hätten erkennen können, was sie verloren hatten.« Er machte eine Gebärde.

Ich sah eine Reihe ausgedehnter schöner Felder vor mir, in denen grüne Bäume standen. Eine idyllische ländliche Szene. Selbst das Licht war wärmer und heller hier, obwohl wiederum nicht zu spüren war, daß das Licht aus einer bestimmten Richtung schien.

Es hätte Frühling sein können. Wie kleine Viehherden saßen oder standen in den Feldern Gruppen von verlumpten Leuten. Ihre Haut war rauh, schuppig und schmutzig. Sie bewegten sich schwerfällig und schleppend durch die Felder. Doch zufrieden waren diese armen Seelen zweifellos nicht.

Ich stellte fest, daß sie zwar einen unterschiedlichen Körperbau, aber alle das gleiche Gesicht hatten.

Jedes Gesicht war gezeichnet von derselben einwärtsgewandten Verrücktheit und Gier, von demselben Ausdruck äußerster Selbstsucht. Die Geschöpfe murmelten vor sich hin, alle sagten dasselbe, während sie wieder und wieder im Kreis durch die Felder zogen.

Die weinerlichen Klagen widerten mich grenzenlos an. Ich spürte nichts von Mitgefühl für sie.
»Jede einzelne dieser Seelen ist ein Universum von Selbstanteilnahme«, sagte Luzifer.
»Und doch sind alle genau gleich«, sagte ich.
»Richtig. Selbst in der geringsten Einzelheit sind sie gleich. Aber nicht einer dieser Männer, nicht eine dieser Frauen will sich diese Tatsache eingestehen. Je näher sie an den Kern des Selbsts gelangen, desto ähnlicher sind sie den andern.« Er wandte sich mir mit einem zynischen Blick zu. »Entspricht das eher dem, was Ihr von der Hölle erwartet, Hauptmann?«
»Ja, ich glaube schon.«
»Auf Erden sprach jeder von ihnen von freiem Willen, von Treue gegenüber den eigenen Bedürfnissen. Von der Wichtigkeit, sein eigenes Schicksal zu bestimmen. Jeder von ihnen glaubte, sein Los zu meistern. Und sie hatten natürlich nur ein Maß dafür: materielles Wohlbefinden. Das ist allein möglich, wenn man unberücksichtigt läßt, daß man mit dem Rest der Menschheit verknüpft ist.«
Ich sah unbeteiligt in diese identischen Gesichter. »Ist das eine gezielte Warnung an mich? Ich hätte mir gedacht, daß Ihr versuchen würdet, die Hölle etwas anziehender für mich zu machen.«
»Und warum das?«
Ich antwortete nicht. Ich war zu verängstigt.
»Wäre Euch die Aussicht, in meinen Diensten zu stehen, angenehm, Hauptmann von Bek?« fragte mich Luzifer.
»Mitnichten«, sagte ich, »denn auf Erden kann man wenigstens freien Willen vortäuschen. Hier dagegen bleibt keine Wahl.«
»Und im Himmel kann man seinen freien Willen haben«, meinte Luzifer.
»Trotz des himmlischen Herrschers?« fragte ich. »Ich könnte mir denken, daß Er viel von Seinen Geschöpfen verlangt.«
»Ich verstehe mich nicht auf priesterliche Deutungen«,

sagte Luzifer, »aber es ist behauptet worden, Gott verlange lediglich, daß Männer und Frauen viel von sich selbst verlangen.«

Die Felder lagen nun hinter uns. »Ich dagegen«, fuhr der Fürst der Dunkelheit fort, »erwarte von der Menschheit nichts außer die Bestätigung, daß sie wertlos ist. Ich bin bereit, sie zu verachten, sie zu benutzen und ihre Schwäche auszubeuten. Oder so war es zu Beginn meiner Herrschaft.«

»Ihr sprecht wie jemand, der die ganze Menschheit als seinen Nebenbuhler sieht. Ich hätte nicht geglaubt, daß ein Engel – wenn auch ein gefallener – sich zu solcher Kleinlichkeit herabläßt.«

»Jener Zorn ist mir noch immer im Gedächtnis. Jener Zorn schien mir nicht geringfügig zu sein, Hauptmann von Bek.«

»Ihr habt Euch verändert, Majestät?«

»Ich sagte Euch schon, daß dem so ist.«

»Ihr seid also verzweifelt darüber, daß es Euch nicht gelungen ist, Gott davon zu überzeugen?«

»Das ist richtig. Weil Gott mich nicht hören kann.«

»Seid Ihr sicher, Majestät?«

»Ich bin von nichts überzeugt. Aber ich setzte voraus, daß es so ist.«

Beinahe fühlte ich Mitleid mit diesem großartigen Wesen, diesem trotzigsten aller Geschöpfe, das nun an einer Stelle angelangt war, wo es seine Niederlage eingestehen wollte, aber niemand fand, der dieses Sein Eingeständnis anerkennen oder vielleicht glauben mochte.

»Ich habe die Erde satt und noch mehr die Hölle, Hauptmann. Ich sehne mich nach meinem Platz im Himmel.«

»Aber wenn Eure Majestät wahrhaftig reumütig ist ...«

»Dafür braucht es Beweise. Ich muß Genugtuung leisten.«

Luzifer fuhr fort: »Meine geistigen Fähigkeiten, mit denen ich einen Überfluß von Wundern auf Erden erschaffen wollte, schätzte ich hoch ein. Ich versuchte den Beweis zu erbringen, daß meine Logik, meine Schöpferkraft und mein

Geist alles, was Gott gemacht hatte, in den Schatten stellen könnte. Dann kam ich zur Überzeugung, daß die Menschen meiner nicht wert waren. Und dann begann ich zu glauben, daß ich keine Größe war, und daß das, was ich zu machen versuchte, kein Gehalt, keine Bestimmung und keine Zukunft hatte. Ihr habt viel von der Welt gesehen, Hauptmann.«

»Mehr, als den meisten vergönnt ist«, bestätigte ich.

»Alles ist in Zerfall, nicht wahr? Alles. Der Geist verwest, wie Fleisch und Verstand verfaulen.« Luzifer stieß einen Seufzer aus. »Ich bin gescheitert.«

Seine Stimme klang dumpf. Ich hatte Mitleid mit Ihm, mehr noch als mit den Seelen, die in seinem Reich gefangen waren.

»Ich möchte zurückkehren können in die Sicherheit, in die Ruhe, die ich einst kannte«, fuhr Luzifer fort.

Wir standen wieder auf der weißen Ebene.

»Ich versuchte zu zeigen, daß ich eine schönere Welt erschaffen konnte, schöner als alles, was Gott erschaffen konnte. Noch immer weiß ich nicht, was ich falsch machte. Ich habe jahrhundertelang darüber nachgedacht, Hauptmann. Und ich weiß, daß nur eine menschliche Seele das Geheimnis entdecken kann, das meiner Aufmerksamkeit entgangen ist. Ich muß es wieder gutmachen. Ich muß es wieder gutmachen ...«

»Habt Ihr entschieden, wie Ihr das tun könnt?« fragte ich ruhig.

»Ich muß das Heilmittel für das Leid der Welt entdecken, Hauptmann von Bek.« Er richtete seinen dunklen Blick auf mich, und die Heftigkeit, die darin lag, ließ mich erschaudern.

»Ein Heilmittel? Nur menschliche Torheit ist die Ursache dieses Leids. Die Antwort scheint mir einfach zu sein.«

»Nein!« Luzifers Stimme war fast ein Ächzen. »Es ist schwierig. Gott hat der Welt ein Ding geschenkt, ein Mittel, um die Gebrechen der Menschheit zu heilen. Wenn dieses Mittel gefunden und die Welt in Ordnung gebracht ist, wird

Gott mich anhören. Wenn Gott mich einmal anhört, kann ich Ihn vielleicht überzeugen, daß ich wahrhaftig reumütig bin.«

»Aber was hat das mit mir zu tun, Majestät? Ihr werdet doch bestimmt nicht annehmen, daß ich ein Mittel gegen die menschliche Torheit besitze.«

Luzifer bewegte fast zornig seine rechte Hand.

Plötzlich befanden wir uns wieder in der Bibliothek des Schlosses. Wir standen den hohen Fenstern gegenüber. Draußen konnte ich den grünen schweigenden Wald sehen, und ich bemerkte, daß nur eine kurze Zeitspanne verstrichen war. Mein Körper fühlte sich so fest an, wie er immer gewesen war. Ich war erleichtert. Mein gewohntes Empfindungsvermögen war wieder hergestellt.

Luzifer sagte: »Ich habe Euch gebeten, mir zu helfen, von Bek, weil Ihr klug und einfallsreich seid und Euch nicht so leicht etwas vormachen laßt. Ich bitte Euch, für mich Nachforschungen zu unternehmen. Ich wünsche, daß Ihr mir das Heilmittel für die Gebrechen der Welt findet. Wißt Ihr, wovon ich spreche?«

»Ich habe nur vom Heiligen Gral gehört, Majestät«, sagte ich. »Und ich halte das für ein Märchen. An die Kräfte, die einem solchen Becher innewohnen sollen, würde ich etwa so sehr glauben wie an die Kräfte eines Splitters vom Kreuze Christi oder eines Fingernagels des Heiligen Petrus.«

Er überhörte diese Bemerkungen. Seine Augen leuchteten auf und schauten in die Ferne. »Ach ja. Das ist der Name. Der Heilige Gral. Wie würdet Ihr ihn beschreiben, von Bek?«

»Ein sagenumwobener Becher.«

»Angenommen, es gibt ihn. Was, würdet Ihr sagen, ist er?«

»Eine Verkörperung von Gottes Barmherzigkeit mit der Welt«, sagte ich.

»Richtig. Ist das nicht der Gegenstand, den ich Euch beschrieben habe?«

Ich mochte es nicht glauben. »Luzifer gibt einem gottlosen Glücksritter den Auftrag, den Heiligen Gral zu suchen und zu beschaffen?«

»Ich bitte Euch, das Heilmittel für das Leid der Welt zu suchen, ja. Nennt es den Gral.«

»In der Legende heißt es, daß es nur dem reinsten der Ritter vergönnt ist, den Gral zu sehen, geschweige denn zu berühren!«

»Ich bin sicher, daß Eure Reise Euch läutern wird.«

»Majestät, was bietet Ihr mir, wenn ich mich zu dieser Suche bereit erkläre?«

Er lächelte mich spöttisch an. »Ist es nicht schon eine Ehre an sich?«

Ich schüttelte den Kopf. »Für eine so einmalige Suche müssen Euch geeignetere Diener zu Gebote stehen.«

War Luzifer verrückt? Spielte er ein Spiel mit mir?

»Ich sagte es Euch bereits«, sagte Er, »daß dem nicht so ist.«

Ich zögerte. Ich sah mich verpflichtet, meine Gefühle auszusprechen:

»Ich bin mißtrauisch, Majestät.«

»Warum?«

»Ich kann Eure Beweggründe nicht erraten.«

»Mein Beweggrund ist einfach.

»Es geht über meine Kraft.«

Sein unglücklicher gequälter Blick ruhte wieder auf mir, und seine Stimme war ein eindringliches Flüstern, als er sprach: »*Ihr könnt nicht verstehen, wie groß meine Not ist. Wie groß ist meine Not! Menschen, wie Ihr es seid, von Bek, sind selten.*«

»Darf ich voraussetzen, Majestät, daß Ihr jetzt gerade versucht, meine Seele zu kaufen?«

»Kaufen?« Er schien verdutzt. »Eure Seele kaufen, von Bek? Ist Euch noch nicht klar geworden, daß ich Eure Seele längst besitze? Ich biete Euch die Möglichkeit, sie zurückzufordern.«

Ich wußte sofort, daß er die Wahrheit sprach. Und seit geraumer Weile hatte ich es geahnt.

Luzifer lächelte, und in diesem Lächeln sah ich die schlichte Bestätigung dessen, was wir beide wußten. Er log nicht.

Kälte ergriff mich. Deshalb hatte Er mir die Hölle gezeigt, nicht um mich in eine Falle zu locken, sondern um mir eine Kostprobe meines ewigen Schicksals zu geben.

Ich wandte mich von meinem Gebieter ab. »Dann ist mir also der Himmel bereits verwehrt. Wolltet Ihr mir das sagen, Majestät?«

»Der Himmel ist Euch bereits verwehrt.«

»Wenn dem so ist, habe ich wohl keine Wahl?«

»Falls ich Euch zurückweise, habt Ihr wieder die Möglichkeit, der Gnade Gottes teilhaftig zu werden – gerade wie auch ich hoffe, ihrer teilhaftig zu werden. Wir haben in der Tat vieles gemeinsam, von Bek.«

Nie war mir ein solcher Handel zu Ohren gekommen. Wenn ich darauf einging, mochte ich lediglich mein Leben etwas früher einbüßen, als ich das vorgesehen hatte.

Ich sagte: »Somit habe ich in Wirklichkeit kaum eine Wahl.«

»Sagen wir, daß Euer Charakter Eure Wahl bereits bestimmt hat.«

»Aber Ihr könnt mir nicht versprechen, daß Gott mich im Himmel aufnehmen wird.«

»Ich kann Euch nur versprechen, daß ich Eure Seele aus meinem Gewahrsam entlassen werde. Nicht immer kommen solche Seelen in den Himmel. Aber es heißt, sie leben ewig, einige davon.«

»Ich habe Geschichten gehört«, sagte ich, »wie etwa jene vom Wandernden Juden. Sollte ich versuchen, mich aus der Hölle zu retten, lediglich um auf der Suche nach Erlösung für alle Ewigkeit durch die Welt zu irren?«

Mir kam auf einmal der Gedanke, daß ich nicht der erste Sterbliche war, dem Luzifer seinen Handel angetragen hatte.

»Dazu kann ich nichts sagen«, erwiderte der Fürst der Finsternis. »Aber solltet Ihr das Ziel erreichen, was wahrscheinlich ist, könnte es nicht sein, daß Gott Euch mit Wohlgefallen betrachtet?«

»Gottes Angewohnheiten müssen Euch vertrauter sein als mir, Majestät.« Eine eigenartige Ruhe bemächtigte sich meiner. Ich war ziemlich belustigt.

Luzifer sah, wie mir war und grinste. »Das ist eine Herausforderung, nicht wahr, von Bek?«

»Jawohl, Majestät.« Noch immer erwog ich, was Er gesagt hatte. »Wenn ich doch bereits Euer Diener bin, wozu solch umständliche Mittel, um für dieses Treffen zu sorgen? Wozu Sabrina vorschicken?«

»Ich habe es Euch gesagt. Ich bin auf menschliche Vermittler angewiesen.«

»Selbst obwohl sie und ich bereits Eure Diener sind?«

»Sabrina entschied sich, mir zu dienen. Ihr habt noch nicht eingewilligt.«

»Sabrina kann also nicht gerettet werden?«

»Alle werden gerettet, wenn Ihr den Gral findet.«

»Dürfte ich Eure Hoheit nicht um eines bitten?«

Luzifer neigte mir seinen schönen Kopf zu. »Ich glaube, ich verstehe Euch, von Bek.«

»Würdet Ihr Sabrina freigeben, wenn ich mich bereit erkläre, Eurer Bitte nachzukommen?«

Luzifer hatte es geahnt.

»Falls Ihr einwilligt, nein. Aber wenn Ihr das Ziel erreicht. Beschafft das Heilmittel für das Leid der Welt und ich verspreche Euch, Sabrina freizugeben zu genau den gleichen Bedingungen, wie ich Euch freigebe.«

»So werde ich, falls ich zu ewigem Leben verdammt sein sollte, eine Gefährtin haben.«

»Ja.«

Ich dachte darüber nach. »Sehr wohl, Majestät. Wo soll ich dieses Mittel suchen, diesen Gral?«

»Mir ist nur bekannt, daß er vor mir und all jenen, die in der Unterwelt weilen, verborgen ist. Er ist irgendwo auf Erden oder in einem übernatürlichen Bereich nicht weit von der Erde weg.«

»Ein Reich nicht auf der Erde? Wie soll ich dahin gelangen können?«

Luzifer sagte: »Dieses Schloß ist ein solcher Ort, von Bek. Ich kann Euch die Kraft verleihen, in gewisse Teile der Welt zu gelangen, die gewöhnlichen Sterblichen verwehrt sind. Möglich, daß das Mittel in einem dieser Bereiche zu finden ist, möglicherweise aber auch an einem ganz gewöhnlichen Ort. Ihr werdet jedenfalls in der Lage sein, mehr oder weniger überallhin zu reisen, wie Ihr wollt oder es für nötig haltet.«

»Heißt das, daß Ihr einen Zauberer aus mir machen wollt, Majestät?«

»Vielleicht. Ich kann Euch gewisse Erleichterungen gewähren, um Euch bei der Suche zu helfen. Aber ich weiß, daß Ihr stolz auf Eure Intelligenz und Fähigkeiten seid, und diese Eigenschaften sind für uns beide am wertvollsten. Und Ihr seid mutig, von Bek, in mancher Hinsicht. Auch wenn Ihr sterblich seid, ist das eine Eigenschaft, die wir teilen. Euer Mut ist ein weiterer Grund, daß ich Euch erwählte.«

»Ich bin mir nicht sicher, Majestät, ob ich nur zu beglückwünschen bin. Satans Vertreter auf Erden zu sein, eine Art Gegenpapst.« Ich wechselte den Gesprächsgegenstand. »Und wenn ich Euch enttäusche?«

Luzifer wandte sich ab. »Das käme, sagen wir es einmal so, auf die Natur Eures Fehlschlages an. Solltet Ihr sterben, endet Ihr unverzüglich in der Hölle. Doch solltet Ihr mich verraten, wie auch immer, von Bek – dann gibt es keine Möglichkeit, daß ich Eurer nicht habhaft werden könnte. Ihr werdet mir nur zu bald gehören. Und ich werde mir überlegen, wie ich mich an Euch für alle Ewigkeit rächen kann.«

»Falls ich also auf der Suche getötet werde, gewinne ich nichts, sondern werde sofort zur Hölle geschickt?«

»So ist es. Aber Ihr habt gesehen, daß die Hölle vielgestaltig ist. Und ich kann die Toten schlecht und recht wieder zum Leben erwecken ...«

»Ich habe Eure Auferstehungen gesehen, Hoheit, und ich

wäre lieber ganz tot. Doch ich nehme an, daß ich Eurem Handel zustimmen muß, weil ich so wenig zu verlieren habe.«

»Sehr wenig, Hauptmann.«

Wie grundlegend hatte sich mein Leben in den vergangenen vierundzwanzig Stunden verändert! Im Verlauf meiner Soldatenjahre hatte ich mich mit Erfolg aller Gedanken über Verdammnis oder Erlösung, über Gott und den Teufel entledigt. Ich hatte vielen Herren gedient, aber mich gegenüber keinem von ihnen zur Loyalität verpflichtet gefühlt und ließ keinen von ihnen über mich verfügen. Ich hatte mich durch und durch als mein eigener Herr und Meister betrachtet, komme was da wolle.

Jetzt plötzlich wurde ich von Luzifer selbst in Kenntnis gesetzt, daß ich verdammt war und daß mir gleichzeitig eine Möglichkeit der Errettung offenstand. Meine Gefühle, ich brauche es nicht zu betonen, waren gemischt. Aus einem pragmatischen Agnostiker war nicht nur ein Gläubiger geworden, sondern ein Gläubiger, der aufgerufen war, an der grundsätzlichsten geistigen Auseinandersetzung teilzunehmen, dem Kampf zwischen Himmel und Hölle. Und ich war eine anscheinend wichtige Spielfigur geworden. Soviel auf einmal hinzunehmen, war schwierig für mich.

Ich verstand nun Sabrinas Bemerkung, daß nur Seelen, die Luzifer schon gehören, in dem Schloß und in seiner Umgebung existieren können.

Das zu glauben, hatte ich mich damals geweigert, aber nun konnte ich mich dieser Tatsache nicht mehr verschließen. Ihre Offenkundigkeit war mir bewiesen worden. Ich war verdammt. Und bereits hatte ich begonnen, auf Erlösung zu hoffen (mehr schon, als ich zugegeben hätte, glaube ich). Das Ergebnis war, daß ich mich, entgegen all meiner früheren Gewohnheiten, einer Sache verschrieben hatte.

Ich unterwarf mich Luzifer. »Ich bin bereit, Hoheit, mich auf die Suche zu machen, wann immer Ihr wünscht.«

Es war eine Ironie des Schicksals, dachte ich, daß der Gefallene die Hoffnung in mir wieder wachrief, und nicht, wie es herkömmlicherweise sein sollte, eine Erscheinung der Madonna oder die Begegnung mit einem stattlichen Priester.

»Ich möchte, daß Ihr Euch sofort auf den Weg macht«, sagte der Fürst der Finsternis.

Ich schaute hinaus. Es war noch nicht Mittag.

»Heute?« fragte ich Ihn.

»Morgen. Sabrina wird eine Weile mit Euch verbringen.«

An dieser Andeutung, daß meine privaten Empfindungen ausgenutzt worden waren, stieß ich mich. »Vielleicht habe ich keine Lust mehr, mit ihr zusammen zu sein, Hoheit.«

Luzifer klatschte leicht in die Hände, und Sabrina betrat die Bibliothek und verneigte sich.

»Hauptmann von Bek hat dem Geschäft zugestimmt«, sagte Luzifer zu ihr. »Ihr habt nun zu tun, wie ich Euch angewiesen habe, Sabrina.« Seine Stimme war sanft, fast herzlich.

Sie verneigte sich wieder. »Ja, Eure Hoheit.«

Ich betrachtete ihre Schönheit und staunte darüber noch mehr als zuvor. Meine Gefühle für sie hatten sich nicht geändert. Auf einmal war ich Luzifer beinahe dankbar, weil Er sie mir gesandt hatte.

Luzifer ergriff ein anderes Buch und ging zu dem Tisch in der Mitte des Raums zurück, in jeder Hinsicht wie ein Landjunker, der sich vor dem Mittagessen für eine Weile zurückzog.

»Hauptmann von Bek hat Euch in das Geschäft einbezogen, meine Liebe. Er hat Neuigkeiten für Euch, die nach Eurem Geschmack sein könnten.«

Sie erhob sich mit gerunzelter Stirn. Forschend schaute sie von ihrem Gebieter zu mir. Ich fühlte mich nicht in der Lage, ihr in diesem Augenblick etwas zu sagen.

Er entließ uns ohne Umstände. Ich zögerte noch.

»Für unseren Handel hätte ich ein etwas dramatischeres Symbol erwartet, Hoheit.«

Wieder lächelte Luzifer. In seinen wunderbaren Augen lag, zumindest in diesem Augenblick, kein Schmerz.

»Ich kenne wirklich wenige Sterbliche, die einen Besuch in der Hölle als undramatisch bezeichnen würden, Hauptmann.«

Ich begnügte mich damit und verbeugte mich nochmals.

»Sollte Eure Suche erfolgreich verlaufen«, fügte Luzifer hinzu, »werdet Ihr mit dem, was ich Euch zu finden beauftragt habe, in dieses Schloß zurückkehren. Sabrina wird auf Euch warten.«

Ich konnte mich einer letzten Frage nicht enthalten: »Und wenn das, was ich bringe, Eurer Hoheit mißfällt?«

Luzifer legte das Buch nieder. Seine Augen schauten in meine und waren wieder hart. Da hatte ich die Gewißheit, daß Er meine Seele besaß. Er wußte es sehr wohl.

»Dann kehren wir zusammen in die Hölle zurück«, sagte Er.

Sabrina berührte meinen Arm. Ich verneigte mich vor meinem Gebieter zum dritten und letzten Mal. Luzifer nahm seine Lektüre wieder auf.

Als Sabrina mich aus dem Raum führte, sagte sie: »Ich weiß, worum es bei Eurer Suche geht. Ich muß Euch Karten aushändigen. Und andere Dinge.«

Sie verneigte sich. Sie zog die Türen der Bibliothek hinter sich zu; der Fürst der Finsternis blieb zurück. Dann nahm sie mich bei der Hand und führte mich durch das Schloß zu einer kleinen Kammer in einem der Nordwesttürme. Ich konnte mich nicht erinnern, diesen Teil des Schlosses erkundet zu haben.

Hier waren auf einem schmalen Pult eine Mappe mit Karten, zwei kleine ledergebundene Bücher, ein Ring aus reinem Silber, eine Pergamentrolle und eine gewöhnliche Messingfeldflasche, wie Soldaten sie oft bei sich haben.

Diese Gegenstände, so kam es mir vor, waren nach einem bestimmten Muster angeordnet. Vielleicht hatte die Hexerei mit ihrer Vorliebe für Figuren und Symbole Sabrina beeinflußt, die unter der Macht der Gewohnheit dessen gar nicht gewahr wurde.

Um die Probe aufs Exempel zu machen, streckte ich die

Hand nach der Flasche aus. Ich verschob sie etwas. Sie erhob keinen Einwand.

Mein Verhalten gab mir zu denken. Es ging mir auf, daß ich bereits in Begriffen zu denken begonnen hatte, die mir einen oder zwei Tage früher noch lächerlich erschienen wären. Meine Welt war nicht mehr, was sie mir geschienen hatte. Es war nicht die Welt, die ich zu sehen mir angeeignet hatte. Es war irgendwie eine drohende Welt. Über meiner Welt war noch eine weitere, eine Welt, in der die unbedeutendste Einzelheit eine besondere Bedeutung hatte. Ich versuchte, diese unwillkommene Erkenntnis zu verscheuchen, wenigstens aus meinem Bewußtsein. Es würde nicht genügen, dachte ich, eine mögliche Gefahr wahrzunehmen auf die Weise, wie ein Vogel durch die Luft fliegt, oder Bedeutsamkeit zu sehen in der Art, wie die Äste zweier Bäume sich überschneiden. Das war die Verrücktheit jener, die sich für Seher oder Künstler hielten, während ich mich ständig daran erinnern sollte, daß ich Soldat war. Ich befaßte mich mit der greifbaren Welt, damit, in den Augen eines Mannes zu lesen, ob er beabsichtigte mich zu töten oder nicht, damit, anrückende Infanterietruppen zu erkennen und den versteckten Speicher eines Bauern aufzustöbern.

Ich wandte mich Sabrina zu. Es war schon fast eine Bitte um Hilfe.

»Ich habe Angst«, sagte ich.

Sie strich mir über den Arm. »Du bedauerst deinen Handel mit unserem Gebieter?«

Darauf konnte ich nicht unmittelbar antworten. »Ich bedaure die Umstände, die uns beide in Seine Gewalt gebracht haben«, sagte ich. »Aber wenn es schon einmal so ist, habe ich kaum eine Wahl, außer zu tun, was Er von mir verlangt.«

»Er erwähnte, daß etwas von dem, was du mit ihm ausgemacht hast, für mich von Bedeutung wäre.« Es tönte gleichgültig, doch glaube ich, sie brannte darauf zu hören, was wir vereinbart hatten. »Welchen Handel habt ihr geschlossen?«

»Ich versuche, deine wie meine Seele zurückzugewinnen«, sagte ich. »Wenn ich diesen – diesen Gral finde, sind wir beide frei.«

Erst schaute sie mich hoffnungsvoll an, und dann, fast plötzlich, verzweifelt. »Meine Seele ist verkauft, Ulrich.«

»Er hat versprochen, sie freizugeben. Falls ich das Ziel erreiche.«

»Es rührt mich«, sagte sie, »daß du an mich denkst.«

»Ich glaube, daß ich dich liebe«, sagte ich.

Sie nickte. Aus ihrem Ausdruck las ich, daß auch sie mich liebte. Sie sagte: »Er hat dich beauftragt, das Heilmittel für das Leid der Welt zu suchen, nicht wahr?«

»Genau das.«

»Und die Aussichten auf Erfolg sind kläglich. Vielleicht gibt es dieses Mittel nicht. Vielleicht ist Luzifer ebenso verzweifelt wie wir.« Sie hielt inne und flüsterte dann beinahe: »Könnte Luzifer wahnsinnig sein?«

»Möglicherweise«, sagte ich. »Doch wahnsinnig oder nicht – Er besitzt unsere Seelen. Und wenn es auch nur eine leise Hoffnung gibt, muß ich gehorchen.«

»Ich für meinen Teil vergesse die Hoffnung.« Sie kam auf mich zu. »Ich kann mir Hoffnung nicht leisten, Ulrich.«

Ich nahm sie in die Arme. »Ich kann es mir nicht leisten, nicht zu hoffen«, sagte ich zu ihr. »Ich muß handeln. Das ist meine Natur.«

Sie nahm es hin.

Ich küßte sie. Meine Liebe zu ihr flammte hoch. Wegzugehen widerstrebte mir mehr und mehr. Doch Luzifer, verrückt oder nicht verrückt, hatte mich überzeugt: Die einzige Aussicht, daß wir zusammen bleiben konnten, lag in der Erfüllung der Bedingungen unseres Handels.

Ich entzog mich ihr. Ich hielt meine Gefühle zurück. Ich schaute auf das Pult.

»Zeige mir, was für Dinge das sind«, sagte ich zu ihr.

Sie konnte kaum sprechen. Ihre Hand zitterte, als sie die Kartentasche ergriff und mir reichte.

»Das sind Karten der Welt, der bekannten und der unbekannten. Darauf sind gewisse Gebiete eingetragen, die auf gewöhnlichen Karten nicht vermerkt sind. Das sind Länder, die zwischen Erde und Himmel, und zwischen Himmel und Hölle liegen.

Das« – sie nahm ein Kästchen in die Hand – »ist ein Kompaß, wie du siehst. Er wird dich durch die natürliche Welt führen so sicher wie ein guter Kompaß es kann. Und er wird auf die Eingänge und Ausgänge jener übernatürlichen Länder weisen.«

Sie legte den Kompaß zurück und zeigte auf die Messingflasche. »Sie enthält eine Flüssigkeit, die dich wieder zu Kräften kommen lassen und dir jede Verwundung, die du erleiden magst, heilen helfen wird. Die Bücher enthalten Zaubersprüche und Beschwörungsformeln, die dir nützlich sein können. Sie müssen wohlüberlegt verwendet werden.«

»Und der Ring?« fragte ich.

Sie nahm ihn vom Pult und streifte ihn sorgfältig über meinen rechten Ringfinger.

»Das ist mein Geschenk für dich«, sagte sie. Dann küßte sie meine Hand.

Ich war gerührt. »Ich habe kein Geschenk für dich, Sabrina.«

»Du sollst unversehrt zurückkommen«, sagte sie. »Wenn du deine Aufgabe pflichtgetreu erfüllst, auch wenn du nicht erfolgreich sein solltest, bin ich doch sicher, daß unser Gebieter uns für einige Zeit in der Hölle beisammen lassen wird.«

Sie fürchtete die Hoffnung. Ich verstand sie.

Tränen standen ihr in den Augen. Ich merkte, daß auch ich weinte. Ich riß mich wieder zusammen und sagte unsicher:

»Die Pergamentrolle? Du hast mir nichts darüber gesagt.«

»Die Pergamentrolle wirst du öffnen, wenn du das Ziel erreicht hast.« Auch ihre Stimme stockte. »Sie wird dich darüber aufklären, wie du das Schloß wieder erreichen kannst. Aber du darfst sie nicht öffnen, bevor du das Heilmittel für das Leid der Welt gefunden hast.«

Sie beugte sich vor und hob einen Beutel vom Boden auf.

»Darin ist Verpflegung«, sagte sie, »und auch Geld für die Reise. Dein Pferd ist mit weiteren Vorräten beladen und wird im Hof stehen, wenn du reisefertig bist.«

Sie packte die Karten und die andern Gegenstände in den Beutel. Sie verschloß ihn sorgsam und reichte ihn mir.

»Was sonst noch?« fragte ich sie.

Ihr Lächeln war nicht mehr keck, nicht mehr herausfordernd. Es war fast scheu. Ich roch wieder den Duft von Rosen. Ich berührte ihr Haar, die zarte Haut ihrer Wange.

»Es bleibt uns Zeit bis zum Morgen«, sagte sie.

KAPITEL IV

AM NÄCHSTEN MORGEN wachte ich in einer eigentümlichen Stimmung auf. Ich war aufgewühlt von widersprüchlichen Gefühlen. Der Umstand, daß ich durch Sabrinas Mithilfe in die Falle gegangen war, dämpfte meine Liebe zu ihr, auch wenn ich wußte, daß ich ja nicht eigentlich in eine Falle gegangen war. Schließlich hatte Luzifer mir die Möglichkeit geboten, meine unsterbliche Seele auszulösen. Die Eindrücke meines kurzen Besuchs in der Hölle waren womöglich noch stärker, und fraglos glaubte ich schon, daß ich dem Fürsten der Finsternis begegnet war und Ihn in Sein Reich begleitet hatte. Ich hatte immer für mich in Anspruch genommen, der Wahrheit gegenüber offen zu sein; doch jetzt, wie die meisten von uns, war ich ärgerlich über die Wahrheit, weil sie mir unwillkommenes Handeln abforderte. Ich sehnte mich nach der verbissenen Unschuld, die ich jüngst verloren hatte.

Sabrina schlief noch. Ein feiner Regen verschleierte draußen den Wald. Ich brütete über die Gespräche, die ich mit Sabrina und mit Luzifer geführt hatte. Ich forschte nach einer befreienden Folgerichtigkeit, nach einer Möglichkeit, die Tragweite des Gehörten in Frage zu stellen, aber ich fand nichts. Nur das Schloß überzeugte mich. In der vergangenen Nacht hatte Sabrina gesagt: »Du siehst das Äußere durch deine sterblichen Augen. Dein sterblicher Verstand konnte sich im Normalzustand mit der Wahrheit nicht abfinden. Nichts läßt sich in der Hölle tun: keine Erfüllung, keine Zukunft, keine Hoffnung, nichts. Kein Glaube an irgend etwas. Die Seelen, die dort weilen, glaubten auch nur an ihr eigenes Überleben. Und dann verloren sie auch das.«

Ich hatte nichts darauf gesagt. Ich war verstrickt in Gefühle, die sich nicht in Gedanken, geschweige denn in Worte fassen ließen. Für einen Augenblick war eine Welle von Zorn in mir hochgestiegen und ich hatte gesagt: »Wenn all dies, woran du dich beteiligt hast, Irreführung und Zauberei sein sollte, werde ich mit jeder Sicherheit zurückkommen und dich töten.«

Doch mein Zorn schwand noch während ich sprach. Ich wußte, daß sie nichts Böses wünschte. Meine Drohung war der Ausdruck gewohnter Haltung und Handlungsweise, die nun praktisch bedeutungslos waren.

Ich wußte mit Gewißheit, daß sie mich liebte. Und ich wußte, daß ich sie liebte. Wir stimmten in so mancher Hinsicht überein; wir waren ebenbürtig. Der Gedanke, sie zu verlieren, war mir unerträglich.

Ich ging wieder zum Bett, zog die Vorhänge zurück, setzte mich auf den Rand und betrachtete ihr schlafendes Gesicht. Sabrina bewegte sich plötzlich, sie schrie auf und tastete die Stelle ab, wo ich gelegen hatte. Ich berührte ihre Wangen. »Ich bin hier.«

Sie drehte sich und lächelte mich an. Dann verschleierten sich ihre Augen. »Gehst du?«

»Ich werde wohl müssen. Bald.«

»Ja«, sagte sie, »denn es ist Morgen.« Sie setzte sich auf. Sie seufzte. »Als ich meinen Handel mit Luzifer abschloß, dachte ich, daß ich mich den Umständen widersetze und mein Schicksal in die eigenen Hände nehme. Aber die Umstände beeinflussen uns weiter. Wirken sie sich selbst darauf aus, wer wir sind? Läßt sich außerhalb von uns selbst ein Beweis dafür finden, daß wir einmalig sind?«

»Wir halten uns alle für einmalig«, sagte ich. »Aber ein Zyniker sieht nur Bekanntes und Ähnliches und würde sagen, daß wir alle ziemlich gleich sind.«

»Liegt es daran, daß einem Zyniker die Einbildungskraft abgeht, die kleinen Unterschiede auseinanderzuhalten, woran du und ich glauben?«

»Ich bin ein Zyniker«, sagte ich. »Ein Zyniker läßt weder Motiv noch Temperament erkennen.«

»Oh, das bist du gar nicht!« Sie umarmte mich. »Sonst wärst du nicht hier.«

Ich drückte sie an mich. »Ich bin, was ich in diesem Augenblick sein muß«, sagte ich. »Meinetwillen.«

»Und meinetwillen«, erinnerte sie mich.

Eine entsetzliche Traurigkeit kam in mir auf. Ich unterdrückte sie. »Und auch um deinetwillen«, gestand ich ihr.

Wir küßten uns. Der Schmerz wuchs. Ich riß mich von ihr los. Ich ging in die Ecke und begann mich zu waschen. Ich bemerkte, daß meine Hände zitterten und daß mir das Atmen schwer fiel. In diesem Augenblick hatte ich Lust, wieder in die Hölle zu fahren, um dort all die armen verdammten Seelen zu einem Heer zusammenzutrommeln und sie zum Aufruhr gegen Luzifer aufzuhetzen, ebenso wie Luzifer selbst gegen Gott rebelliert hatte. Ich glaubte, daß wir uns in den Händen törichter, irrsinniger Wesen befanden, deren Beweggründe noch kleinlicher als die der Menschen waren. Ich wollte sie alle loswerden. Es war ungerecht, dachte ich, daß solche Kreaturen Macht über uns haben sollten. Könnten sie, selbst wenn sie uns erschaffen haben sollten, nicht zerstört werden?

Doch diese Gedanken waren sinnlos. Ich hatte weder die Mitteln noch das Wissen und die Macht, sie herauszufordern. Ich konnte mich nur damit abfinden, daß ich ihnen, zum Teil wenigstens, ausgeliefert war. Ich mußte mich darein schicken, meine Rolle nach Luzifers Regeln zu spielen oder sonst gar keine Rolle mehr zu spielen.

»Du sagst, mein Pferd ist bereit?« fragte ich.

»Unten im Hof.«

Ich bückte mich nach dem Sack, den sie mir tags zuvor gegeben hatte. Mein Atem ging wieder ruhiger, und meine Hände zitterten nicht mehr so stark.

»Ich werde hierbleiben«, sagte sie.

Ich verstand sie. Ich wußte, warum sie mich nicht in den Hof begleiten wollte.

»Wie du denke auch ich, daß wenig Aussicht besteht, so etwas wie den Gral zu finden, aber ich werde an meinem Entschluß festhalten, wenn ich weiß, daß du an mich glaubst. Wirst du dich daran erinnern, mir zu glauben, daß ich zu dir zurückkomme?«

»Ich werde es nicht vergessen«, antwortete sie. »Es ist alles, woran ich mich halten kann. Ja, Ulrich, ich vertraue dir.«

Beide hatten wir Gewißheit verzweifelt nötig, und in dieser unbeständigen Welt versuchten wir beide, das unfaßbarste und veränderlichste aller Gefühle zu festigen, wie Menschen das eben tun, wenn sie von der Zukunft kaum etwas erwarten können.

»So sind wir einander verpflichtet«, sagte ich. »Und dieser Handel ist mir willkommener als jeder andere, den ich in den vergangenen Stunden gemacht habe.« Ich ging auf sie zu, berührte ihre nackten Schultern mit den Fingerspitzen und küßte zärtlich ihre Lippen.

»Lebe wohl«, sagte ich.

»Lebe wohl.« Sie sprach leise. Und dann: »Reite zuerst nach Ammersdorf und mach dort den Waldgrafen ausfindig.«

»Was kann er mir sagen?«

Sie schüttelte den Kopf. »Ich weiß nur das.«

Ich verließ das Zimmer.

Kaum hatte ich die Tür zugeschlossen, spürte ich, wie die Beine unter mir nachgaben; ich war so schwach, daß ich kaum die steinerne Wendeltreppe, die zur Haupthalle hinunterführte, schaffte. Nie zuvor hatte ich ein solches Schwächegefühl erlebt. Ich war kaum noch in der Lage, mich zu beherrschen.

In der Halle stand das Frühstück für mich bereit. Ich hielt nur inne, um einen kräftigen Schluck Wein zu trinken, und schritt dann schwankend auf die Türe zu.

Der Hof war still, nur das Schnaufen meines Pferdes war zu hören und die Regentropfen auf dem Blätterdach der Bäume. Ich zog die Luft durch die Nase. Außer der warmen Ausdünstung meines Pferdes war gar nichts zu riechen.

Das Pferd stand nahe beim Ziehbrunnen in der Mitte des Hofs. Es sah frisch gestriegelt aus. Beidseits des Sattels hingen große Körbe. Meine Pistolen schimmerten in den Halftern. Jeder Teil des Geschirrs war geputzt, jedes Stück Metall und Leder glänzte. Eine neue Decke lag unter dem Sattel. Das Pferd wandte den Kopf und schaute mich mit großen ungeduldigen Augen an. Es bewegte die Kiefer, und sein Gebiß knirschte.

Mit einiger Anstrengung stieg ich auf. Der Wein gab mir gerade genügend Kraft und Entschlossenheit, meine Absätze in die Flanken des Hengstes zu pressen. Er setzte sich flott in Gang, zufrieden, wieder unterwegs zu sein.

Das Fallgitter war hochgezogen. Von Sabrinas halbtoten Dienern war nichts zu sehen, ebensowenig von unserem Gebieter. Das Schloß sah genauso aus wie an dem Tag, als ich angekommen war.

Alles mochte vollendete Sinnestäuschung gewesen sein; ich schaute nicht zurück: halb aus Furcht, daß ich Sabrina an einem Fenster sehen würde, halb aus Furcht, daß ich gar nichts sehen würde.

Ich ritt durch den Torweg auf den Pfad, der sich hinunter und durch die Ziergärten wand. Die Statuen und hellen, leblosen Blumen troffen vom strömenden Regen, der den Waldrand unten nur undeutlich erkennen ließ. Mein Hengst schlug eine schnellere Gangart an. Schon bald ritten wir in leichtem Galopp; ich versuchte nicht, ihn zurückzuhalten. Das Wasser troff von meinem Helm. Ich zerrte den Mantel aus einem der Körbe und schlang ihn um mich. Der Regen wusch die letzten Tränenspuren von meinem Gesicht.

Ich ritt durch den kalten Regen hinab in den tiefen toten Wald hinein. Etwas später schaute ich zurück, um mich zu versichern, daß die hohen Gemäuer, die Türme und Zinnen Wirklichkeit waren.

Ich schaute nur ein einziges Mal zurück. Der Wald umfing mich jetzt dunkel und grau, und ein Teil meiner selbst fühlte sich wohl darin. Wir ritten gleichmäßig dahin bis zum Einbruch der Nacht.

Ich brauchte gut zwei Tage, um den Wald zu durchqueren, doch am Morgen des dritten Tages weckten mich Vogelgezwitscher, schwacher Sonnenschein und der Geruch von feuchter Erde, von Eichen und Tannen. Das Pfeifen der Finken und Drosseln erfüllte mich mit freudiger Erleichterung, und wieder fragte ich mich, ob all die seltsamen Ereignisse, die ich hinter mir gelassen hatte, etwas mit der Wirklichkeit zu tun hatten.

Nicht ein einziges Mal kam mir der Gedanke, daß ich alles nur geträumt hatte, hingegen, daß ich das Opfer einer verwirrenden Sinnestäuschung hätte gewesen sein können. Etwas in mir hoffte natürlich, daß dem so wäre. Doch solcher Hoffnung mich hinzugeben, konnte ich mir nicht leisten.

Ich aß etwas von der Verpflegung, die man mir mitgegeben hatte und holte dann die Karten aus dem Gepäck. Ich hatte es für besser gehalten, sie nicht zu benutzen, bevor Luzifers Wald hinter mir lag. Der Name Ammersdorf war mir nicht bekannt, und ich brauchte eine geraume Weile, bis ich ihn ausmachen konnte.

Ich wußte nicht, wo ich mich befand, aber zumindest war ich im Bereich sterblicher Geschöpfe, und früher oder später würde ich schon auf ein Dorf, auf einen Köhler oder einen Holzfäller stoßen – irgend jemand, der mir sagen könnte, wo ich war. Wußte ich das einmal, konnte ich auf Ammersdorf zuhalten, das anscheinend ein verhältnismäßig kleiner Flecken etwa fünfzig Meilen von Nürnberg entfernt sein mußte.

Mein Pferd ließ sich das wohlduftende Gras schmecken. Das Gras, das wir hinter uns gelassen hatten, mochte zum Füttern ausreichen, hatte aber vermutlich keinen Geschmack. Der Hengst erinnerte an einen Gefangenen, dem nach allzulanger Zeit bei Wasser und Brot plötzlich eine üppige Mahlzeit vorgesetzt wird. Ich ließ ihn sich vollfressen, sattelte ihn dann, stieg wieder auf und ritt weiter, bis ich nach kurzer Weile auf einen ziemlich breiten Waldpfad geriet, dem ich folgte.

Der Weg führte mich am Vormittag durch sanfte Hügel in ein schönes Tal. Durch den Nebel, der über den Hügelkuppen lag, brachen kräftige Sonnenstrahlen, die die tiefgrünen Felder und Hecken aufleuchten ließen. Der Rauch von Holzfeuern hing unmerklich in der Frühlingsluft, und als der Regen aufhörte, ließ mich der Südwestwind wieder warm werden.

Ich erblickte alte Bauernkaten und Gehöfte, alle offenbar unberührt vom Krieg. Rinder und Schafe grasten. Ich atmete die üppigen Düfte von Bauernhof, Blumen und nassem Gras ein, und meine Haut fühlte sich frischer als seit Monaten. Der Anblick war so friedlich, daß ich mich fragte, ob ich schon wieder einer Einbildung erliege und irgendwie in eine Falle gelockt werden sollte, doch mein vernünftiger sachlicher Verstand lehnte dankbarerweise derartige Mutmaßungen ab. Ich hatte mich auf eine verrückte Aufgabe eingelassen, veranlaßt von einem Wesen, das selber verrückt sein mochte; meine Zurechnungsfähigkeit mußte ich mir wenigstens in bezug auf kleine Dinge bewahren.

Als ich mich der nächsten Kate näherte, stieg mir der Geruch von Gebackenem in die Nase; das Wasser lief mir im Mund zusammen, denn etwas Warmes hatte ich zum letzten Mal vor meinem Zusammentreffen mit Luzifer gegessen. Ich hielt vor der Katentür an und rief »Hallo!« Erst dachte ich, daß aus Argwohn niemand antworten würde. Ich machte ein paar Schritte auf die verwitterte Eichentür zu, als sie aufging. Eine kleine rundliche Frau von etwa fünfundvierzig Jahren stand dort. Als sie meine kriegerische Aufmachung sah, senkte sie wie von selbst den Kopf und sagte mit einem breiten Akzent, den ich nicht kannte: »Guten Morgen, Euer Ehren.«

»Guten Morgen, Schwester«, gab ich zurück. »Kann ein ehrenwerter Mann bei Euch etwas warmes Essen kaufen?«

Sie lachte herzhaft. »Herr, wenn Ihr ein Dieb wärt und bereit zu zahlen, würdet Ihr die gleiche Kost bekommen. Wir sind gerade knapp bei Kasse, und ein paar Pfennige würden nichts schaden, um in der Stadt Stoff für ein neues Kleid zu kaufen. Meine Tochter heiratet in zwei Monaten.«

Sie führte mich in die dunkle Hütte. Diese war, wie solche Orte zu sein pflegen, bescheiden und sauber, mit Binsen auf den Fliesen und ein paar Heiligenbildern an der Wand. Die Bilder zeigten mir, daß diese Leute noch Rom treu ergeben waren.

Sie nahm mir Helm und Mantel ab und legte sie sorgsam auf eine Truhe, die in der Ecke stand. Sie sagte, daß sie eben daran sei, eine Fleischpastete und einen Apfelkuchen aus dem Backofen zu holen; ich sollte eine Viertelstunde warten. Und daß sie, falls ich mir aus einem solchen Getränk etwas mache, mir gutes Starkbier anbieten könne, das sie selber gebraut habe. Ich antwortete, daß ich sehr gerne von allem kosten würde, und sie ging in die Küche, um das Bier zu holen, wobei sie über die Unbeständigkeit des Wetters und die Ernteaussichten sprach.

Als sie das Bier brachte, sagte ich, ich sei erstaunt, daß das Tal vom Krieg verschont geblieben sei. Ihr kleines rundes Gesicht wurde ernst und sie nickte. »Wir glauben, daß Gott unsere Gebete erhört.« Sie schüttelte den Kopf. »Aber ich vermute, daß wir mehr Glück gehabt haben als die meisten. Es gibt nur eine Straße in unser Tal, und nach dem Dorf führt sie nirgendswohin außer in den Wald. Ihr müßt sehr weit gereist sein, Herr.«

»Das stimmt.«

Sie runzelte die Stirn und überlegte. »Ihr seid durch die Schweigenden Marken gekommen?«

Die gewohnte Vorsicht ließ mich lügen. »Ich habe sie umgangen«, sagte ich, »falls Ihr den toten Wald meint.«

Die Frau schlug das Kreuz. »Nur jene, die sich zu Satan bekennen, können dort leben.«

Es war klar, daß sie mich auf die Probe gestellt hatte. Denn hätte ich zugegeben, daß ich die Schweigenden Marken durchquert hatte, hätte sie gewußt, daß meine Seele Luzifer gehörte, und ich zweifle, ob ich ihre Gastfreundschaft so sehr hätte genießen können, wie ich es nun tat.

Während des Essens erzählte ich ihr, daß ich der Abgesandte eines Fürsten sei, dessen Namen ich nicht preisgeben dürfe. Ich hätte den Auftrag, Deutschland Frieden zu bringen.

Die gute Frau schaute pessimistisch drein. Sie nahm meinen leeren Teller vom Tisch. »Ich fürchte, daß es keinen Frieden für die Welt gibt bis zum Jüngsten Gericht, Euer Ehren. Wir können nur beten, daß es bald kommt.«

Ich stimmte ihr aus ganzem Herzen zu, denn schließlich sollte meine Suche erfolgreich ausgehen, mußte auf Luzifers Reue hin das Jüngste Gericht bestimmt rasch folgen.

»Wir leben in einer Zeit, in der das Ende der Welt bevorsteht«, sagte sie.

»Das glauben viele«, stimmte ich bei.

»Ihr läßt durchblicken, daß Ihr das nicht glaubt, Herr.«

»Ich hoffe vielleicht auf dieses Ereignis«, sagte ich, »aber ich bin nicht überzeugt, daß es geschieht.«

Sie räumte den Tisch ab. Sie füllte meinen Bierkrug wieder und bot mir die Tabakspfeife ihres Mannes an, was ich aber ablehnte. Ihr Mann arbeite auf dem Feld, sagte sie, und würde nicht vor dem Abend zurückkommen. Ihre Tochter helfe ihrem künftigen Mann bei der Frühjahrsaussaat.

Die wunderbare Alltäglichkeit, die ich hier erlebte, begann mich einzulullen; ich spielte schon mit dem Gedanken, einige Zeit bei diesen Leuten zu bleiben. Aber ich wußte, daß ich dann meiner Verpflichtung Luzifer gegenüber nicht nachkommen würde, und er sich nicht nur an mir, sondern auch an diesen Leuten rächen könnte. Ich gab mich mit dem Umstand zufrieden, daß es in Deutschland doch noch eine kleine Ecke gab, wo Krieg und Pest nicht heimisch waren.

Ich trank mein Bier aus und fragte nach dem Weg nach Nürnberg. Die Angaben der Frau waren verschwommen, sie war nie sehr weit von ihrem Dorf weggekommen. Aber sie wies mir den Weg nach Schweinfurt, dem zu folgen ich gedachte, bis ich auf einen größeren Ort und welterfahrenere Leute traf.

Ich verabschiedete mich von der Frau, nachdem ich ihr ein Silberstück gegeben hatte, das sie – hätte sie seine Herkunft gekannt – wohl nicht mit soviel Freude und Dankbarkeit angenommen hätte, und war wieder unterwegs.

Der Weg wand sich durch das Tal und stieg allmählich zu den Hügeln auf der andern Seite an. Ich ritt durch lichten Tannenwald, über lehmigen rötlichen Grund und schaute gelegentlich zurück nach der verträumten Sicherheit der Bauernkaten und Gehöfte, von denen dicker friedlicher Rauch aufstieg.

Der Pfad führte mich auf eine größere Straße und zu einem Schild, das mich nach Teufenberg, dem nächsten Ort, wies. Es ging schon auf Sonnenuntergang zu, und ich hoffte, daß ich auf eine Herberge stoßen würde oder wenigstens einen Bauernhof, wo ich um ein Strohlager in der Scheune bitten konnte, aber ich hatte kein Glück. So schlief ich wieder einmal, immerhin ungestört, in meinen Mantel eingerollt im Straßengraben.

Die Sonne schien warm, und Vögel sangen, als ich am Morgen aufstand. Schmetterlinge flatterten durch den Mohn und die Gänseblümchen am Wegrand, und der Blütenduft stieg mir köstlich in die Nase. Ich bedauerte, daß ich nicht etwas mehr Bier für unterwegs gekauft hatte, aber ich hatte mir ja vorgestellt, um diese Zeit bereits in Teufenberg zu sein. Ich gelobte mir, in der nächsten Herberge zu frühstücken, und war mir dann dankbar für dieses Versprechen, als ich gegen Mittag nach einer Wegbiegung den geschnitzten Giebel eines behäbig wirkenden Wirtshauses mit Nebengebäuden, Ställen und einer ganzen Reihe Katen dahinter sah.

Die Herberge hieß ›Zum Dominikaner‹ und stand am Ufer eines breiten untiefen Flusses. Eine stattliche Steinbrücke überspannte den Fluß (den man, wie mir schien, auch ohne nasse Oberschenkel zu bekommen, hätte durchwaten können), und weiter oben sah ich am anderen Ufer eine Mühle, deren Wasserrad sich langsam drehte. Ich nahm an, daß Mühle und Herberge, wie das ja oft der Fall ist, derselben Familie gehörten.

Ich sprengte beinahe in den Hof, schaute auf die hölzerne

Laube, die den ganzen Platz umfaßte und rief nach dem Wirt, während ich abstieg.

Ein massig gebauter Mann mit schwarzen Brauen und roten Armen – rot wie seine Nase – trat aus einer der unteren Türen und ergriff den Zaum meines Hengstes.

»Ich bin Wilhelm Hippel, und das ist mein Gasthaus. Seid willkommen, Euer Ehren.«

»Es scheint gut instand gehalten, Wirt«, sagte ich und übergab ihm meinen Mantel, während ein Stallknecht sich des Hengstes annahm.

»Das will ich meinen, Euer Ehren.«

»Und gut ausgestattet, hoffe ich.«

Ich bemerkte eine vertraute Bauernschläue, während er zögerte. »So gut es eben in diesen Zeiten geht, Herr.«

Ich lachte. »Keine Angst, Wirt, ich gedenke nicht, Eure Vorräte im Namen eines Kriegsherrn zu beschlagnahmen. Ich bin auf Friedensmission. Ich hoffe, zum Ende des Streits beitragen zu können.«

»Dann seid Ihr mehr als willkommen, Euer Ehren.«

Ich wurde in den großen Schankraum geführt und labte mich an einem Krug Bier, das noch besser schmeckte als das bei der Frau auf dem Dorf. Verschiedenes Wildbret wurde aufgetragen; ich traf meine Wahl und aß gut, wobei ich mit Herrn Hippel plauderte, über die Heimsuchungen und Widerwärtigkeiten, die ihm zu schaffen machten: Sie mochten geringfügig sein im Vergleich zu dem, was Leuten widerfahren war, die unmittelbar vom Krieg betroffen waren, aber für ihn waren sie natürlich groß genug.

Es gäbe Räuber in dieser Gegend, warnte er mich. Zwar machten sie ihm nicht viel Schwierigkeiten, aber einige seiner Gäste seien ausgeplündert und mißhandelt (einer sogar umgebracht) worden im vergangenen Herbst. Der Winter wäre nicht so schlecht gewesen, aber jetzt hätte er gehört, daß die Räuber zurückkämen. »Wie die Schwalben im Frühling«, sagte er. Ich versicherte ihm, daß ich unterwegs wachsam sein würde. Er sagte, daß er demnächst zwei oder drei weitere Gäste erwarte und daß es ratsam wäre, wenn wir alle gemeinsam nach Teufenberg ritten. Ich erwiderte, daß ich diesen Gedanken in Betracht ziehen würde, obwohl ich für mich entschied, allein weiterzureisen, denn ich mochte die Gesellschaft von Händlern und Geistlichen auf ihren langsamen verläßlichen Pferden nicht.

In der gegenüberliegenden Ecke, die im Dunkeln lag, bemerkte ich einen halb schlafenden jungen Mann, einen Bierkrug in der Hand. Er hatte rotes Haar und trug ein verschmutztes blaues Seidenhemd mit zerrissenen Spitzenmanschetten und -kragen, Kniehosen aus roter Seide, bauschig und lose nach türkischer Art in die hohen umgeschlagenen Reitstiefel gesteckt. Seine aufgeknöpfte Weste aus dickem Leder war von der Art, wie sie Fechter oft gern an Stelle eines Brustpanzers tragen. Neben ihm an der Bank lehnte ein langer Krummsäbel, und an seiner Taille machte ich ein langes Messer und eine Pistole aus, beide silberverziert und orientalischen Ursprungs.

Ich hielt den Jungen für einen Moskowiter, denn ein Türke war er augenscheinlich nicht. Ich trank ihm zu, aber er wich meinem Blick aus. Der Wirt flüsterte mir zu, daß er recht artig sei, aber nur gebrochen Deutsch rede und anscheinend auch der freundlichsten Geste mißtraue. Er war bereits seit dem Vortag hier und wartete angeblich auf einen Kriegsgeistlichen, der sich mit ihm in der Herberge treffen wollte. Der Kriegsgeistliche, sagte der Wirt, hatte irgendeinen lateinischen Namen, den der Junge falsch verstanden hatte oder nicht richtig aussprechen konnte. Es war etwas wie Josephus Kreutzerling, sagte er. Offenbar hoffte er, daß mir der Name bekannt war, aber ich schüttelte den Kopf. Ich mochte sie nicht leiden und mißtraute diesen Blutpriestern, die in meinen Augen entsetzlicherer Raubzüge und abscheulicherer Grausamkeiten fähig waren als sonst jemand.

Nachdem ich herausgefunden hatte, daß ich bei Einbruch der Dunkelheit in Teufenberg sein konnte, entschloß ich mich aufzubrechen, gerade, als die Tür der Schankstube aufging und ein großes ausgemergeltes Individuum hereinkam mit harten grauen Augen in einem leichenblassen Gesicht, einen schwarzen breitrandigen Hut auf dem Kopf, Kragen und Manschetten aus weißem Leinen, Mantel und Kniehose aus schwarzer Wolle, schwarze Schnallenschuhe und Gamaschen, die er, nachdem er sich auf einen Stuhl gesetzt hatte, auszuziehen begann, wobei weiße Strümpfe zum Vorschein kamen. Er trug einen blanken Degen an der Seite und Panzerhandschuhe in der linken Hand. Auffallend war nur eine purpurrote Feder an seinem Hut, und selbst die erweckte den Eindruck, daß er in Trauer war.

Erst schaute er mich an, dann den Wirt. Herr Hippel stand auf.

»Womit kann ich Euch dienen, Euer Ehren?«

»Etwas Wein und einen Krug Wasser«, sagte der Fremde. Er wandte den Kopf und schaute auf den jungen Russen, der inzwischen etwas munterer geworden war. »Ihr seid Gregory Sedenko.«

»Ich bin Grigory Petrowitsch Sedenko«, sagte der Junge mit fremdländisch polterndem Akzent, der keinen Zweifel über seine Herkunft ließ. Er erhob sich. »Wer kennt mich?«

»Ich bin der, den Ihr hier treffen wollt.«

Ich hatte, wie ich mir dachte, Gesicht und Gebahren des fahrenden Mordpriesters erkannt. Der Mann war bezeichnend für seinen Schlag; statt menschlicher Gefühle nur Hochmut und Grausamkeit im Namen seines Kreuzzuges. »Ich bin Johannes Klosterheim, Ritter Christi.«

Der junge Moskowiter bekreuzigte sich pflichtbewußt, blickte aber dreist in das strenge Gesicht des kriegsführenden Mönches. »Ihr habt einen Auftrag für mich, Bruder Johannes, in Teufenberg.«

»Das habe ich. Ich kenne das Haus. Ich habe alle Beweise. Das Urteil ist gefällt. Ihr braucht es nur noch zu vollstrekken.«

Der Junge runzelte die Stirn. »Seid Ihr sicher?«

»Ohne Zweifel.«

Ich fragte mich, ob ich einem Hexenjäger zuhörte. Aber wenn Klosterheim ein gewöhnlicher Hexenverfolger gewesen wäre, würde er jetzt nicht hier sitzen und mit diesem

Jungen reden. Hexenverfolger reisten in Begleitung und mit dem ganzen Zubehör ihrer Berufung. Wenn sie nicht reisten, schlugen sie ihre Zelte in einer Stadt oder einer Gegend auf. Wenige von ihnen waren Soldaten.

Gregory Sedenko griff nach seinem Säbel und steckte ihn in den Gürtel, doch Klosterheim hob abwehrend die Hand und schüttelte den Kopf. »Noch nicht. Wir haben Zeit.«

Der Wirt und ich hörten schweigend zu, denn es war offensichtlich, daß Klosterheim den Jungen mit einem Mord beauftragt hatte, wenn auch Mord im Namen Gottes. Beide fühlten wir uns unbehaglich in der Gegenwart des Paares. Der Wirt wollte hinausgehen. Ich war drauf und dran, den Jungen beiseite zu nehmen und ihn davor zu warnen, sich auf ein wie auch immer geartetes widerliches Unternehmen einzulassen, das der Mordgeistliche fraglos ausgeheckt hatte. Aber in den letzten Jahren hatte ich eine Tugend daraus gemacht, zu schweigen und mich nicht einzumischen. Es war in diesen Zeiten besser, seine Meinung für sich zu behalten.

Der Junge setzte sich wieder. »Es wäre mir lieber, es so rasch wie möglich hinter mir zu haben«, sagte er.

»Es gibt da einiges, das ich Euch im Vertrauen sagen muß«, erklärte Klosterheim. »Das ist keine gewöhnliche Arbeit.«

Sedenko lachte. »Durchaus gewöhnlich in Kiew«, sagte er. »So verbringen wir unsere Winter.«

Klosterheim mißbilligte seine Leichtfertigkeit, ja selbst seine Begeisterung. »Wir müssen erst gemeinsam beten«, sagte er.

»Und bezahlen?« fragte der Junge.

»Erst Gebet, dann Bezahlung«, gab der Priester zurück. Er warf uns einen Blick zu, als ob er uns empfehlen wollte, uns nicht einzumischen, und daß wir gut daran täten, nicht zuzuhören.

Der Wirt verließ den Raum, und nur ich blieb als Zeuge zurück für das, was sich zwischen den ungleichen Partnern abspielte.

Ich entschloß mich zu reden: »Ich habe nie von den Rittern Christi gehört, Bruder«, sagte ich. »Ist das ein hiesiger Orden?«

»Es ist an sich überhaupt kein Orden«, sagte Klosterheim. »Es ist eine Gesellschaft.«

»Verzeiht mir, ich bin nicht sehr bewandert in der Kirchenkunde.«

»Dann solltet Ihr es Euch zur Aufgabe machen, damit vertraut zu werden, Herr«, sagte er. Zorn war in den grauen Augen. »Und Ihr solltet auch Euer Benehmen überdenken. Ihr solltet Euch zum Ziel setzen, es zu verbessern.«

»Für den Rat bin ich sehr dankbar, Bruder«, sagte ich. »Ich werde ihn in Betracht ziehen.«

»Ihr werdet gut daran tun, Herr.«

Gegen mein besseres Wissen blieb ich, wo ich war, auch wenn der ältere Mann wünschte, daß ich mich hinausscherte. Schließlich stand er auf und setzte sich neben Sedenko und sprach mit so leiser Stimme, daß ich ihn nicht mehr verstehen konnte. Ich hielt mich an mein Bier und beobachtete die beiden weiter. Der Junge ließ sich nicht stören, doch dem Geistlichen war unbehaglich zumute, was ich aus bloßer Bosheit ja auch wollte.

Mit einem Fluch, der einem ehelosen Mann Gottes nicht sehr wohl anstand, sprang er plötzlich von der Bank auf und zog den Jungen zur Tür. Sie gingen hinaus in den Hof.

Ich hatte mich lange genug unterhalten, leerte meinen Krug, rief nach dem Wirt, bezahlte und bat, daß mein Pferd gebracht werde.

Als ich einen Augenblick später durch das Fenster spähte, sah ich den Stallknecht bereits mit meinem Hengst draußen. Ich setzte den Helm auf, klemmte den Mantel unter den Arm und öffnete die Tür.

Klosterheim und der Moskowiter waren auf der anderen Seite des Hofs ins Gespräch vertieft. Als ich hinaustrat, wandte mir Klosterheim den Rücken zu.

Die Sonne brannte herunter, als ich aufstieg.

Ich schrie: »Lebt wohl, Bruder. Lebt wohl, Herr Sedenko.« Und ich drängte mein Tier aus dem Hof hinaus auf die offene Landstraße.

Die Sonne war untergegangen, als die Türme und Giebel von Teufenberg im Zwielicht in Sicht kamen. Es war eine ganz hübsche kleine Stadt; die Leute begegneten mir, einem Mann in voller Rüstung und auf einem Streitroß, verständlicherweise mit einiger Zurückhaltung, aber ich hatte keine Schwierigkeiten, eine Herberge für mich und mein Pferd zu finden. Um meinen Gastgeber zu beruhigen, erzählte ich auch hier, daß ich ein Gesandter mit dem Auftrag sei, die Kriegsparteien zu versöhnen, was mir natürlich einen viel wärmeren Willkomm einbrachte.

Der Wirt, seine Frau, sein Schwiegersohn und seine drei Töchter wünschten mir am nächsten Morgen eine erfolgreiche Reise, nachdem sie mich bis zur Straße, die nach Schweinfurt führte, gebracht hatten. Ich glaubte schon bald selber, der Held zu sein, als den ich mich ausgab.

Am Stadtrand kam ich an einem Haus vorbei, vor dem eine Menschenmenge sich drängte. Männer, Frauen und Kinder schauten mit aufgerissenen Augen zu, wie eine Gruppe schwarzgekleideter Leute aus dem Haus traten. Die Frauen weinten, und die Kinder standen wie betäubt da. Drei Leichen wurden aus dem Haus getragen.

Ich fragte mich, ob da wohl ein Zusammenhang bestand mit dem Paar, das ich tags zuvor getroffen hatte.

Ich fragte einen dicken Mann, was geschehen war.

»Juden«, sagte er. »Die Strafe Gottes hat sie in der Nacht ereilt. Seine Vergeltung für ihre Verbrechen.«

Ich war angewidert. Das Schicksal der Juden war nur zu bekannt, aber ich hatte nicht erwartet, Zeuge eines solchen Ereignisses in einer so freundlichen Stadt wie Teufenberg zu werden.

Ich wartete nicht ab, bis die Aufzählung ihrer Verbrechen verlesen wurde, denn es würde ohnehin dieselbe niederträchtige Liste sein, die man von der Ostsee bis zum Schwarzen Meer hörte.

Grimmig gab ich meinem Pferd die Sporen und war mehr

als glücklich, als ich die Landstraße erreichte. Ich galoppierte ein paar Meilen, bis Teufenberg ganz außer Sicht war, und ließ dann mein Pferd eine Weile im Schritt gehen.

In einer Hinsicht war ich dankbar für das, was ich am Morgen in Teufenberg gesehen hatte. Ich war an die Wirklichkeit der Welt erinnert worden, die vor mir lag.

KAPITEL V

Es wurde wärmer und wärmer, je mehr ich mich Schweinfurt näherte. Geradezu sommerlich war das Wetter, und ich kam in Versuchung, trotz meiner gewohnten Vorsicht einen Teil der Rüstung abzulegen. Aber ich behielt sie an und goß von Zeit zu Zeit einen Schluck Wasser über mein Hemd, um mich abzukühlen. Die Straßen waren in recht gutem Zustand, da sie in den letzten Tagen nur wenig von Regen und durchziehenden Truppen aufgewühlt worden waren, und ich hatte auch das Glück, daß ich jede Nacht eine ganz passable Unterkunft fand. Gelegentlich kam ich an Galgen vorüber und öfter an den ausgebrannten Ruinen von Gehöften und Kirchen.

Ich hatte eines Tages eine bergige Gegend erreicht, die von Tannen und hellen Kalkfelsen beherrscht wurde, und ritt eben aus einer kleinen Schlucht hinaus, als ich vor mir eine große Wiese sah, wo vor kurzem ein blutiger Kampf stattgefunden hatte. Der Platz war von Leichen übersät, die meisten entblößt oder zumindest der besten Kleidungsstücke beraubt. Flatternd und hüpfend stritten sich Krähen und Raben um das stinkende rote Fleisch der Getöteten. Es gab nicht die geringsten Anhaltspunkte für die Zugehörigkeit der Kämpfer, und es wäre auch nicht sehr sinnvoll gewesen, es herausfinden zu wollen. Wahrscheinlich wäre, wie immer, herausgekommen, daß die Hintergründe des Kampfes, gelinde gesagt, verworren waren.

Üblicherweise hätte ich das Schlachtfeld umgangen, aber da die Wiese zu beiden Seiten von Felsblöcken gesäumt war, mußte ich sie durchqueren. Mein Pferd mußte sich den Weg zwischen den Leichen hindurch suchen, während Schwärme von Fliegen, die vermutlich warmes Blut anziehender als erkaltetes fanden, über mich herfielen.

Ich hielt mir ein Tuch vor die Nase, um den Übelkeit erregenden Leichengeruch nicht einatmen zu müssen, und hatte die Wiese schon zur Hälfte hinter mir, als ich ein Geräusch von den Felsen zu meiner Rechten her hörte und einen Steinblock in meine Richtung herunterstürzen sah. Ich nahm ein Aufblitzen von Metall wahr und etwas wie blaues Tuch, und zugleich war mein alter Instinkt wieder zur Stelle.

Die Zügel waren um den Sattelknauf geschlungen, und beide Pistolen in meinen Händen. Ich spannte sie sorgfältig, gerade als die Männer hervorkamen. Sie waren alle zu Fuß, angetan mit einem Kunterbunt von Rüstungen und Waffen, von rostigen Äxten und Spießen bis zu prächtigen Toledo-Schwertern und Dolchen. Diese Raufbolde gehörten zu keiner bestimmten Armee, das war sicher. Es waren altmodische Banditen mit unrasiertem Kinn, mit verschwitzten roten Gesichtern, die übersät waren mit den Spuren harmloser Krankheiten.

Ich richtete meine Pistolen auf sie, als sie bergab auf mich zu krochen.

»Bleibt stehen«, brüllte ich, »oder ich schieße!«

Ihr Anführer, fast ein Zwerg, der einen schmutzigen schwarzen Mantel, einen ebensolchen Hut und ein zerfetztes Leinenhemd trug, zog eine der größten Pistolen, die mir je vor Augen gekommen waren, und grinste mich an. Die meisten seiner Zähne fehlten. Er blinzelte auf sein Schießeisen und sagte mit schmeichelnder Stimme:

»Schießt nur, ehrenwerter Herr. Wir werden mit Vergnügen dasselbe tun.«

Ich schoß ihm in die Brust. Mit einem Stöhnen warf er die Arme in die Luft, stürzte zu Boden, zuckte noch ein paarmal und starb. Keiner der Männer dachte daran, die Pistole, die zu Boden gefallen war, an sich zu nehmen.

Ich steckte meine Waffe wieder ein und zog das Schwert.
»Ich werde es euch nicht leicht machen, meine Freunde«, sagte ich. Ich möchte euch darauf hinweisen, daß der Aufwand, mich auszurauben, allzugroß sein wird.«

Einer der Banditen, der hinter den andern stand, hob eine Armbrust und schoß einen Bolzen auf mich ab. Das Ding pfiff an meiner Schulter vorbei, aber ich ließ mir nichts anmerken. Mein Pferd, das gut dressiert war, blieb so ruhig wie ich selbst.

»Nichts mehr dergleichen«, sagte ich, »oder auch meine andere Pistole geht los. Ihr habt gesehen, daß ich kein schlechter Schütze bin.«

Ich sah, daß eine Arkebuse sich senkte und eine Muskete abgehoben wurde.

Ein schielender Kerl sagte mit preußischem Akzent: »Wir sind hungrig, Euer Gnaden. Wir haben seit Tagen nichts gegessen. Wir sind anständige Soldaten, wir alle, und gezwungen, von der Hand in den Mund zu leben, seit unser Offizier desertiert ist.«

Ich lächelte. »Ich würde mich nicht darauf festlegen, wer wem davongelaufen ist. Ich habe keine Lebensmittel für euch. Wenn ihr schon essen wollt, warum sucht ihr euch nicht ein Heer, dem ihr euch anschließen könnt?«

Ein anderer setzte an: »Um Gottes willen ...«

»Ich liebe Gott nicht, und er mich ebensowenig«, sagte ich mit einiger Bestimmtheit. »Ihr könnt von einem Mann, den Ihr habt umbringen wollen, keine Nächstenliebe erwarten.«

Sie rückten näher. Ich hob meine Pistole zur Warnung. Sie hielten an, aber dann zog einer, der mitten im Haufen war, die Pistole und feuerte. Die Kugel streifte den Nacken meines Pferdes, es geriet einen Augenblick aus der Ruhe und bäumte sich auf. Ich schoß zurück, traf aber den Mann nicht und verletzte einen andern.

Dann fielen sie über mich her.

Es war zu spät, um ihnen zu entkommen. Sie hatten mich rasch eingekreist, packten das Zaumzeug des Pferdes und fuchtelten mit ihren Spießen. Ich verteidigte mich mit dem Schwert, zog einen Fuß aus dem Steigbügel, um Tritte austeilen zu können, steckte die Pistole ins Halfter zurück, damit ich die Hand frei hatte, um den langen Dolch aus dem Gürtel zu zerren. Ich tötete drei von ihnen und verletzte einige, aber sie hatten jetzt keine Angst mehr vor mir, und ich wußte, daß ich bald unterliegen mußte.

Ich empfing zwei geringfügige Wunden, eine am Oberschenkel und eine am Unterarm, was mich nicht davon abhielt, weiter Bein und Arm zu gebrauchen. Die Banditen versuchten nun, mein Pferd zu Boden zu bringen – für mich eine verzweifelte Sache, war doch mein Pferd wahrscheinlich das wertvollste, was ich besaß –, als ich hinter mir Hufschlag hörte und ein wilder schrecklicher Schrei durch das Getöse schrillte. Ein paar der Diebe ließen von mir ab, um sich dem neuen Gegner zuzuwenden.

Ich erkannte ihn sofort wieder. Es war der junge Moskowiter aus der Herberge. Sein Säbel sauste nach links und rechts nieder, als er auf seinem kleinen Pony heranpreschte, und hieb Fleisch in Fetzen wie ein Chirurg, der Leichen seziert. Er stieß seine grauenhaften Schreie so lange aus, bis alle Diebe sich aus dem Staub gemacht hatten. Dann warf er denn Kopf zurück, so daß ihm die Schaffellmütze ins Genick rutschte, lachte und schickte Flüche hinter den wenigen Räubern her, die am Leben geblieben waren. Erst jetzt sah ich noch einen zweiten Reiter ein kurzes Stück hinter uns. Er befand sich am Ausgang der Schlucht, saß fast bewegungslos auf einem kleinen kastanienbraunen Pferd und schaute mit mißbilligendem Blick und zusammengepreßten Lippen auf Grigory Sedenko und mich.

Sedenko lachte noch immer und drehte sein Pferd ab. »Das war ein guter Kampf«, sagte er zu mir.

»Ich bin Euch dankbar«, sagte ich.

Er zuckte die Achseln. »Diese Reise wurde schon langweilig. Ich war nur zu froh, mir die Langeweile zu vertreiben.«

»Ihr setzt Euer Leben für einen Verrückten und Agnostiker aufs Spiel«, sagte Klosterheim und schob dabei den breitrandigen Hut aus dem Gesicht. »Ich bin von Euch enttäuscht, Sedenko.«

»Er ist wie ich Soldat, und das ist mehr wert als Ihr, Klosterheim, trotz all eurer Beteuerungen.«

Es machte mir Spaß, daß der Junge des Kriegspredigers überdrüssig geworden war. Aber dann kamen mir die Juden in Teufenberg in den Sinn, und ich schaute mit einigem Argwohn auf den Russen, denn ich war fast überzeugt, daß er die drei Juden im Schlaf erschlagen hatte.

Klosterheim verzog angewidert die Lippen. »Ihr hättet Ihn sterben lassen sollen«, sagte er zu Sedenko. »Ihr habt mir nicht gehorcht.«

»Was ich unter ähnlichen Umständen wieder tun würde«, sagte der Junge. »Ich habe Eure Predigten satt und Eure leisen Morde, Bruder Priester. Falls ich bis Schweinfurt mitkommen soll, laßt diesen Herrn uns begleiten, meinetwegen, wenn nicht seinetwegen.«

Klosterheim schüttelte den Kopf. »Dieser Mann ist verflucht. Könnt Ihr nicht sehen, daß es ihm ins Gesicht geschrieben steht?«

»Ich sehe lediglich einen gesunden Soldaten wie mich.«

Klosterheim gab seinem Pferd die Sporen. Sein Haß auf mich schien völlig grundlos. Er ritt an mir vorbei über die Wiese und die frischen und nicht mehr so frischen Leichen.

»Ich reise allein«, sagte er. »Ihr habt meine Freundschaft verloren, Sedenko. Und auch das Gold.«

»Gott sei Dank, bin ich beides los«, schrie ihm der rothaarige Junge nach. Dann wandte er sich zu mir: »Wohin reist Ihr, Herr, und könntet Ihr meine Gesellschaft ertragen?«

Ich lächelte. Der Junge hatte Charme. »Ich gehe nach Schweinfurt und weiter. Mit Vergnügen reite ich mit einem so ausgezeichneten Schwertkämpfer. Was ist Euer Ziel?«

»Ich habe kein bestimmtes im Sinn. Schweinfurt ist so gut wie ein anderes.« Er spuckte nach dem sich entfernenden Klosterheim. »Dieser Mann ist verrückt«, sagte er.

Ich prüfte meine Wunden. Sie waren nicht ernsthaft. Ich schmierte etwas Salbe darauf. Und schon nach kurzem ritten wir Seite an Seite weiter.

»Als was hatte Klosterheim Euch eingestellt?« fragte ich beiläufig. »Als Leibwächter?«

»Zum Teil. Aber er weiß, daß ich Juden, Türken und jede andere Sorte von Ungläubigen nicht mag. Ursprünglich wollte er, daß ich ihm bei der Hinrichtung einiger Juden in

Teufenberg zur Hand gehe. Er sagte, er habe Beweise dafür, daß sie Christenkinder gekreuzigt hätten. Schön, man weiß ja, daß Juden das tun, und dafür müssen sie bestraft werden. Ich war durchaus willens, ihm zu helfen.«

Ich sagte nichts darauf. Der Ingrimm, mit dem die südlichen Moskowiter ihre orientalischen muselmanischen Nachbarn haßten, war bekannt. Der Junge schien keine Ausnahme zu sein.

»Ihr habt jene Juden getötet?« fragte ich.

Er wurde spöttisch. »Natürlich nicht. Einer war zu alt, und die andern zu jung. Aber der Hauptgrund war, daß Klosterheim mich getäuscht hatte. Es gab keine Beweise.«

»Aber getötet wurden sie dennoch.«

»Natürlich. Ich sagte Klosterheim, er solle seine Arbeit selber tun. Das machte er schließlich, wenn auch widerwillig. Dann erklärte er mir, daß noch andere Ungläubige beseitigt werden müßten, und daß ich für meine Mühe gut entschädigt werden würde. Mehr und mehr wurde mir klar, daß ich nicht kämpfen, sondern Morde begehen sollte. Was auch immer ich bin, Herr, ein Mörder bin ich nicht. Ich töte sauber, im offenen Kampf. Oder immerhin versichere ich mich, daß die Ausgangslage in bezug auf Juden und Türken klar ist. Ich habe nie einen von hinten niedergemacht.«

Darauf schien er stolz zu sein. Ich lachte verständnisvoll und sagte ihm, daß ich seinerzeit einige anständige Juden gekannt hätte und zumindest einen feinen Türken. Er überhörte diese Bemerkung höflich, fand sie aber, dessen war ich sicher, äußerst geschmacklos.

Sedenkos Gesellschaft machte die Reise nach Schweinfurt kurzweiliger. Immer wieder sahen wir auf der Straße vor uns den purpurnen Federbusch und die schwarze Tracht Klosterheims, aber dann beschleunigte er sein Tempo und war uns bald zumindest einen Tag voraus. Sedenkos Geschichte war keineswegs ungewöhnlich:

Er war ein Abkömmling der Kosaken, jener zähen Pioniere, die den Machtbereich der Moskowiter auf Kosten der Tartaren erweitert hatten (daher sein Haß gegen die Orientalen), und war in einem Dorf in der Nähe Kiews, der südlichen Hauptstadt, aufgewachsen. Seine Landsleute waren berühmt als Reiter und Kämpfer, und er hatte sich, so rühmte er sich selbst, in jeder kosakischen Fähigkeit hervorgetan, bis er sich dann in eine Fehde zwischen rivalisierenden Klans verwickelte, wobei es darum ging, ob man einen Aufstand gegen die Polen machen sollte oder nicht, und einen Anführer, einen *Hetman*, getötet hatte. Wegen dieses Verbrechens war er verbannt worden, und er hatte sich entschlossen, in den Westen zu gehen und in das Heer irgendeines Balkan-Fürsten einzutreten. Eine Zeitlang stand er in den Diensten eines Karpathen-Königs während eines Krieges, der, soweit ich verstand, nichts anderes war als die Auseinandersetzung zwischen zwei Räuberbanden. Wie die meisten seines Schlages hatte er einen Hang zu religiösem Fanatismus, und als er von einem »Heiligen Krieg« in Deutschland hörte, entschied er, daß dies eher seinem Geschmack entsprach. Mit Enttäuschung mußte er herausfinden, daß weder die eine noch die andere Seite besondere Sympathie in ihm erweckte, denn seine Religion anerkannte einen Patriarchen in Konstantinopel, und nicht einen Papst in Rom, und war in ihrer Ausdrucksweise viel gläubiger als die römische.

»Ich hatte geglaubt, ich würde gegen Ungläubige kämpfen«, meinte er enttäuscht, »gegen Tartaren, Juden oder Türken. Aber das ist ein Gezänk zwischen Christen, und sie scheinen nicht einmal zu wissen, worum es geht. Nach meiner Ansicht sind sie alle Verrückte, die nicht an Gott glauben. Ich sah ein, daß ich weder für die eine noch für die andere Seite kämpfen konnte. Ich ließ mich für die Leibgarde einiger Adliger anheuern, aber offenbar war ich für ihren Geschmack zu wild, und als ich Klosterheim traf, war ich dem Hungertod nahe.«

»Wo habt Ihr ihn zuerst getroffen?«

»Dort, wo Ihr uns gesehen habt. Von dritter Seite – einem Mönch in Allersheim – wußte ich, daß dieser Kreuzritter Beschäftigung für einen Verteidiger der Christenmenschen hatte. So beschloß ich eben, mir die Sache anzusehen, vor allem, nachdem ich schon einen Silbergulden als Vorschuß erhalten hatte. Damit ließ ich mir den Gang nach Teufenberg bezahlen. Wir wissen ja alle, daß ein guter Christ zwanzig Juden wert ist, unter allen Umständen, und daß zwanzig zu eins ein faires Verhältnis ist, wenn man ein Dorf angreift. Ich hatte mindestens ein Städtel voll erwartet. Ich hatte den Eindruck, daß eine richtige Armee Teufenberg bedrohte. Aber drei! Die einzigen drei männlichen Juden in der Stadt! Ich war beleidigt, Herr, das kann ich Euch sagen. Ich habe noch kaum ein so herablassendes Benehmen ertragen müssen wie bei Klosterheim. Für ihn ist jeder ein Ungläubiger. Er versuchte, mich von der Religion meiner Väter abzubringen und zu seinem eigenen trüben Glauben zu bekehren!«

Ich fand seine kindliche Naivität, seine ungerechtfertigten und etwas unschuldigen Vorurteile und seine Begeisterungsfähigkeit gleichzeitig entwaffnend und unterhaltsam. Sein Geschwätz beanspruchte meine Aufmerksamkeit kaum, aber es hielt meine Gedanken davon ab, sich krankhaft in meine eigenen Probleme zu verklammern.

Wir gelangten bald nach Schweinfurt: eine Stadt von bescheidener Größe mit den üblichen Spuren, die der Krieg hinterläßt. Unsere Anwesenheit fiel nicht auf, und ich erkundigte mich nach dem besten Weg nach Nürnberg. Sedenko und ich stiegen in einer Herberge am Stadtrand von Schweinfurt ab, und am nächsten Morgen wollte ich von ihm Abschied nehmen, aber er grinste mich an und sagte: »Wenn Ihr nichts dagegen habt, Hauptmann von Bek, bleibe ich eine Weile mit Euch zusammen. Ich habe nichts besseres zu tun, und Ihr macht mir den Eindruck von jemandem, der auf ein Abenteuer aus ist. Ihr habt kaum von Euch selber oder von Eurer Mission gesprochen, und ich respektiere Euer Schweigen. Aber die Gesellschaft eines Mitkämpfers macht mir Vergnügen, und vielleicht finde ich, wenn ich mit Euch zusammen bin, einen Dienst in einer Truppe von Berufssoldaten.«

»Ich werde nicht versuchen, Euch loszuwerden, Meister Sedenko«, sagte ich, »denn ich muß zugeben, daß ich Eure Gesellschaft so unterhaltsam finde, wie Ihr behauptet, daß meine für Euch ist. Mein Weg führt nach Nürnberg, und von dort zu einer kleinen Stadt namens Ammendorf.«

»Ich habe nie davon gehört.«

»Ich auch nicht. Aber ich habe Anweisungen, dorthin zu gehen, und so muß ich. Es ist möglich, daß Ihr nicht mit mir weiterreisen wollt, wenn wir einmal in Nürnberg sind, weil Ihr dort eine ganze Menge von Beschäftigungsmöglichkeiten finden werdet. Und wenn ich Ammendorf ausfindig gemacht habe, ist es auch möglich, daß Ihr mich nicht weiter begleiten könnt. Ihr wißt, daß ich Euch über meine eigentliche Aufgabe keine Angaben machen will, aber Ihr habt richtig erkannt, daß sie wichtig ist. Euretwegen wie auch meinetwegen müßt Ihr Euch damit einverstanden erklären, Befehle, die in Zusammenhang mit meiner Suche stehen, zu befolgen.«

»Ich bin Soldat und befürworte soldatische Disziplin, Hauptmann. Und dann ist das ja Euer Land, und Ihr kennt es weit besser als ich. Ich werde stolz sein, Euch solange zu begleiten, als es Euch dient.«

Sedenko schob seine Schaffellmütze zurück und grinste wieder. »Ich bin ein einfacher Kosak. Alles, was ich brauche, ist ein wenig zu essen, einen ehrenwerten Meister, meinen Glauben an Gott, die Möglichkeit zu reiten und dies zu gebrauchen«, – er zog den Säbel und küßte den Griff – »und ich bin vollkommen zufrieden.«

»Essen zumindest kann ich Euch versprechen«, sagte ich. Wir saßen wieder zusammen auf. Ich ahnte, daß mir Sedenkos Begleitung fehlen würde, wenn die Zeit käme, daß sich unsere Wege trennen würden, aber ich war doch so selbstsüchtig, ihm zu erlauben, bis dahin zu bleiben.

Etwas später, als wir auf der Landstraße nach Nürnberg waren, sprach er mehr über seinen früheren Arbeitgeber. Seine Abscheu vor Klosterheim saß tief.

»Er erzählte mir von den Hexen, die er umgebracht hat –

darunter waren Kinder. Christenmenschen, unverkennbar. Ich betone Kinder. Was sagt Ihr dazu, Hauptmann von Bek?«

»Ich habe viel Blut an meinen Händen«, sagte ich. »Zu viel, als daß es mich übermäßig bekümmern könnte, junger Moskowiter.«

»Aber das war im Krieg – das Blut wurde im Krieg vergossen.«

»Oh, in der Tat, im Krieg. Oder im Namen des Kriegs. Wieviele Kinder sind meinetwegen gestorben, was meint Ihr, Sedenko?«

»Ihr seid ein Befehlshaber. Es gibt immer Zwischenfälle, die man bedauert.«

Ich seufzte. »Ich bereue nichts«, sagte ich. »Aber wenn ich jemals etwas bedauern sollte, dann, daß ich Bek verlassen habe. Seht, ich war nicht immer Soldat. Ihr stammt von einem Geschlecht von Kriegern. Ich aus einem Geschlecht von Gelehrten und Landadligen. Wir hatten keine große Tradition in kriegerischen Heldentaten.« Ich zuckte die Achseln. »Bauernkinder wurden von meinen Männern getötet, auf die eine oder andere Art. Und ich war in Magdeburg.«

»Aha«, sagte Sedenko, »Magdeburg.« Er schwieg eine Weile, und ich dachte schon, aus lauter Respekt. Fast eine halbe Stunde später sagte er zu mir: »Es war ein scheußliches Gemetzel, Magdeburg, nicht wahr?«

»O ja, das war es.«

»Und jeder richtige Soldat wünscht, nicht dort gewesen zu sein.«

»Dem würde ich zustimmen«, sagte ich zu ihm.

Es war das letzte Mal, daß wir über Magdeburg sprachen.

Bald darauf stellten wir auf der Straße Anzeichen von großen Truppenbewegungen fest, weshalb wir auf Wege auswichen, die, wie ich meinen Landkarten entnahm (den genauesten, die ich je zur Verfügung gehabt hatte) ziemlich parallel zur Hauptstraße verliefen. Selbst dann stießen wir gelegentlich auf kleine Abteilungen, und ein- oder zweimal wurden wir zum Kampf herausgefordert. Wie es schon meine Gewohnheit geworden war, schrie ich »Gesandter!« und dann wurden wir ohne viele Fragen durchgelassen.

Ich entschied, daß es unklug wäre, geradewegs nach Nürnberg hineinzugehen. Gerüchte besagten, daß eine Anzahl der bedeutendsten Adligen Sachsens dort versammelt war, vielleicht, um Frieden zu planen, aber wahrscheinlicher, um neue Strategien und Bündnisse auszuhecken. Ich hatte keine Lust, etwas damit zu tun zu haben, und falls ich ins Kreuzverhör genommen würde, könnte es schwierig werden, an meiner Verkleidung festzuhalten. In jenen Tagen machte sich jeder verdächtig, der sich nicht zu einer Partei oder einem Herrn bekannte. Es spielte kaum eine Rolle, welche Sache es war, solange man ihr nur Treue schwor.

In einer Lichtung, etwa fünf Meilen außerhalb Nürnbergs, wo wir unser Lager aufgeschlagen hatten, fragte ich Sedenko, ob er es nicht für an der Zeit halte, sich von mir zu trennen. »In Nürnberg würde man Euch willkommen heißen«, sagte ich, »und ich kann mich dafür verbürgen, daß Ihr in Kürze im Einsatz seid.«

Er schüttelte den Kopf. »Ich kann immer zurückgehen«, sagte er.

»Vor uns liegen Länder, wohin Ihr nicht reisen könnt«, sagte ich zu ihm.

»Jenseits von Ammendorf, Hauptmann?«

»Ich bin nicht sicher. Ich bekomme dort neue Anweisungen.«

»Dann entscheiden wir doch, was ich tue, wenn Euch der Inhalt dieser Anweisungen bekannt ist.«

Ich lachte. »Ihr seid so zäh wie ein Terrier, Gregory Petrowitsch.«

»Wir Kosaken sind berühmt für unsere Hartnäckigkeit, Hauptmann. Wir sind freie Leute und legen Wert auf unsere Freiheit.«

»Ihr habt mich doch als Euren Herrn ausgesucht?«

»Man muß etwas dienen«, sagte er einfach, »oder jemandem. Das ist doch so, Hauptmann?«

»Oh, ich glaube, ich würde dem zustimmen«, sagte ich. Aber was würde er wohl denken, fragte ich mich, wenn er wüßte, daß ich der Sache Satans diente?

Für mich selbst diente ich einer andern Sache. Mich hielt der Gedanke, daß ich früher oder später wieder mit meiner geliebten Sabrina vereint wäre. Hexe oder nicht, sie war die erste Frau, die ich so geliebt hatte, wie ich immer geglaubt hatte, lieben zu können. Es war mehr als genug. Wenn ich zu lange über die Auswirkungen meiner Suche nachdachte, würde ich meine gesunde Urteilskraft verlieren. Luzifer würde vielleicht über das Schicksal der Welt, über Himmel und Hölle, sprechen, aber ich zog es vor, einfach in Begriffen menschlicher Liebe zu denken. Ich verstand dies recht unvollkommen, aber ich verstand es besser als alles andere.

Am nächsten Morgen kamen wir an einem Galgen vorbei, an dem sechs Leichen baumelten. Die Leichen waren schwarz gekleidet, und an den Gliedern war verkrustetes Blut, was darauf hinwies, daß die Männer gefoltert und ihre Glieder gebrochen worden waren, bevor man sie gehängt hatte. Zu Füßen des einen sah ich ein hölzernes Kruzifix. Es war unmöglich festzustellen, welchem Orden die Mönche angehört hatten. Ich wußte, es war auch kaum von Bedeutung. Sicher war, daß sie ausgeraubt worden waren und man ihnen irgend etwas Wertvolles abgenommen hatte. Es war kein Wunder, daß in diesen Tagen so manche Orden ihr Armutsgelübde erneuerten. Es war sinnlos, Besitz zu horten, wenn er einem unter jedem erdenklichen Vorwand abgenommen werden konnte.

Eine oder zwei Meilen darauf gelangten wir zu einem Kloster. Teile davon brannten noch, und aus irgendeinem Grund hatte man die Leichen der Mönche und Nonnen in gleichmäßigen Abständen über die Umfriedungsmauer gehängt, in der Art, wie etwa Bauern tote Schädlinge, Ratten oder Mäuse, aufhängen, um die andern abzuschrecken. In meinen Kriegsjahren hatte ich viele solcher Zeugnisse schwarzen Humors gesehen. Ich hatte mich selbst solcher

Taten schuldig gemacht. Es war, als ob man seinem schlechten Gewissen die Stirn bieten wollte, als ob man dem Auge Gottes trotzen wollte, das, man fühlte es manchmal, auf all die Schrecken herunterblickte und sich die Teilnehmer merkte.

Wenn man Luzifer glauben wollte, hatte Gott wirklich auf mich heruntergeblickt und mich als unwürdig für den Himmel befunden.

Als ich am nächsten Tag meine Karte zu Rate zog, fand ich erleichtert heraus, daß wir nur wenige Reitstunden von Ammendorf entfernt waren.

Ich hatte keine Ahnung, wie ich den Waldgrafen, den Herrn der Jagd, finden sollte, aber mir würde ein Stein vom Herzen fallen, wenn ich den ersten Abschnitt meiner Suche hinter mir hätte, komme auch, was da wolle.

Der Weg führte uns durch einen dichten Wald, dessen Boden mit bemoosten Steinbrocken und einem Gewirr von Weinranken bedeckt war, was unsere Pferde gefährlich behinderte. Der Geruch des Gestrüpps, der feuchten Erde und der Blätter war so stark, daß er sich zeitweilen, schien mir, wie eine Hand über die Nase legte. Der Pfad stieg, und schließlich ritten wir, noch immer im Wald, einen steilen Hügel hinan. Als wir die Höhe erreicht hatten, versperrte uns das Laub die Sicht, und wir konnten kaum ausmachen, was vor uns lag. Wir ritten auf der andern Seite hinunter.

Sedenko wurde aufgeregt. Er schien meinem Abenteuer mehr abzugewinnen als ich selbst. Es machte ihm ganz offensichtlich Mühe, weitere Fragen zurückzuhalten, und da ich unter keinen Umständen hätte antworten können, half ich seiner Zurückhaltung nach.

Als ich merkte, daß wir kaum viel weiter als eine Meile von Ammendorf entfernt waren, hielt ich mein Pferd an und erinnerte meinen Begleiter an unser früheres Gespräch. »Ihr wißt, Sedenko, daß Ihr mir vielleicht nicht über Ammendorf hinaus folgen könnt?«

»Natürlich, Hauptmann.« Er schaute mir offen ins Gesicht. »Das habt Ihr mir bereits gesagt.«

Seine Antwort stellte mich zufrieden, und wir ritten den schmalen, gewundenen Pfad weiter, der dem natürlichen Verlauf des Tals folgte.

Die Bäume begannen sich zu lichten, und das Tal wurde weiter, als wir schließlich nach Ammendorf kamen.

Es lag am Fuße einer grauen mächtigen Felswand, die mit Moos und Efeu überwachsen war. Es war aus dunklem verwitterten Stein erbaut, der in den Felsen überzugehen schien.

Kein Rauch stieg aus den Schornsteinen, kein Vieh war in den ummauerten Gehöften, keine Kinder spielten auf den Straßen von Ammendorf; und kein Mensch war in den Türen oder Fenstern zu sehen.

Sedenko hielt sein Pferd zuerst an. Er stützte sich auf den Sattelknopf und schaute ungläubig auf die fremde schwarze Stadt vor uns.

»Aber sie ist tot«, sagte er, »niemand hat hier gelebt seit hundert Jahren.«

KAPITEL VI

Aus nächster Nähe strömte Ammendorf einen Geruch von Fäulnis und Verwesung aus. Der Schiefer war von den Dächern gefallen, Binsen und Schindeln waren zerbrochen und vermodert; nur das massive Gemäuer der Gebäude war ganz, es war von Blätterwerk und Moder überdeckt.

Mir schien, daß der Ort plötzlich verlassen worden war; grünliches Licht fiel über die düstere überhängende Felswand, regelmäßig tropfendes Wasser war deutlich zu hören, und als wir abstiegen, gab der weiche Grund unter unseren Füßen nach – all dies verstärkte den Eindruck von Verödung und Trostlosigkeit.

Sedenko zog die Luft ein und legte seine Hand auf den Griff des Säbels. »Der Ort stinkt nach Bösem.«

Konnte es sein, fragte ich mich, daß Luzifer, indem er mich an diesen längst verlassenen Ort schickte, sich geirrt hätte? Hier war niemand, der mich zu einem Waldgrafen hätte führen können, der ohnehin längst tot sein mußte.

Sedenko schaute mich fragend an. Es war ihm deutlich anzusehen, daß er nicht sagen wollte, was er dachte: daß ich mich nämlich verirrt hatte.

Der Tag ging zur Neige. Ich sagte zu Sedenko: »Ich muß hier übernachten. Aber falls Ihr weiter wollt, würde ich Euch vorschlagen, nicht zu zögern.«

Der Moskowiter grunzte und fingerte in seinem Gesicht, als er überlegte. Dann schaute er mich an und lachte kurz auf. »Das könnte das Abenteuer sein, das ich erwartet habe«, sagte er.

»Aber nicht eines nach Eurem Geschmack.«

»Das in Kauf zu nehmen, gehört doch zum Abenteuer, nicht wahr?«

Ich schlug ihm auf die Schulter. »Ihr seid ein Kumpan ganz nach meinem Herzen, Kosak. Ich wünschte nur, ich hätte Euch bei mir gehabt in einigen meiner früheren Unternehmungen.«

»Ich denke daran, daß ich mich bei einigen Eurer künftigen Unternehmungen beteiligen werde, Hauptmann.«

Die Zukunft war für mich so geheimnisvoll und nebelhaft, daß ich ihm nicht antworten konnte. Wir begannen, die Häuser, eines nach dem andern, zu durchsuchen. Wir fanden geborstene und von Pflanzen aufgebrochene Fliesen. In einigen Häusern wuchsen kleine Bäume. Alles war feucht. Möbelstücke verfaulten; Tuchzeug zerfiel bei der geringsten Berührung.

»Selbst die Ratten sind ausgezogen.« Sedenko kam mit einem Weinkrug aus einem Keller. Er brach die Versiegelung auf und schnupperte. »Sauer.«

Er ließ ihn in einen leeren Kamin fallen.

»Nun«, sagte er, »welche dieser behaglichen Behausungen sollen wir zu der unsern machen?«

Wir entschieden uns schließlich für das Gebäude, das augenscheinlich der Versammlungsplatz des Ortes gewesen war. Es war größer und luftiger als die andern, und in dem großen Kamin konnten wir ein Feuer entfachen.

Bei Einbruch der Dunkelheit hatten wir die Pferde in einer Ecke des Raums untergebracht, das Feuer versorgte uns ausreichend mit Wärme und Licht, und wir legten uns schlafen.

Draußen, in den toten Straßen von Ammendorf, war kaum eine Bewegung. Ein paar Vögel waren hinter Insekten her, und gelegentlich hörten wir einen Fuchs bellen. Sedenko schnarchte schon bald, aber ich hatte Mühe, Schlaf zu finden. Ich wälzte Überlegungen, warum Luzifer mich an diesen Ort gesandt hatte. Ich dachte an Sabrina und zweifelte daran, ob ich sie je wiedersehen würde. Ich erwog selbst, ob ich mich aus dem Staube machen und in die Dienste des schwedischen Königs treten sollte, dessen Armee zur Zeit mit beachtlicher Geschwindigkeit durch Deutschland marschierte. Dann tauchte Magdeburg in meiner Erinnerung auf, aber auch Luzifers Drohung, was mir geschehen würde, wenn ich Ihn verrate, und ich verfiel in Mutlosigkeit. Zwei oder drei Stunden mußte ich wohl in diesem unnützen Geisteszustand verbracht haben, bevor ich einnickte, und dann wurde ich aus dem Schlaf aufgeschreckt durch ein Geräusch, von dem ich sicher war, daß es Hufschläge waren.

Fast erleichtert sprang ich auf, griff nach meinem Schwert, das in der Scheide steckte; lief zum Fenster und schaute in die Dunkelheit. Feiner Nieselregen fiel, und Wolken verdunkelten Mond und Sterne. Mir war, als sähe ich den Schimmer einer seltsam gefärbten Laterne sich zwischen den Gebäuden bewegen. Das Licht wurde allmählich heller und heller und schien über halb Ammendorf zu flakkern. Und die Hufschläge wurden lauter und erfüllten meine Ohren mit ihrem Gehämmer – aber einen Reiter konnte ich nicht sehen.

Sedenko war jetzt neben mir, den Säbel in der Faust. Er rieb sein Gesicht. »In Gottes Namen, Hauptmann, was ist das?«

Ich schüttelte den Kopf. »Ich habe keine Ahnung, mein Junge.«

Selbst das Versammlungshaus bebte, und unsere Reittiere versuchten stampfend und wiehernd sich loszureißen.

»Ein Sturm«, sagte Sedenko. »Eine Art von Sturm, nicht, Hauptmann?«

»Einer, wie ich ihn nie erlebt habe«, gab ich zurück. »Aber vielleicht habt Ihr recht.«

Er war überzeugt, daß er nicht recht hatte. Jede Geste, jede Bewegung seiner Augen verriet seinen Aberglauben.

»Das ist Satan, der kommt«, flüsterte er.

Ich sagte ihm nicht, warum ich dachte, daß dies unwahrscheinlich wäre.

Ein Reiter erschien plötzlich in der Straßenbiegung. Als er in Sicht kam, begannen die Jagdhunde, welche sein Roß in einer wellenförmigen Bewegung von Wildheit umschwärmten, zu bellen. Hinter ihm kamen weitere Reiter, aber ihr Anführer war so riesenhaft, daß er sie alle wie Zwerge er-

scheinen ließ. Er trug einen ungeheuerlichen geflügelten Helm, der ein bärtiges Gesicht rahmte, aus dem Augen glühten in dem gleichen grünblauen Licht, welches das Dorf überflutete. Sein gewaltiger Brustkasten steckte in einem Panzerhemd, halb verdeckt von einem Umhang aus Bärenfell, der ihm von der Schulter hing. In der Linken hatte er einen Jagdspieß von der Art, wie er zumindest seit hundert Jahren schon nicht mehr gebraucht wurde. Auch seine Beine waren gepanzert, und seine Füße steckten in schweren Steigbügeln. Er hob den Kopf und lachte zum Himmel hinauf, seine Stimme vereinigte sich mit dem Lärm, den seine Hunde machten, bis alle gemeinsam zu bellen schienen, während seine Begleiter, noch immer Schatten hinter ihm, einer nach dem andern begannen, die gleichen schrecklichen Laute von sich zu geben.

»Muttergottes«, sagte Sedenko. »Ich kämpfe offen mit jedem Mann, aber das nicht. Gehen wir, Hauptmann. Sie warnen uns. Sie vertreiben uns.«

Ich blieb auf meinem Platz. »Treiben möchten sie uns wohl«, sagte ich, »und es wäre ein hübscher Spaß für sie, zweifellos, denn sie würden uns wie Wild treiben, Sedenko. Das sind Jäger, und ich würde sagen, ihre Beute sind Menschen.«

»Aber sie sind nicht menschlich!«

»Menschlich waren sie einmal, vermute ich. Aber jetzt sind sie weit davon entfernt, sterblich zu sein.«

Ich sah weiße Gesichter im Kielwasser des bärtigen Reiters. Die Lippen grinsten, und die Augen waren hell (wenn auch nicht so hell wie die ihres Anführers). Aber alle diese Männer waren tot. Ich hatte gelernt, Tote zu erkennen. Und auch die Verdammten konnte ich ausmachen.

»Sedenko«, sagte ich, »wenn Ihr mich verlassen wollt, würde ich Euch raten, geht sofort.«

»Ich werde mit Euch kämpfen, Hauptmann, gegen welche Art von Feinden auch immer.«

»Das könnten eure Feinde sein, Sedenko, aber nicht meine. Geht.«

Er lehnte ab. »Wenn dies Eure Freunde sind, bleibe ich. Es wären doch mächtige Freunde, nicht?«

Die Geduld für weitere Auseinandersetzung ging mir aus, ich hob die Achseln. Ich gürtete das Schwert um und ging auf die Tür zu. Die Tür öffnete sich knarrend.

Die Jäger drängten sich bereits auf Ammendorfs verfallenem Hauptplatz. Ich fühlte den hitzigen Atem der Hunde auf meinem Gesicht, nahm die Ausdünstung ihrer Körper wahr. Sie begannen, sich um das Pferd ihres Meisters niederzulassen und ließen die Ohren hängen.

Der Anführer der Jäger schaute mich mit seinen erschreckenden Augen an. Weiße Gesichter bewegten sich im Dunkeln. Pferde scharrten das unkrautverwachsene Kopfsteinpflaster.

»Ihr seid meinetwegen gekommen?« sagte ich.

Die Lippen teilten sich. Der Riese sprach mit tiefer, trauervoller Stimme, die weitaus klangvoller war, als ich erwartet hatte. »Ihr seid von Bek?«

»Der bin ich.«

»Ihr steht vor dem Waldgrafen.«

Ich verbeugte mich. »Es ist mir eine Ehre.«

»Ihr seid ein lebender Mensch?« fragte er, fast verwundert. »Ein gewöhnlicher Sterblicher?«

»So ist es.«

Er hob die buschige Augenbraue und wandte den Kopf seinen bleichgesichtigen Begleitern zu, als wollte er einen harmlosen Scherz gemeinsam mit ihnen genießen. Seine Erwiderung klang beinah belustigt:

»Wir sind tot seit zweihundertundfünfzig Jahren oder mehr. So tot, wie wir einst, gemeinsam mit dem größten Teil der Menschheit, den Tod einschätzten.«

»Aber nicht wirklich tot«, sagte ich in unserer Hochsprache, was Sedenko reichlich verwunderte. Aber ich war in dieser Redeweise angesprochen worden und hielt es deshalb für klug, damit fortzufahren.

»Unser Herr wird uns nicht in jenem Sinne sterben lassen«, sagte der Waldgraf von Ammendorf. Offensichtlich sah er in mir einen zur Verdammnis bestimmten Schicksalsgenossen. »Wollt Ihr mein Gast sein, Herr, auf meinem Schloß dort drüben?« Er deutete auf die Klippe.

»Ich danke Euch, erhabener Waldgraf.«

Er richtete seine glühenden Augen auf Sedenko. »Und Euer Diener? Werdet Ihr ihn mitbringen?«

Ich sagte zu Sedenko: »Wir sind zum Abendessen geladen, mein Junge. Ich schlage vor, daß du die Einladung ausschlägst.«

Sedenko nickte.

»Er wird hier bis zum Morgen warten«, sagte ich.

Der Waldgraf war einverstanden. »Es wird ihm nichts geschehen. Würdet Ihr die Güte haben, hinter mir aufzusitzen, Herr?«

Er gab einen Steigbügel frei und hielt ihn mir hin. Ich entschied, daß es weder diplomatisch noch ratsam wäre zu zögern, schritt auf das Pferd zu, nahm den Steigbügel und schwang mich auf den stinkenden Rücken des Tiers und hielt mich am Sattel fest.

Sedenko schaute mit aufgerissenen Augen und hängendem Kiefer zu und verstand von alledem, was er sah, nichts.

Ich lächelte ihm zu und hob die Hand zum Gruß. »Morgen früh werde ich zurück sein«, sagte ich. »Ich kann dir versichern, daß du bis dahin ruhig schlafen wirst.«

Der Waldgraf von Ammendorf knurrte seinem Pferd und der ganzen Jagdgesellschaft ein Kommando zu; alle brachen auf und ließen den Platz hinter sich. Mit erschreckender Geschwindigkeit ging es durch die Straßen und dann über einen überwachsenen Pfad, der sich zwischen tief hängendem Blätterwerk und bemoosten Steinblöcken zur Höhe der Felsklippe wand, wo ich erkannte, daß meine Augen mich vorher nicht getäuscht hatten. Vom Dorf aus hatte ich geglaubt, Gemäuer ausmachen zu können, und hier war es nun – eine Schrecken einjagende alte Burg, zum Teil zerfallen, mit einem wuchtigen Bergfried, der sich schwarz gegen den beinahe schwarzen Himmel abhob.

Alle stiegen wir gleichzeitig ab, und der Waldgraf, der mich um mehr als einen Kopf überragte, legte seinen kalten Arm um meine Schultern und führte mich durch einen Torbogen geradewegs in den Bergfried. Auch hier waren Treppen und Fliesen zerbrochen und zerfallen. Die Halle war von einer einzigen tropfenden Fackel erleuchtet, die in einem rostigen Arm über dem langen Tisch steckte. Über dem Feuer drehte sich ein Hirschrumpf. Die leichengesichtigen Jäger drängten sich rasch ans Feuer, den beiden zitternden Dienstboten – ein Junge und ein Mädchen – schenkten sie keine Aufmerksamkeit; die beiden gehörten augenscheinlich weder zu diesem Klan noch zu den Lebend-Toten, aber sie mochten ebenso verdammt sein wie die übrigen von uns.

Die Augen des Waldgrafen schienen abzukühlen, als er sich an das Kopfende des Tisches setzte und mich zu seiner Rechten Platz nehmen ließ. Mit seiner gepanzerten Hand schenkte er mir Branntwein ein und hieß mich, einen tiefen Schluck zu nehmen – »gegen das Wetter« (das verhältnismäßig mild war). Die Welt war für ihn vielleicht dauernd frostig.

»Euer Kommen war mir angekündigt worden«, sagte er. »Unter jenen, die wie wir sind, geht auch das Gerücht, daß Euch eine Aufgabe anvertraut worden ist, die uns alle erlösen könnte.«

Ich seufzte. »Ich weiß nicht, Herr Waldgraf. Unser Meister hat größeres Vertrauen in meine Fähigkeiten als ich. Natürlich werde ich mein Bestes tun, denn auch ich, sollte ich Erfolg haben, möchte erlöst werden.«

»So ist es.« Der Waldgraf nickte. »Aber Ihr müßt dessen gewahr sein, daß nicht alle von uns Euch bei Eurer Suche unterstützen.«

Ich war erstaunt. »Ich vermag Euch nicht zu folgen«, sagte ich.

»Einige befürchten, daß, sollte unser Meister sich mit Gott einigen, sie zu noch Schlimmerem verdammt wären denn zuvor, daß sie keinen Beschützer mehr hätten, und keine

Mittel mehr, ihre Persönlichkeit gegen die Leere zu schützen.«

»Der Begriff ›Leere‹ ist mir nicht geläufig, Herr Waldgraf.«

»Vergessenheit, wenn Ihr das vorzieht. Der leere Raum, mein guter Hauptmann. Das, was sich weigert, auch nur die leiseste Spur von Identität in Kauf zu nehmen.«

»Nun verstehe ich Euch. Aber bestimmt werden wir alle gerettet, wenn Luzifer erfolgreich ist.«

Der Waldgraf lächelte bitter. »Welche Logik stattet Euch mit dieser Hoffnung aus, von Bek? Wenn Gott barmherzig ist, liefert Er uns wenige Beweise.«

Ich kippte meinen Branntwein.

»Einige von uns kamen in diese kritische Lage«, fuhr der Waldgraf fort, »gerade durch ein derartiges Verständnis vom Wesen Gottes. Ich zähle nicht zu ihnen, selbstverständlich. Aber sie glaubten, daß Gott rachsüchtig und unerbittlich sei. Und einige, muß ich annehmen, werden versuchen, Euch bei der Erfüllung Eurer Aufgabe aufzuhalten.«

»Es ist schon so schwierig genug«, sagte ich, als der Junge mit Geklapper einen Teller mit Wildbret vor mich hinstellte. Das Fleisch schmeckte ausgezeichnet. »Eure Mitteilungen sind kaum ermutigend.«

»Aber gut gemeint.« Dem Waldgrafen wurde sein Teller gereicht. In der höflichen Art vergangener Zeiten reichte er mir eine Schale mit Salz. Ich streute ein wenig auf das Fleisch und gab sie zurück.

Er packte sein Stück und begann schmatzend zu kauen. Mir fiel auf, daß sein Atem dampfte, als er das heiße Stück berührte. Ich tat es ihm gleich. Das Essen war gut und war mir willkommen.

»Heute nacht müssen wir noch auf die Jagd«, sagte der Waldgraf, »denn in unserer Welt können wir nur so lange weiterexistieren, als wir unsern Herrn mit neuen Seelen versorgen. Und seit fast einem Monat haben wir nichts erlegt.«

Ich zog es vor, ihn darüber nicht zu befragen, und er schien mir für meinen Takt dankbar zu sein.

»Ich bin angewiesen worden, Euch hinüber in die Mittelmark zu bringen«, sagte er. Während er sprach, kamen einige der Jäger mit ihren Tellern an den Tisch. Sie aßen schweigend, anscheinend ohne Anteilnahme für unser Gespräch. Mir schien, als bemerkte ich einen Anflug von Nervosität bei ihnen, vielleicht weil sie sich über diese Unterbrechung ihrer nächtlichen Tätigkeit ärgerten.

»Von der Mittelmark habe ich nie gehört«, gestand ich ihm offen.

»Aber Ihr wißt, daß es auf dieser unserer Erde Länder gibt, die den meisten Sterblichen verboten sind?«

»Darüber hat man mir gesprochen.«

»Diese Länder sind bei einigen von uns bekannt als Mittelmarken.«

»Weil sie in den Grenzgebieten zwischen Erde und Himmel liegen?«

Er lächelte und wischte den Mund an seinem gepanzerten Ärmel ab. »Nicht genau. Man könnte sagen, sie liegen zwischen Hoffnung und Trostlosigkeit. Ich verstehe nicht viel davon. Aber ich kann in diese Länder kommen und gehen. Ihr werdet mit Eurem Begleiter morgen nacht hinübergebracht.«

»Mein Begleiter ist nicht unseres Schlages«, sagte ich. »Er ist ein einfacher, unschuldiger Soldat. Ich werde ihm sagen, er solle in eine Welt zurückkehren, die er besser versteht.«

Der Waldgraf nickte. »Nur den Verdammten ist es erlaubt, die Mittelmark zu betreten«, sagte er zu mir. »Obwohl nicht alle, die sich in der Mittelmark aufhalten, verdammt sind.«

»Wer herrscht dort?« fragte ich.

»Viele.« Er zuckte mit seinen hühnenhaften Schultern. »Denn die Mittelmark hat wie unsere eigene Welt und wie selbst die Hölle mannigfaltige Seiten.«

»Und das Land, wohin ich morgen gehen werde. Ist es auf meinen Karten eingetragen?«

»Natürlich. In der Mittelmark werdet Ihr einen gewissen Einsiedler aufsuchen, der bekannt ist unter dem Namen

Philander Groot. Ich hatte Gelegenheit, einst die Zeit eines Tages mit ihm zu verbringen.«

»Und worüber soll ich ihn befragen? Über den Standort des Grals?«

Der Waldgraf legte sein Fleischstück nieder und lachte beinahe. »Nein. Ihr werdet ihm Eure Geschichte erzählen.«

»Und was wird er tun?«

Der Waldgraf spreizte seine gepanzerte Hand. »Wer weiß? Er ist unserm Meister nicht verpflichtet und lehnt es ab, irgend etwas mit mir zu tun zu haben. Ich kann nur sagen, was ich gehört habe: daß er nämlich mit Euch reden möchte.«

»Er weiß von mir?«

»Über die Nachricht von Eurer Suche wird gemunkelt, wie ich schon sagte.«

»Aber wie konnte eine solche Nachricht sich so schnell verbreiten?«

»Mein Freund« – der Waldgraf wurde geradezu onkelhaft, als er seine Hand auf meinen Arm legte – »könnt Ihr nicht verstehen, daß Ihr Feinde in der Hölle habt und ebenso im Himmel? Gerade die solltet Ihr mehr fürchten als irgendeinen irdischen Widersacher.«

»Könnt Ihr mir nicht einen weiteren Anhaltspunkt geben in bezug auf die Identität dieser Feinde?«

»Natürlich kann ich nicht. Schon bis jetzt bin ich zuvorkommender zu Euch gewesen, als es für ein Geschöpf in meiner Stellung ratsam ist. Natürlich fürchtet man mich in der Gegend von Ammendorf. Aber wie alle Diener unseres Meisters habe ich keine wirkliche Macht. Eure Feinde könnten deshalb eines Tages meine Freunde sein.«

Das beunruhigte mich. »Habt Ihr nicht den Mut, Eure Entscheidungen selber zu treffen?«

Auf des Waldgrafen Gesicht lag einen Augenblick lang Trauer. »Einst hatte ich diese Art von Mut«, sagte er. »Aber hätte ich in meinem eigenen sterblichen Leben den Mut gehabt, über mich selbst zu bestimmen, dann wäre ich jetzt nicht ein Diener Luzifers.« Er hielt ein, und seine Augen begannen von einem Augenblick zum andern wieder zu glühen. »Und dasselbe wird auch für Euch gelten, nicht wahr, von Bek?«

»Ich vermute es.«

»Immerhin habt Ihr eine Gelegenheit, wenn sie auch klein ist, Euch zu bekehren, Hauptmann. Und, oh« – in seiner Stimme war plötzlich Trauer und Bewegtheit – »wie ich Euch darum beneide.«

»Doch wenn ich ans Ziel gelange und Gott Luzifers Wunsch nachkommt, wird uns allen wieder eine Gelegenheit zuteil werden«, sagte ich recht unschuldig.

»Das ist es gerade, was manche von uns so fürchten«, sagte der Waldgraf.

KAPITEL VII

Sedenko erzählte, daß er die ganze Nacht gut geschlafen hatte. Als ich im Morgengrauen zurückgekommen war, schnarchte er so zufrieden, als sei er noch immer der kleine Junge im Zelt seiner Mutter.

Während er sein Frühstück aß, erkundigte er sich neugierig über meine Unterhaltung mit »dem Teufel«.

»Das war nicht der Teufel, Sedenko, lediglich ein Wesen, das Ihm dient.«

»So habt Ihr ihm also Eure Seele nicht verkauft.«

»Nein. Er hilft mir, das ist alles. Ich kenne jetzt den nächsten Abschnitt meiner Reise.«

Sedenko war von Ehrfurcht ergriffen. »Welch große Macht müßt Ihr besitzen, daß Ihr über Leute wie den Waldgrafen verfügen könnt!«

Ich zuckte die Achseln. »Ich habe keine Macht, außer, was Ihr seht. Dasselbe, was Ihr habt – meine fünf Sinne beieinander und ein rasch gezogenes Schwert.«

»Warum sollte er Euch dann helfen?«

»Wir haben gewisse Interessen gemeinsam.«

Sedenko schaute mich etwas ängstlich an.

»Und Ihr müßt nach Nürnberg zurückgehen«, sagte ich, »oder wohin auch immer Ihr meint. Dorthin, wo ich heute nacht hingehe, könnte Ihr nicht gehen.«

»Wo ist das?«

»Ein unbekanntes Land.«

Er horchte auf. »Reist Ihr zu Schiff? In die Neue Welt? Nach Afrika?«

»Nein.«

»Wenn Ihr mir erlauben würdet, mit Euch zu gehen, wäre ich Euch ein guter Diener ...«

»Das weiß ich. Aber es ist Euch nicht erlaubt, mir weiterhin zu folgen.«

Er versuchte weiter, mich umzustimmen, aber ich wies

alle seine Vorschläge zurück, bis ich es satt hatte und ihn bat zu gehen, denn ich wollte schlafen.

Er lehnte ab. »Ich halte Wache«, sagte er.

Dagegen hatte ich nichts und schlief schließlich ein; am späteren Nachmittag wachte ich auf und roch sofort, daß Sedenko am Kochen war. Er hatte einen Topf gefunden, ihn über das Feuer gehängt und schmorte irgendein Stück Fleisch.

»Kaninchen«, bemerkte er.

»Sedenko«, sagte ich. »Ihr müßt gehen. Ihr *könnt* mir *nicht* folgen. Es ist physisch nicht möglich.«

Er schaute finster drein. »Ich habe ein gutes Pferd, wie Ihr wißt. Ich bin nicht anfällig auf Seekrankheit, soweit ich das habe feststellen können. Ich bin gesund.«

Ich verfiel wieder in Schweigen. Nur die Verdammten konnten in die Mittelmark gelangen. Auch wenn er mir folgen würde, könnte er jenes Reich nicht betreten. Ich beschloß, keinen Gedanken mehr daran zu verschwenden, und begnügte mich damit, dem jungen Kosaken zu raten, zurück nach Nürnberg zu gehen und sich einen guten Offizier zu suchen, oder, wenn er dies für besser hielt, sich aus diesem Krieg herauszuhalten und die Reise in seine Heimat anzutreten, wo er, falls ihm danach war, seine Kräfte gegen die polnischen Oberherren einsetzen konnte.

Er wurde widerspenstig, fast griesgrämig. Ich kümmerte mich nicht darum. »Der Waldgraf holt mich heute nacht ab«, sagte ich, »und ich muß mich auf die Reise vorbereiten. Das Fleisch ist gut. Habt Dank.« Ich stand auf und schaute nach meinem Pferd.

Sedenko saß mit gekreuzten Beinen neben dem Feuer und schaute mir zu. Er rührte sich kaum, als ich meine Kampfausrüstung anzog, den stählernen Brustpanzer festschnallte und die Beinschienen zurechtrückte. Ich hielt es für klug, das Reich der Mittelmark zu betreten mit soviel Ausrüstung, wie nur möglich.

Die Nacht brach ein. Sedenko schaute mir noch immer zu und sagte nichts. Ich vermied es, ihn anzusehen. Ich fütterte mein Pferd. Ich ölte das Lederzeug. Ich brachte meine Pistolen auf Hochglanz und überpüfte das Schloß. Ich reinigte das Schwert und den Dolch. Dann wandte ich mich meinem Helm zu. Ich pfiff vor mich hin. Sedenko schaute weiter zu.

Gegen Mitternacht wurde ich etwas unruhig, vermied aber, mir meinem schweigenden Genossen gegenüber etwas anmerken zu lassen. Ich schaute durch die Fenster auf Ammendorf hinaus, das in dieser Nacht vom Mond schwach erleuchtet wurde.

Gerade als ich mich abwandte, hörte ich den widerhallenden schmetternden Stoß einer mächtigen Trompete. Es tönte wie das Jüngste Gericht. Es war ein kaltes, trostloses Geräusch – ein einzelner, langanhaltender Ton. Dann war es wieder still.

Das Gebäude erbebte von Hufschlägen. Das grün-blaue Glühen zuckte zwischen den Gebäuden auf. Ich hörte das Gebell der Hunde.

Ich nahm mein Pferd beim Zügel und führte es durch die Halle hinaus und die Stufen hinunter auf den Platz. Ich hätte gerne Sedenko Lebewohl gesagt, aber ich wußte, daß ich ihn unter allen Umständen davon abhalten mußte, mir zu folgen.

Die Jagd kam stürmisch heran. Aufgerissene rote Schnauzen und hängende Zungen. Die Augen des Waldgrafen schienen die einzige Quelle des scheußlichen Lichtes zu sein. Seine Männer heulten im Einklang mit den Hunden, bis alle plötzlich starr wie Statuen auf gefrorenen Rößern waren. Nur der Waldgraf rührte sich, sein geflügeltes Haupt wandte sich mir zu.

»Ich sehe, Ihr seid bereit, Sterblicher.«

»Ich bin bereit, Herr.«

»Dann kommt. Zur Mittelmark.«

Ich bestieg mein Pferd. Der Waldgraf gab ein Zeichen und die Jagd setzte sich wieder in Gang; ich ritt an der Seite des Waldgrafen, und mein Pferd schnaubte und wieherte ängstlich aus Furcht vor den Hunden. Wir schlugen nicht den

Weg zurück zur Burg ein, sondern hinaus aus Ammendorf und durch einen Wald. Wir ritten am Ufer eines Sees entlang, und mir war, als schimmerte er wie Eis, was in dieser Jahreszeit völlig unmöglich war. Wir ritten weiter, bis wir die Lichter einer wenige Meilen entfernten Siedlung sahen, und hier auf einem Hügel hielt der Waldgraf an und wünschte mir Glück bei meiner Suche.

»Aber wie werde ich die Mittelmark finden?« Ich war verwirrt.

»Ich habe Euch in die Mittelmark gebracht«, sagte der Waldgraf.

Ich bemerkte, daß Schnee auf meinen Ärmel fiel.

»Da war kein Übergang«, sagte ich. »Oder jedenfalls war nichts davon zu spüren.«

»Wozu auch, für unsereins? Ihr folgt lediglich bestimmten Pfaden.«

»Könnt Ihr mir den Weg nicht zeigen?«

»Öffnet Eure Augen«, sagte der Waldgraf. »Fürchtet Euch nicht. Ihr stürzt in keine Falle hier.«

»Es schneit spät in der Mittelmark«, sagte ich. Ich sah, daß der Schnee festlag. An einigen Stellen war er recht tief. Er drückte die Bäume nieder. Mein Atem war weiß.

Der Waldgraf schüttelte den Kopf. »Nicht später als in Eurem eigenen Bereich, Hauptmann.«

»Dann verstehe ich das nicht«, erwiderte ich ihm.

»Die Jahreszeiten sind hier umgekehrt, das ist alles. Nur anhand dieses Merkmals könnt Ihr erkennen, wenn Ihr Euch nicht mehr in der Mittelmark aufhaltet.«

Seine Männer starrten ängstlich auf ihn. Sie wollten ihre Jagd fortsetzen. Ungeachtet des Schreckens, den sie verbreiten mußten, waren sie selbst mehr eingeschüchtert als ihre Opfer – denn sie wußten wohl mit Bestimmtheit, was ihr Los sein würde, sollten sie Luzifer einmal im Stiche lassen.

Die kalte, sonderbar freundliche Hand legte sich wieder auf meinen Arm. »Sucht Philander Groot auf. Das ist der beste Rat, den ich Euch mitgeben kann. Und seid auf Eurem Weg in diesem Reich so klug wie in Eurem eigenen, Hauptmann. Ich hoffe, Ihr findet das Heilmittel für den Schmerz der Welt.«

Er setzte sein Horn an die Lippen und blies diesen einzelnen langen Ton. Die Bäume zitterten, und der Schnee fiel von den Ästen. Die Hunde hoben den Kopf und brachen in Gebell aus. Mir war, als hörte ich im Wald hinter mir Tiere auf der Flucht.

Der Waldgraf lachte: Es tönte noch schrecklicher als sein Hornstoß.

»Lebt wohl, von Bek. Macht für uns alle ausfindig, wenn Ihr könnt, ob es so etwas wie Freiheit gibt.«

Der Boden erzitterte unter den weggaloppierenden Jägern, und dann, ganz plötzlich, war es still, und ich war allein. Ich schlug den Mantel um mich und lenkte mein Pferd vorsichtig durch den Schnee zu der Siedlung hinab.

Über mir flackerte der Himmel, und Licht erschien, erst von einem gelben großen Mond, dann von den Sternen. Irgend etwas war seltsam mit den Sternbildern, aber ich war kein Sterndeuter und vermochte nicht zu sagen, was – wenn überhaupt – ungewöhnlich war. In weiter Ferne türmten sich gezackte Bergspitzen auf. Irgendwie kam mir dieses Land größer, gewaltiger vor als jenes, das ich hinter mir gelassen hatte. Es erschien mir wilder und war geheimnisvoll, und doch lag eine Stimmung, vielleicht nicht von Friede, aber doch von Vertrautheit darin, und allein dieser Eindruck gab mir ein behagliches Gefühl. Es war fast, als ob ich wieder in Bek wäre. Als ob ich in die Vergangenheit zurückgegangen wäre.

Ich wußte, daß ich in der Mittelmark behutsam sein mußte, und daß ich mich hier in noch größerer Gefahr befand als in meiner eigenen Welt. Dennoch setzte ich meinen Weg wohlgemut fort, und als ich einen Reiter hinter mir hörte, wurde ich zwar vorsichtig, war aber nicht eigentlich beunruhigt.

Ich wandte den Kopf und schrie »Hallo«, um den Reiter zu warnen, daß jemand vor ihm war.

Da keine Antwort zurückkam, zog ich langsam mein

Schwert und hielt an, bevor ich mich dem Unbekannten, wer auch immer es sein mochte, gegenübersah.

Der Reiter hatte seine Gangart verlangsamt und blieb jetzt stehen. Ich konnte Pferd und Reiter, die auf dem Pfad neben einem großen, schneebedeckten großen Felsen standen, im Mondlicht nur schwach sehen.

»Wer seid Ihr, Herr?« fragte ich.

Wieder keine Antwort.

»Ich warne Euch, ich bin bewaffnet«, sagte ich.

Eine unscheinbare Bewegung der Gestalt, das leichte Scharren eines Pferdehufs, aber nicht mehr. Ich setzte mich in Bewegung und näherte mich. Erst dann entschied der Reiter, sich zu erkennen zu geben.

Er trat ins Mondlicht hinaus. Er blickte gleichzeitig reumütig und trotzig drein. Er winkte mit der behandschuhten Hand und zuckte die Achseln. »Ich bin Schnee gewöhnt, Meister. Habt Ihr befürchtet, daß das mir zu schaffen machen würde?«

»Ach Sedenko«, sagte ich, erfüllt von trauriger Gerührtheit.

»Ja, Meister?«

»Ach Sedenko, mein Freund.« Ich ritt zu ihm hin und umarmte ihn.

Er hatte nichts außer Zorn erwartet und war erstaunt. Aber er erwiderte die Umarmung doch recht kräftig.

Er wußte nicht, was ich wußte: daß es, wenn es ihm gestattet war, uns in die Mittelmark zu folgen, nur bedeuten konnte, daß der arme Sedenko bereits zur Verdammnis verurteilt war.

In diesem Augenblick verfluchte ich Gott, der eine so unschuldige Seele zum Fegefeuer verurteilen konnte. Was hatte Sedenko getan, was nicht das Ergebnis seiner Erziehung und seiner Religion war, die ihn dazu ermunterte, im Namen Christi zu töten? Mir kam der Gedanke, daß Gott vielleicht altersschwach geworden war, und daß Er Sein Gedächtnis verloren hatte und sich nicht mehr an den Zweck erinnerte, weshalb der Mensch auf Erden war. Er war verdrießlich geworden. Er war launenhaft geworden. Er hatte Seine Macht über uns behalten, aber ließ sich nicht mehr länger anrufen. Und wo war Sein Sohn, der gesandt worden war, uns zu erlösen? War Gottes Plan nicht ebenso geheimnisvoll wie unverständlich für uns: weil er uns mißgünstig war? Waren wir alle, ungeachtet, was wir waren und wie wir lebten, von vornherein verdammt? War Leben sinnlos? Hatte meine Suche irgendeine Bedeutung? Diese Fragen gingen mir durch den Kopf, als ich auf den Kosakenjungen schaute und mich fragte, welches Verbrechen er begangen haben könnte, das übel genug war, ihn so jung in die Hölle zu schicken. Bestimmt ist Luzifer, dachte ich, ein stetigerer und intelligenterer Meister denn der Herr selbst.

»Nun, Hauptmann«, sagte Sedenko mit einem Grinsen. »Habe ich mich Euch gegenüber bewährt? Kann ich Euch über eine weitere Etappe Eurer Reise begleiten?«

»Oh, unter allen Umständen, Sedenko. Ihr könnt mit mir, sofern es nur auf meinen Entschluß ankommt, den ganzen Weg bis hin zu meinem endgültigen Ziel reisen.«

Ich hoffte, daß, wenn ich erfolgreich wäre, sich Luzifer als dankbar erweisen und auch diese Seele verschonen würde.

Sedenko begann zu pfeifen, eine wilde mitreißende Melodie aus seiner Heimat. Er beugte sich seitlich aus dem Sattel und griff mit der freien Hand in den Schnee, warf ihn in die Luft und jauchzte. »Das ist schon eher ein Land für mich, Hauptmann. Ich wurde im Schnee geboren. Ich bin ein Kind des Winters!« Sein Pfeifen ging über in ein Lied in seiner Muttersprache. Er war wie ein glücklicher Knabe. So gut es ging, versuchte ich über seine Possen zu lächeln, aber mein Herz war schwer.

Am Morgen blickten wir auf ein Dorf, das irgendwie jenem glich, das wir hinter uns gelassen hatten. Eine Burg stand hoch über einem Felsabsturz, aber diese Burg war in ausgezeichnetem Zustand. Und das Dorf war alles andere als verlassen. Rauch stieg aus den Schornsteinen, und in der kalten Luft hörten wir deutlich Stimmen. Wir ritten hinab zwischen weißen Bäumen und stapften auf unseren Pferden durch die Straße, bis wir auf den Hauptplatz gelangten, wo eben Markt abgehalten wurde.

Neben einem Stand saß ich ab und fragte die rotgesichtige Frau, die gekochte Fleischklöße und gepökelten Fisch verkaufte, wie der Ort heiße.

Ihre Antwort hatte ich halbwegs erwartet.

»Wie, Herr«, sagte sie, »das ist Ammendorf.«

Sedenko hatte das mitgehört. »Ammendorf? Gibt es zwei, so nahe beieinander?«

»Es gibt nur ein Ammendorf«, sagte die Frau stolz. »Nirgends sonst gibt es das.«

Ich schaute über das Dorf und den Wald zu den mächtigen Bergspitzen hin. Diese Berge hatte ich nie zuvor gesehen. Sie schienen höher als die Alpen. Sie mochten sich bis zum Himmel erheben.

»Habt ihr einen Priester hier?« fragte ich sie.

»Vater Christoffel? Ihr findet ihn in der Kirche.« Sie zeigte auf die andere Seite des Dorfes. »Die kleine Gasse hinauf jenseits des Brunnens.«

Mein Pferd am Zaum, gefolgt von einem verwunderten Sedenko, der hinter mir hermurmelte, ging ich in Richtung der Gasse. Wenn jemand etwas von dem Einsiedler Philander Groot wußte, dann bestimmt der Priester. Ich fand die Gasse, die von hohen Hecken gesäumt war. Im Schnee waren Karrenspuren.

Hinter mir sang Sedenko wieder. Wahrscheinlich war er zufrieden mit sich selbst, weil er mich hatte aufspüren können. Den Klang seiner Stimme ertrug ich kaum, so süß und so glücklich war er.

Wir kamen um eine Ecke und standen vor der steinernen, von einem Turm überragten Kirche und dem Friedhof. Ich band mein Pferd am Zaun fest, der den Friedhof umgab, und bat Sedenko, zu bleiben, wo er war und unsere Reittiere zu bewachen.

Die Flügel des Kirchentors ließen sich leicht öffnen, und ich befand mich in einem bescheidenen Raum; augenscheinlich war es eine katholische Kirche, auch wenn es nicht nach Weihrauch und Marien-Anbetung roch. Der Priester stand am Altar und ordnete die Geräte.

»Vater Christoffel?«

Er war fett und trug die Narben von irgendeiner früheren Krankheit im Gesicht. Sein Mund war selbstgefällig wie der Mund einer faulen teuren Hure, aber seine Augen waren ruhig. Hier war ein Mann, der fleischliche Sünden im Übermaß begehen mochte, aber nur wenige Sünden im Denken.

»Ich bin Hauptmann von Bek«, sagte ich und legte Helm und Handschuhe ab. »Ich bin auf geheimer Mission unterwegs, die allerdings auch religiöse Seiten hat.«

Er schaute mich scharf an, den kleinen dicken Kopf zur Seite geneigt. »Ja?«

»Ich suche einen Mann, der, wie ich gehört habe, in dieser Gegend leben soll.«

»Hm?«

»Einen Einsiedler. Vielleicht kennt ihr ihn?«

»Sein Name, Hauptmann?«

»Philander Groot.«

»Groot? Ja?«

»Ich will ihn sprechen. Ich hoffte, Ihr wüßtet, wo er sich aufhält.«

»Groot verbirgt sich vor sich selbst und vor Gott«, sagte der Priester. »Und er verbirgt sich auch vor uns.«

»Aber Ihr wißt, wo er sich aufhält?«

Der Priester hob seine dichten Brauen. »Das könnte man sagen. Weshalb sucht ihn ein Soldat?«

»Ich suche etwas.«

»Etwas, das er besitzt?«

»Wahrscheinlich nicht.«

»Von militärischer Bedeutung?«

»Nein, Vater.«

»Seid Ihr an seiner Philosophie interessiert?«

»Darin kenne ich mich nicht aus. Ich bin nicht sehr neugierig, was Philosophie betrifft.«

»Was wollt Ihr denn von Groot?«

»Ich habe eine Geschichte für ihn, glaube ich. Man hat mir zu verstehen gegeben, daß er sie gern hören würde.«

»Wer nannte Euch Groot?«

Der Priester war nicht der Mann, den ich belügen mochte.

»Der Waldgraf.«

»Unser Waldgraf«, sagte der Priester etwas erstaunt. Dann wurde sein Ausdruck finster. »Ach nein. Natürlich. Der andere.«

»Das vermute ich«, antwortete ich.

»Dient Ihr auch Luzifer? Trotz all seiner Fehler ist Groot unerbittlich. Er wird mit keinem von jenen sprechen.«

»Man könnte sagen, ich diene der Welt«, sagte ich zu dem Priester.« Meine Suche, so heißt es, gilt dem Gral.«

Der Priester konnte seine Überraschung nicht verbergen. Seine Lippen wiederholten lautlos meine letzten Worte. Mit seinen hellen, klugen Augen forschte er in meinem Gesicht.

»So seid Ihr frei von Sünde?«

Ich schüttelte den Kopf. »Es gibt wenige Sünden, die mir nicht vertraut sind. Ich bin ein Mörder, ein Dieb, ein Ausbeuter von Frauen.«

»Ein gewöhnlicher Soldat.«

»Richtig.«

»So macht Ihr Euch also keine Hoffnung, den Gral je zu finden.«

»Ich bin voll Zuversicht.«

Der Priester rieb seine Bartstoppeln. Er wurde nachdenklich und schaute mich von Zeit zu Zeit an, als überlege er, was zwischen uns gesprochen worden war. Dann schüttelte er den Kopf, wandte mir den Rücken zu und beschäftigte sich wieder mit den Geräten auf dem Altar.

Ich hörte ihn murmeln: »Ein ganz gewöhnlicher Soldat.« Das schien ihn geradezu zu belustigen, auch wenn es nicht spöttisch tönte.

»Was würdet Ihr Euch vom Gral erhoffen, wenn Ihr ihn hättet?«

»Ein Heilmittel«, sagte ich, »für die Not der Welt.«

»Sorgt Ihr Euch so sehr um die Welt?«

»Ich sorge für mich selbst, Vater.«

»Angst ist eine Krankheit, die wenige von uns zu bekämpfen wissen.«

»Sie ist auch ein Betäubungsmittel, dem viele ergeben sind.«

»Die Welt ist in einem traurigen Zustand, Herr Kriegsmann.«

»Ja.«

»Und ein jeder, der weiterhin hofft, daß man ihr helfen kann, hat mein Wohlwollen und selbst meinen Segen. Philander Groot allerdings ...«

»Haltet Ihr ihn für schlecht?«

»An Philander Groot ist nichts schlecht, würde ich sagen. Deshalb macht er mich so zornig. Er weigert sich, Gott anzuerkennen.«

»Ist er ein Atheist?«

»Schlimmer. Er glaubt. Aber er lehnt es ab, an seinen Schöpfer zu glauben.«

Diese Beschreibung war mir sympathisch.

»Und deshalb«, fuhr der Priester fort, »wird ihm der Himmel verschlossen sein, und die Hölle wird ihn schlukken. Er bringt mich zum Verzweifeln. Er ist verrückt.«

»Aber ein sehr ehrenwerter Verrückter, so wie es sich anhört.«

»Niemand, den ich kenne, ist ehrenwerter, Hauptmann von Bek, als Philander Groot. Viele suchen ihn auf, denn er soll magische Kräfte besitzen. Er lebt unter der Protektion eines Königreichs in den Bergen, das seinerseits wieder von mächtigen Kräften beschützt wird. Um in jenes Königreich zu gelangen, müßt Ihr auf jene fernen Gipfel zuhalten und den Eremitenpaß ausfindig machen, der hinüberführt in das Tal, wo Groot sich aufhält.«

»Ist der Paß nach ihm benannt?«

»Keineswegs. Er war schon immer wegen der Eremiten bekannt.« Das sagte der Priester mit einem zynischen Unterton. »Aber Groot ist kein gewöhnlicher Eremit. Man sagt, daß er seine Kindheit als Lehrjunge eines Sehers verbrachte.

Vielleicht sind sie in Eurem Teil der Welt unbekannt. Der Beruf des Sehers besteht darin, nach Zeichen für die Herabkunft des Anti-Christen und von Harmageddon Ausschau zu halten. Damit verbringen sie ihre Zeit. Das kann ein gutes Leben sein, vor allem in schwierigen Zeiten. Aber Groot, wenigstens sagte er mir so, wurde der Zukunft überdrüssig und verlegte seine Studien eine Zeitlang auf die Vergangenheit. Jetzt, sagt er, kümmert er sich nur noch um eine ewige Gegenwart.«

»Was heißt, Gegenwart und Zukunft wären völlig bedeutungslos«, sagte ich beeindruckt.

»Und damit würden auch das Gewissen und seine Auswirkungen dahinfallen, nicht wahr?« sagte der Priester. »Aber darüber habe ich mit meinem Freund Groot argumentiert und will Euch damit nicht langweilen. Falls Ihr ihm begegnet, wird er Euch seinen Standpunkt weitaus besser darlegen als ich.«

Ich suchte die Landkarten aus meinem Beutel heraus und legte ihm einige vor. »Ist der Eremiten-Paß hier eingetragen?« Ich mußte mehrere Karten auseinanderfalten und wieder zusammenlegen, bis ich die richtige gefunden hatte (sie zeigte beide Ammendorf). Der Priester deutete mit dem Finger auf eine Straße, die in die großen Berge führte, welche ich schon gesehen hatte. »Nordwest«, sagte er. »Und Gott, oder wer immer auch in der Mittelmark herrscht, sei mit Euch.«

Ich verließ die Kirche und gesellte mich wieder zu Sedenko. »Wir werden uns hier mit Proviant eindecken«, sagte ich zu ihm, »und am Nachmittag weiterreiten.«

»Als wir durch den Ort kamen, sah ich etwas, das wie eine gute Herberge aussah«, sagte er.

»Wir werden dort essen, bevor wir losziehen.«

Die Unterhaltung mit Vater Christoffel hatte mich gleichzeitig in Hochstimmung gebracht und verunsichert. Ich wollte Ammendorf so schnell wie möglich hinter mich bringen und auf meinem Weg sein.

»Hat man Euch die Beichte abgenommen, Hauptmann?«

fragte der junge Kosake in seiner unschuldigen Art, als ich mich in den Sattel schwang.

Ich zuckte die Achseln.

Sedenko redete weiter: »Vielleicht sollte auch ich den Priester um den Segen bitten. Immerhin ist es schon einige Zeit her ...«

Er machte mich zornig; schließlich wußte ich, was ich wußte. In diesem Augenblick haßte ich ihn beinahe, weil er so gar keine Ahnung hatte von seinem unverdienten Los. »Dieser Priester ist fast schon ein Agnostiker«, sagte ich. »Er kann sich selbst die Absolution nicht erteilen, geschweige denn Euch oder mir. Kommt, Sedenko, wir müssen aufbrechen.« Ich hielt inne und überlegte dann, daß ich ihm ebensogut etwas mehr von meiner Geschichte preisgeben konnte.

»Ich suche nichts anderes als den heiligen Gral«, sagte ich.

»Was ist das, Hauptmann?«

Er setzte sich hinter mir in Trab und pfiff vor sich hin, sein Atem stieß dabei kleine Dampfwolken in die kalte Luft.

Ich erklärte es ihm, so gut ich konnte. Mit halbem Ohr hörte er zu, als erzähle ich ein Märchen, das mit keinem von uns viel zu tun hatte. Seine Sorglosigkeit stimmte mich immer trübsinniger.

KAPITEL VIII

MEINE VERBITTERUNG gegenüber einer Gottheit, die jemanden wie Sedenko so ohne weiteres für die Hölle bestimmen konnte, wuchs, als wir aus Ammendorf hinausritten. Es schien keine Gerechtigkeit in der Welt zu geben und auch keine Möglichkeit, Gerechtigkeit zu schaffen, und niemanden, kein Wesen, das man anflehen konnte. Warum sollte ich mich in einer solchen Welt um Erlösung bemühen? Wovor würde ich mich schon retten, wenn ich der Hölle entrinnen würde?

Sedenko hatte mich in meinem Brüten einigemal zu unterbrechen versucht, doch dann sagte er eine Weile nichts mehr, nahm mein Schweigen gut gelaunt hin und respektierte meine Abneigung, ihm auf seine simplen Fragen zu antworten. Gegen Abend wurde es kälter, aber ich traf keine Anstalten zu rasten. Ich war müde. Wein und Essen in Ammendorf, beides hervorragend, hatten mich gegen Wetter und Schlafmangel gewappnet, und ich sagte mir, daß Sedenko jung genug war, um auf eine weitere Nachtruhe zu verzichten. Nur die Pferde machten mir etwas Sorge, aber sie schienen noch recht frisch zu sein, da wir sie nicht zu sehr trieben. Vorwärtskommen war alles, was ich jetzt wollte. Wir passierten Karsthügel und verschneite Sümpfe, Wälder und Flüsse und hielten auf die hohen Berggipfel und den Eremiten-Paß zu.

Als es Nacht wurde, stieg ich ab und führte mein Pferd. Sedenko folgte meinem Beispiel, ohne zu fragen.

Es war schon einige Jahre her, daß ich meinen Glauben verloren hatte, es sei denn, wenn es darum ging, in einer Welt voll Krieg zu überleben, aber offenbar hatte sich doch in einem Hinterstübchen meines Kopfes der Gedanke festgesetzt, daß man durch Gott sein Heil finden könnte. Jetzt, wo ich unterwegs auf der Suche nach dem heiligen Gral war (oder etwas, das ihm entsprach), fragte ich mich nicht nur, ob es überhaupt möglich war, daß ein Heil existierte, sondern auch, ob es sich lohnte, das Heil Gottes zu erlangen. Einmal mehr sah ich in dem Streit zwischen Gott und seinem gestürzten Erzengel nichts anderes als ein Gezänk zwischen zwei unbedeutenden Duodezfürsten darüber, wer nun die Macht in einem winzigen unwichtigen Gebiet ausüben sollte. Das Los der Bewohner jenes Gebiets schien beide wenig zu kümmern; und selbst der Entgelt für die Loyalität dieser Bewohner schien mir reichlich mager. Was mich betraf, glaubte ich, daß ich jedes Los verdiente, ungeachtet, wie grausam es war, denn ich hatte meine Intelligenz zu meinem Selbstbetrug gebraucht. Das allerdings konnte man von Sedenko nicht behaupten, der eher ein Kind seiner Zeit und deren Umstände war. Ich hatte wirkliche Beweise, daß es Gott und den Teufel gab, und mein Glaube an beide war nun schwächer als je zuvor.

Mein Mantel vermochte die beißende Kälte der Winternacht nicht abzuhalten. Die Zähne klapperten, und ich war so durchfroren, daß ich meinte, mein Herz müßte zu Eis werden. Selbst Sedenko schlotterte, und er war weitaus schlimmere Kälte gewohnt.

Der Weg stieg an, in die Ausläufer der Berge hinein. Die Spitzen waren nun hoch genug, um den halben Himmel zu verdecken. Der Schnee wurde tiefer und tiefer und wollte schon in unsere Stiefel dringen. Gegen Morgengrauen wurde mir klar, daß wir beide, sollten wir uns nicht bald wärmen und zu essen bekommen, wahrscheinlich umkommen und darauf geradewegs in der Hölle enden würden. Diese Aussicht vergegenwärtigte mir wieder den Grund, weshalb ich auf den Handel mit Luzifer eingegangen war.

Auch wenn es schwierig war, in der Dunkelheit etwas zu erkennen, vermochte ich eine Stelle auszumachen, die dank eines überhängenden Felsens fast schneefrei geblieben war, und wies Sedenko an, ein Feuer zu machen.

Während er Holz zusammentrug, kam rotglühend und kalt die Morgendämmerung herauf. Ich sah ihm zu, wie er sich unten im nahen Gehölz bückte und aufrichtete und den Schnee von dem Reisig, das er fand, schüttelte, und aus irgendeinem Grund kam mir die Geschichte von Abraham und seinem Sohn in den Sinn. Warum sollte man einem Gott dienen, der eine so wahnsinnige Ergebenheit fordert, der forderte, daß man das wahre Menschsein verneinte. Und er sollte der Schöpfer sein?

Ich schaute zu, wie Sedenko Feuer machte und die Verpflegung auspackte. In meiner Gesellschaft zu sein, schien ihn fröhlich zu stimmen. Er war aufgeräumt und erwartete offenbar große und spannende Abenteuer. Wäre er an diesem Morgen gestorben, würde er sich wahrscheinlich verwundert in der Hölle umsehen und es interessant finden.

Und dann kam mir in den Sinn, daß Luzifer mich vielleicht belogen hatte, und daß Er alle, die Ihm dienten, belog. Vielleicht war überhaupt niemand von uns verdammt, und man konnte sein Schicksal irgendwie Seinem Einfluß entwinden, wie Er ja selbst versucht hatte, Sein Schicksal vom Einfluß Gottes zu lösen. Warum sollten solche Wesen über uns gebieten.

Die Antwort ergab sich wie immer, wenn ich logisch überlegte: weil sie uns nach Belieben zerstören können.

Nun vermochte ich mich in jene einzufühlen, vor denen mich der Waldgraf gewarnt hatte, jene, die glaubten, daß ich Luzifer helfe, Seine eigenen Geschöpfe zu verraten. Für sie hatte Luzifer nichts anderes verkörpert als den Widerstand gegen einen ungerechten Gott. Ein Abkommen zwischen Gott und Luzifer würde sie schutzlos preisgeben, und sie würden geopfert, weil Luzifer es für vorteilhaft befunden hatte, Seine Meinung zu ändern.

Aber würde Gott es zulassen, daß Luzifer Seine Meinung änderte? Dafür hatte auch Luzifer keine Anhaltspunkte. Und ich, falls ich Erfolg haben und das Heilmittel für das Leid der Welt entdecken sollte, würde vielleicht alles andere als ein Heilmittel finden. Wie, wenn der Menschheit dieses Heilmittel eingegeben würde und sich dann herausstellte, daß der heilige Gral ein tödliches Gift enthielt? Vielleicht war letztlich das einzige Heilmittel für das Leid das absolute Vergessen des Todes, ohne Himmel und Hölle.

Mein tiefer Seufzer ließ Sedenko, der am Feuer seine Hände wärmte, aufblicken. »Was hat Euch der Priester gesagt, Meister? Seit Ihr ihn gesehen habt, quält Euch etwas.«

Ich schüttelte den Kopf. Nicht der Priester hatte mich aufgeregt. Und ich konnte Sedenko nicht beibringen, daß er, wie ich wußte, für die Hölle bestimmt war, und daß der Gott, dem er zu dienen behauptete, ihn verstoßen und ihm dafür nicht einmal einen Hinweis gegeben hatte.

»Wollte er Euch den Segen nicht geben?« fragte Sedenko weiter.

»Meine Geistesverfassung hat wenig mit dem Gespräch in der Kirche zu tun«, sagte ich. »Der Priester hat mir einige Mitteilungen gemacht. Er hat mir gesagt, wo ich einen bestimmten Einsiedler finden kann, das ist alles.«

»Und den Zweck Eurer Reise kennt Ihr noch immer nicht?«

»Ich kenne ihn, denke ich, so gut wie ich je dazu in der Lage sein werde. Macht uns das Frühstück, junger Kosake. Und singt uns ein Lied aus Eurer Heimat, wenn Ihr mögt.«

Noch bevor er mit dem Frühstück begonnen hatte, schlief ich ein und wachte erst am Mittag wieder auf. Über dem Feuer kochte eine Suppe. Sedenko hatte die Gelegenheit, sich auszuruhen, genutzt und schlief in seine Decke eingerollt, nicht weit von mir weg. Ich aß die Suppe und säuberte den Topf, bevor ich ihn aufweckte.

Die Berge waren höher als alle, die ich je zuvor gesehen hatte. Sie waren steil und zerklüftet, und der Schnee, der sie bedeckte, war gefroren und glitzerte in der starken Wintersonne wie Kristall. Das Weiß war überall: die Reinheit Fimbulwinters, des Todes der Welt. Das Wasser einiger Bäche lief durch den Schnee, was anzeigte, daß es doch nicht so kalt sein konnte, wie es schien. Ich hatte mich schon an die Frühlingswärme gewöhnt, und mein Körper brauchte offenbar Zeit, um sich anzupassen. Sedenko schien die Witterung weit weniger auszumachen als mir.

»Man kann aus dem Schnee lesen«, sagte er. Er erzählte, daß es in seiner Sprache eine beträchtliche Anzahl von Ausdrücken für die verschiedenen Arten von Schnee gab. »Schnee kann töten«, fuhr er fort, während er unsere Sachen auf die Rücken der Pferde packte, »aber man lernt auch, wie man es anstellen muß, daß er einen nicht tötet. Oder zumindest, wie man seine Überlebenschancen verbessert. Mit den Menschen ist es nicht so, Hauptmann.«

Ich lächelte über seinen philosophischen Abstecher. »Richtig.«

»Die Menschen sagen einem, was man tun muß, damit sie einen nicht umbringen. Man tut es. Sie bringen einen trotzdem um, nicht wahr?«

»Sehr wahr, Sedenko.« Ich tröstete mich damit, daß dieser Unschuldsengel mir jedenfalls in der Hölle gute Gesellschaft leisten würde, sollte man uns erlauben, zusammenzubleiben. Ich unterließ es, ihm zu sagen, daß mir das, was er bei den Menschen beobachtet hatte, um so deutlicher bei Gott und Seinem verstoßenen Engel aufgefallen war. Er hätte mir nicht glauben wollen. Und ich wollte es selber auch nicht glauben.

Ich genoß den frischen Geruch des Schnees und begann jenes eigentümliche Hochgefühl zu verspüren, das einen überkommt, wenn man jegliche Hoffnung verloren hat außer der, noch eine oder zwei Stunden zu leben. Es kam nicht mehr drauf an, was ich aufs Spiel setzte, und so versetzte ich mein Pferd über eine kurze Strecke in so scharfen Galopp, daß der Schnee nur so aufstob. Sedenko schrie jauchzend hinter mir her und trieb sein Pony an, dabei schwang er sich mit außergewöhnlicher Behendigkeit von einer Seite auf die andere, sprang dann plötzlich mit einer einzigen Bewegung hoch und stand aufrecht im Sattel, wie ein Akrobat mit ausgestreckten Armen balancierend.

Er hatte stolz behauptet, daß die Kosaken die besten Reiter der Welt seien, und falls seine Landsleute ebensogut ritten wie er, konnte ich nichts Gegenteiliges sagen. Seine Überschwenglichkeit steckte mich an. Ich versuchte, alle

Gedanken an Gut und Böse, an den Krieg im Himmel, aus meinem Kopf zu vertreiben, und tat mein Bestes, die Schönheit der Landschaft zu genießen, während Sedenko nach und nach außer Atem kam, seine Sprünge aufgab wie ein übermütiger junger Hund und schließlich dann wieder an meiner Seite war, keuchend und grinsend.

An diesem Abend baute Sedenko wieder ein Feuer auf, während ich die Landkarten studierte. Wir waren nun tief in den Hügeln, und die Berge schienen uns erdrücken zu wollen. Die Ebene war weit hinter uns und der Hügel wegen nicht mehr zu sehen. Der Eremiten-Paß konnte nicht weiter als fünf Meilen in nordwestlicher Richtung entfernt sein. Falls es keine Hindernisse gab, sollten wir im Laufe des nächsten Vormittags dort sein.

Ich fragte mich, wie sicher dieser Paß war, und welche Gefahren vor uns liegen mochten. Aber darüber sprach ich nicht zu Sedenko.

Die erste Bergkette erreichten wir kurz vor Mittag, und der Zugang zum Paß war leicht auszumachen. Wir hatten die Hufe der Pferde mit Lappen umwickelt. Der felsige Untergrund war vereist, so daß es besser war, mit den Pferden nach Möglichkeit nur im Schritt zu gehen. Die Bergspitzen waren jetzt unsichtbar. Es schien, als ob wir uns einer unendlich großen Kristallwand näherten, die weiß und blaßblau, und dort, wo der Fels entblößt war, grau glitzerte. Nie hatte ich solche Berge gesehen; ihre Höhe und ihre Form erstaunten mich noch und noch.

Der Paß war ein dunkler Einschnitt, anscheinend in der Seite einer abstürzenden Felswand. Erst als wir näher kamen, sahen wir, daß er sich in scharfen Kehren zwischen den Bergen hindurchwand, und daß man nicht weit voraus sehen konnte. Die Schneeschicht war hier dünner, dafür war das Eis um so dicker. Wir mußten also sehr vorsichtig weitergehen.

Ohne Verzug ritten wir voran. Wir ließen die Wintersonne hinter uns und kamen in den Schatten, wo die Temperatur merklich tiefer war, weshalb wir die Mäntel dichter um uns zogen. Der Hufschlag hallte in der Schlucht wider, wir hörten das Rauschen von Wasser in der Nähe, das Tropfen von schmelzendem Eis und das Knirschen rutschenden Schnees. Manchmal fielen uns Schneepartien von überhängenden Felsen auf Kopf und Schultern.

Sedenko schaute hinauf zu dem schmalen Lichtstreifen hoch über uns. »Das ist fast eine Höhle«, sagte er geradezu ehrfürchtig. »Ein monströser riesiger Tunnel, Hauptmann. Wird er uns in die Hölle führen?«

»Ich hoffe aufrichtig, daß dem nicht so ist«, erwiderte ich. Der tiefere Sinn seiner Worte war mir geläufiger als ihm.

Wir sprachen leise, wußten wir doch, daß schon ein Geräusch zuviel eine Lawine auslösen konnte, die uns innerhalb Sekunden unter Felsen, Eis und Schnee begraben würde. Wir kamen um eine Biegung hinein in tiefere Dunkelheit. Das geringste Geräusch war hier bedeutungsvoll. Ich bemerkte, daß ich kaum mehr atmete und meinen Herzschlag in den Ohren hören konnte.

Allmählich öffnete sich die Schlucht ein wenig, und mehr Licht fiel ein. Der Schnee war nun tiefer und nasser, aber der Untergrund war dort, wo Sonnenstrahlen hatten hingelangen können, nicht so vereist, so daß wir unsern Weg etwas entspannter fortsetzen konnten. Nach ein paar weiteren Wegbiegungen öffnete sich die Schlucht noch mehr und war jetzt schon fast ein enges Tal. Einige Sträucher und kleine Bäume wuchsen hier, und gelegentlich ließ sich auch etwas Grün ausmachen. Das Knirschen von Eis und Schnee wurde schwächer und weniger bedeutungsvoll. Nachdem wir noch eine Stunde oder mehr weitergegangen waren, fühlten wir uns wieder sicherer und machten Rast, um etwas Brot und Pökelhering zu essen; beides hatten wir noch in Ammendorf gekauft.

Gerade, als wir den Schnee von einem flachen Felsen wegwischten, hörte ich ein schlurfendes Geräusch und darauf etwas, von dem ich überzeugt war, daß es das Keuchen eines Menschen sein mußte. Ich hielt inne und lauschte, hörte aber nichts mehr. Dennoch holte ich die Pistolen aus der Tasche und hatte sie neben mir auf dem Felsen, als ich aß.

Sedenko hatte nichts gehört, wußte aber, daß etwas mich alarmiert hatte; während er aß, beobachtete er mein Gesicht und lauschte.

Wieder ein Geräusch. Ein paar Steine und Schnee fielen rechts neben uns herab. Ich legte das Brot weg, ergriff beide Pistolen und zielte in die Richtung, wo ich den Unbekannten vermutete.

»Ihr seid gewarnt!« schrie ich. »Und zeigt Euch, damit wir reden können.«

Ein Mädchen, vielleicht fünfzehn, mit ausgemergeltem Gesicht, vor Kälte zitternd, eingehüllt in eine Sammlung von Fetzen, schlufte hinter dem Felsen hervor. Ihre Augen waren weit aufgerissen vor Hunger, Angst und auch Neugier.

Ich ließ die Pistole nicht sinken. Mein Beruf hatte mich Kindern gegenüber mißtrauisch gemacht. Ich richtete den Lauf genau auf ihr Gesicht.

»Seid ihr noch mehr?«

Sie schüttelte den Kopf.

»Ist dein Dorf in der Nähe?«

Wieder schüttelte sie den Kopf.

»Dann im Namen Gottes und der heiligen Sophia, was machst du hier?« fragte Sedenko plötzlich, wobei er seinen Säbel zurück in die Scheide steckte und auf sie zuging. Ich wußte, wie unvorsichtig er war, warnte ihn aber nicht. Er ging auf sie zu, schaute in ihr Gesicht und nahm es in seine großen Hände. »Du bist recht hübsch. Was ist deine Geschichte, Mädchen? Wurden deine Leute von Banditen überfallen? Bist du die einzige Überlebende? Hast du dich verirrt?«

Ein plötzlicher Einfall. Er machte einen Schritt zurück.

»Oder bist du eine Hexe? Eine Zauberin?« Er schaute hinauf zu den Felsen. Er schaute hinter sich. Er sprach über die Schulter zu mir. »Was meint Ihr, Hauptmann? Könnte sie uns überlisten?«

»Ohne weiteres«, sagte ich. »Das habe ich angenommen, seit wir sie gesehen haben.«

Wieder einen Schritt zurück. Und noch einen, bis er mit seinem Rücken fast die Pistole in meiner Linken berührte. Er sprach jetzt leise zu mir. »Eine Hexe also?«

»Ein unglückliches Kind, höchst wahrscheinlich, das man in diesen Bergen zurückgelassen hat. Nichts mehr und nichts weniger.«

Sie deutete hinter sich. »Mein Meister ...«

»Da haben wir es!« sagte Sedenko triumphierend. »Sie dient einem Hexenmeister.«

»Wer ist dein Meister, Mädchen?« fragte ich.

»Ein heiliger Mann, Hoheit.« Sie machte eine Art Verbeugung.

»Ein Magier!« flüsterte Sedenko mir aufgeregt zu. »Ist er einer von den Eremiten, die auf diesem Paß leben?« fragte ich.

»Ja, das ist er, Euer Ehren.«

»Sie ist lediglich die Gefährtin eines Eremiten«, sagte ich zu Sedenko. »Ihr habt doch bestimmt schon solche Kinder zuvor gesehen?«

Sedenko rieb sich die Unterlippe mit dem Daumengelenk. Er schaute das Mädchen von der Seite an. Aber er war schon beinah überzeugt, von dem, was ich gesagt hatte.

»Und wo ist dein Meister?« fragte ich sie.

»Weiter oben, Herr. Und er liegt im Sterben. Wir haben nichts mehr zu essen gehabt. Er ist verletzt worden, schon vor vielen, vielen Tagen. Schon vor dem Schnee.« Sie zeigte hinauf.

Nun konnte ich den Höhleneingang im Felsen sehen. Es gab mehrere derartige Höhlen in der Gegend, und es war eindeutig, warum sie bei den Einsiedlern beliebt waren. Zum einen stellten sie die Art von Unterkunft dar, welche Einsiedlern offenbar am ehesten zusagte, zum andern lagen sie nahe an dem Paßübergang; Reisende konnten so dazu bewogen werden, Lebensmittel und Geld zu spenden, oder sonstwie zu helfen.

»Wie lange bist du schon bei dem Einsiedler?« fragte ich sie. Ich konnte die Pistolen unbesorgt einstecken. Es war augenscheinlich, daß sie nicht log. Sedenko allerdings war noch nicht ganz überzeugt.

»Seit ich ein kleines Kind war, Herr. Er sorgte für mich von der Zeit an, als alle, mein Bruder, mein Vater und meine Mutter getötet wurden. Von den Adlern, Herr.«

»Nun denn«, sagte ich, »führe uns zu dem sterbenden Einsiedler.«

Sedenko hatte einen Einfall: »Könnte es Euer Groot sein, Hauptmann?«

»Ich glaube nicht. Aber er könnte ihm bekannt sein. Nach meiner Erfahrung neigen die meisten dieser Einsiedler dazu, miteinander zu wetteifern.«

Hinter dem Mädchen kletterten wir über die verschneiten Felsen hinauf, bis wir die Höhle erreichten. Ein grauenhafter Gestank drang heraus; aber auch mit der Art von Gestank, der solche heilige Kreaturen umgab, war ich vertraut, und mit der Hand über Mund und Nase hielt ich ihm tapfer stand.

Das Mädchen deutete in eine Ecke. Etwas rührte sich dort.

Sedenko blieb draußen und schimpfte. Ich dachte gar nicht daran, ihn mitkommen zu heißen.

Ein hageres, schauerliches Gesicht erhob sich etwas, und dunkle Augen starrten in meine. Schon der Geruch und der Anblick erregten Übelkeit, aber das Schlimmste war das Lächeln auf diesem Gesicht. Es erstrahlte in frommem Wahnsinn. Es bot sich als Beispiel an, es klagte an, und gleichzeitig vergab es. Solches Lächeln hatte ich schon früher gesehen. Mehr als einmal hatte ich Leute, die mir gegenüber ein solches Lächeln zur Schau trugen, umgebracht. Ich begründete das einmal damit, daß ein Lächeln dieser Art auf den Lippen ein weiteres Lächeln in der Kehle wert wäre.

»Seid gegrüßt, heiliger Mann«, sagte ich. »Eure Magd sagt uns, daß Ihr unpäßlich seid.«

»Sie übertreibt, Herr. Ich habe eine oder zwei Wunden,

das ist alles. Aber was sind meine Wunden verglichen mit den Wunden unseres geliebten Herrn Jesus Christus, dem wir alle nachfolgen und nacheifern wollen? Diese Wunden bringen mich dem Himmel näher, in mehr als nur einem Sinne.«

»Ach, und sie verströmen auch schon himmlischen Duft, nicht wahr?« erwiderte ich. »Ich bin Ulrich von Bek, und ich bin unterwegs auf der Suche nach dem heiligen Gral.«

Ich wußte, daß dies eine Wirkung haben würde. Er ließ sich zurückfallen, beinahe ärgerlich. »Der Gral? Der Gral? Ach Herr, der Gral könnte mich heilen!«

»Und alle andern, die auf dem Sterbe- oder Krankenbett liegen«, sagte ich. »Ich habe ihn allerdings noch nicht gefunden.«

»Seid Ihr schon nahe am Ziel?« fragte er.

»Ich weiß es nicht.« Ich trat näher. »Ich will Euch etwas zu essen besorgen. Sedenko!« Ich rief meinen Begleiter. »Holt Essen für die beiden.«

Etwas widerwillig kroch Sedenko den Weg zurück, den wir gekommen waren.

»Ich bin geehrt, in der Gesellschaft jemandes zu sein, der so heilig ist«, sagte der Einsiedler.

»Aber Ihr seid ebenso heilig wie ich«, sagte ich.

»Nein, Herr, Ihr seid weitaus heiliger als ich. Das steht außer Zweifel. Wie müßt Ihr gelitten haben, um Euren gegenwärtigen Stand der Gnade zu erreichen!«

»O nein, Herr Klausner, ich bin sicher, daß Eure Leiden die meinen um ein Hundertfaches übersteigen.«

»Das kann ich nicht glauben. Aber schaut!« Er hielt einen Arm hoch. Etwas bewegte sich an dem Arm, aber es waren weder Muskeln noch Knochen. Ich schaute genau hin.

»Was soll ich sehen?« fragte ich.

»Meine Freunde, Herr Ritter. Die Geschöpfe, die ich mehr liebe, als ich mich selbst liebe.«

Der Hauptgestank, stellte ich nun fest, stammte von dem Arm, den er mir hinhielt. Und als meine Augen sich an die Düsternis gewöhnt hatten, konnte ich sehen, daß sich auf dem Glied Maden krümmten und wanden. Sie fraßen von ihm. Er lächelte sie so verzückt an, wie er mich angelächelt hatte. Ohne Zweifel betrachtete er sie mit mehr Zuneigung als jedes menschliche Wesen. Schließlich halfen sie ihm tatkräftig bei seinem Märtyrertum.

Ich bin ein Mann, der gelernt hat, seinen Ekel zu verbergen, aber es kostete mich eine beträchtliche Willensanstrengung, mich nicht ständig von dem Verrückten abzuwenden.

»Solch frommes Leiden ist hervorragend«, sagte ich. Ich stand auf und streckte mich, ich schaute zum Ausgang der Höhle und sehnte mich nach der frischen Luft und dem Schnee.

»Ihr seid sehr freundlich, Herr Ritter.« Mit einem Seufzer fiel er zurück in den Dreck.

Nur schon der Gedanke, Nahrung in den Mund dieses abscheulichen Kerls zu schieben, damit er seine Maden füttern konnte, war mir zuwider, aber das unwissende Kind verdiente zu essen. Sedenko erschien wieder, und ich ging ihm entgegen, nahm das Brot, das er mir gab und reichte es dem Mädchen. Sie brach es sogleich entzwei und brachte das größte Stück ihrem Meister. Sie zerkrümelte das Brot und schob es zwischen seine Lippen, er kaute mit einer Art gieriger Kontrolle, wobei ihm der Speichel über das schmierige Kinn in den Bart lief.

Für einen kurzen Augenblick ging ich hinaus, kaum noch fähig, meine Übelkeit zu meistern.

Sedenko murmelte vor sich hin: »Dieses Mädchen ist unnütz hier. Das alte Scheusal wird spätestens in ein paar Tagen krepiert sein.«

Das war auch meine Meinung. »Wenn er fertig gegessen hat, frage ich ihn, was er von Groot weiß, und dann verschwinden wir.«

»Heilige Männer von dieser Sorte gibt es eine Menge in meiner Heimat«, sagte Sedenko. »Sie glauben, daß Schmutz und Verneinung des Fleisches sie näher zu Gott bringt. Aber was sollte Gott mit ihnen anfangen?«

»Vielleicht wünscht Er, daß wir alle dem Beispiel dieses

Betbruders folgen sollten. Vielleicht sieht Gott es mit Befriedigung, wenn Seine Geschöpfe alle Eigenschaften verleugnen, die Er, wie sie glauben, in sie hat einfließen lassen?«

Sedenko murmelte: »Das ist Ketzerei, Hauptmann. Oder nahezu.« Mein Ton, der bestimmt mehr als nur ein wenig spöttisch war, gefiel ihm nicht. Ich war sehr verbittert.

Ich ging in die Höhle zurück. »Sagt mir, Herr Einsiedler, ob Ihr von einem Euresgleichen gehört habt. Ein gewisser Philander Groot.«

»Natürlich habe ich von Groot gehört. Er lebt im Tal der Goldenen Wolke jenseits von diesen Bergen. Aber er ist kein heiliger Mann, auch wenn er behauptet, es zu sein. Er verleugnet nämlich selbst Gott. Er kasteit sein Fleisch nicht. Er soll sogar sehr regelmäßig ein Bad nehmen, mindestens zehnmal in einem Jahr. Seine Kleider ...« Das Geschöpf begann zu husten. »Nun, kurz gesagt, er ist nicht von unserer Glaubensrichtung, obwohl ich sicher bin«, fügte der Einsiedler mit einiger Anstrengung bei, »daß er seine Gründe hat, daß er einen besondern Weg gewählt hat, und es ist nicht an uns zu urteilen, wer recht und wer unrecht hat.« Wieder dieses Lächeln voll erlesener und selbstgefälliger Frömmigkeit.

»Maden hat er nicht, nehme ich an«, sagte ich.

»Nicht eine«, sagte der Einsiedler. »Soviel ich weiß, Herr Offizier. Aber ich könnte ihn ohne triftigen Grund verurteilen. Ich habe nur von Philander Groot gehört. Früher gab es hier in diesen Höhlen manche andere Einsiedler. Ich bin der letzte. Aber alle pflegten über Groot zu reden.«

»Ich danke Euch«, sagte ich mit so viel Höflichkeit, wie ich gerade noch aufbringen konnte. Ich wandte mich dem Mädchen zu. »Und was wird aus Eurem Schützling, wenn Euch schließlich das Himmelreich zuteil wird, edler Einsiedler?«

Er lächelte sie an. »Sie wird ihren Lohn empfangen.«

»Ihr glaubt also, daß sie diesen Winter überleben wird?«

Der Einsiedler runzelte die Stirn. »Wahrscheinlich nicht, natürlich nicht, wenn ich nicht überlebe. Sie wird, vielleicht, mit mir zum Himmel fahren. Schließlich ist sie noch Jungfrau.«

»Reicht ihre Jungfräulichkeit als Passierschein aus?«

»Das und der Umstand, daß sie mir während all der Jahre so ergeben gedient hat. Ich habe sie alles gelehrt, was ich weiß. Als sie zu mir kam, war sie unwissend. Aber ich habe sie über den Sündenfall und das Paradies aufgeklärt. Ich habe sie über den Sturz Luzifers belehrt und wie unsere Voreltern aus dem Garten Eden vertrieben wurden. Ich habe ihr die Zehn Gebote beigebracht. Ich habe ihr von Christi Geburt, seinen Leiden, seinem Tod und der Wiederauferstehung erzählt. Und ich habe ihr vom Jüngsten Gericht berichtet. Ihr werdet wohl einig mit mir gehen, daß ihr, wenn man bedenkt, daß sie eine Frau ist, mehr zuteil wurde als üblich ist.«

»In der Tat«, sagte ich, »sie ist eine auf einzigartige Weise beglückte junge Person. Was sonst wird sie von Euch erben?«

»Ich habe nichts«, sagte er stolz, »außer, was Ihr seht.«

»Überlaßt Ihr ihr Eure Maden?«

Zum ersten Mal nun verstand er meine Ironie. Er runzelte die Stirn, um die Antwort verlegen.

Ich wurde ungeduldig. »Nun, Herr Klausner? Was antwortet Ihr?«

»Ihr scherzt mit mir«, sagte er. »Ich kann nicht glauben ...«

»Ich glaube, es ist Zeit, daß Ihr Euren Lohn empfangt«, sagte ich zu ihm und zog mein Schwert. »Es wäre nicht gerecht, Euch länger warten zu lassen.«

Das Mädchen schnappte nach Luft. Sie ahnte mein Vorhaben und stürzte vorwärts. Ich stieß sie mit der freien Hand zurück und rief Sedenko um Hilfe. Ich näherte mich dem Betbruder.

Sedenko tauchte mit einem Grinsen neben mir auf. Es war seinem Gesicht anzusehen, daß er meine Absicht billigte. Er nahm das Mädchen in die Arme und trug sie aus der Höhle, während ich bereits die Klinge erhob.

»Geh mit meinem Freund, Kind. Es ist unnötig, daß du das ansiehst.«

»Tötet mich auch«, schrie sie.

»Das wäre ungehörig«, sagte ich. »Wenn auch du sterben würdest, wäre das ein wahrhaftiger Überfluß an Opfern. Ich zweifle, ob Gott allein sich mit soviel auf einmal befassen könnte. Aber wenn du etwas opfern willst, dann sollte es nicht deine Seele sein. Ich bin sicher, daß mein Freund Sedenko sich hier einige vergnügliche Möglichkeiten ausdenken kann.«

Sie begann zu schluchzen, als ich ihnen den Rücken zukehrte und auf den heiligen Mann niederblickte. Er zeigte keine Spur von Angst.

Er sagte: »Ihr müßt tun, was Ihr zu tun habt, Bruder. Es ist das Werk Gottes.«

»Was?« sagte ich. »Sollten nicht Ihr und ich die Verantwortung für Eure Ermordung übernehmen?«

»Es ist Gottes Werk«, wiederholte er.

Ich lächelte. »Luzifer ist mein Herr.« Ich stieß ihm die Klinge langsam ins Herz. »Und ich vermute, auch Eurer.«

Der Einsiedler starb nur mit einem leisen Seufzer. Ich trat aus der Höhle. Sedenko trug das Mädchen auf den Armen hinunter. Er grinste sie an und sprach in seiner Muttersprache zu ihr.

In der Nacht vergnügte Sedenko sich mit dem Mädchen, während ich zu schlafen versuchte. Einmal wurde sie laut, aber dann war sie wieder still. Am Morgen war sie verschwunden.

»Ich vermute, sie versucht nach Ammendorf zu gehen«, sagte er.

Ich war nicht in gesprächiger Stimmung.

Während der nächsten Tage ritten wir weiter durch die Berge; Sedenko sang wieder und wieder alle seine Lieder, und ich dachte über die Geheimnisse einer Existenz nach, die mich schon soweit gebracht hatte, daß ich sie bestenfalls noch für willkürlich halten mochte.

KAPITEL IX

Allmählich begannen mir meine zweideutige Stellung bei meiner Suche und die damit verbundenen Widersprüchlichkeiten und Gegensätzlichkeiten Spaß zu machen. Ich dachte schon über die schrecklichsten Verbrechen nach, die ich im Namen der Suche nach dem Gral begehen könnte. Hatte ich die Kraft, fragte ich mich, sie auch zu begehen? Welche Selbstzucht brauchte es, um sich gegen seine bessere Natur zur Verderbtheit zu überwinden? Meine Selbstgespräche wurden zusehends verwickelter und unwirklicher, aber vielleicht half mir das, mich von unwillkommenen Tatsachen abzulenken.

Der Marsch durch die Berge war hart und mühselig und dauerte eine Woche. Wir gerieten in Lawinen; einige Male wurden wir von wenig erfahrenen Banditen angegriffen; zwei- oder dreimal stürzten wir beinahe ab, und zu allem machte uns die rauhe Witterung zu schaffen. All dies verminderte Sedenkos gute Laune nicht, während meine gedrückte Stimmung erst zu verschwinden begann, als wir von einem hohen Vorgebirge aus über eine Gegend blickten, von der wir annahmen, daß sie unser Ziel sein mochte. Wir konnten nur golden leuchtenden Dunst sehen, der über einem weiten Tal lag, das von fast senkrecht abfallenden Bergen mit schneebedeckten Kuppen begrenzt wurde.

Sedenko lehnte sich auf den Sattelknauf. »Das wird der Ort sein, wo Philander Groot lebt«, sagte er, »aber wie gelangen wir dahin?«

»Wir müssen den Weg suchen, bis wir ihn finden«, sagte ich. »Es muß einen geben, da ihn auch Groot braucht.«

Wir begannen den Abstieg auf einem schmalen Pfad. Bis zur Abenddämmerung blieben noch etwa vier Stunden, dann mußten wir wohl ein Lager aufschlagen. Diese Gegend war für einen Nachtmarsch zu gefährlich.

Erst durch ein Pfeifen in der Luft wurden wir auf die

Wächter des Tals aufmerksam. Wir schauten zurück und dann zum hellblauen Himmel empor, da sahen wir ihre scharfen Umrisse; sie waren zu zweit. Ihr Vorhaben war eindeutig. Sie wollten uns töten.

Niemals zuvor hatte ich so gewaltige und farbschillernde Adler gesehen. Ihre Körper hatten annähernd die Größe eines Ponys, und die Flügel mochten doppelt so lang sein. Ihr Gefieder war weiß, golden und scharlachrot, in das sich an Hals und Kopf noch Tiefblau mischte. Ihre Hakenschnäbel schimmerten stahlgrau wie die gespreizten Fänge. Mit siegessicherem schrillen Kreischen stießen sie auf uns nieder.

Unsere Pferde stiegen hoch und wieherten vor Angst. Ich riß eine Pistole heraus, spannte den Hahn, zielte und feuerte. Die Kugel traf den Flügelansatz des ersten Adlers, der mit stark blutender Wunde abdrehte. Sedenko hieb mit dem Säbel nach dem andern, der um so wütender angriff und so wild über unsern Köpfen flatterte, daß wir beinah aus dem Sattel geworfen wurden. Ich zog die andere Pistole und schoß wieder. Diesmal traf ich besser, nämlich den Kopf. Mit einem entsetzlichen Schmerzensschrei versuchte der Adler, wieder Höhe zu gewinnen, doch es gelang ihm nicht mehr, und er stürzte in den Abgrund. Ich schaute zu, wie sein Körper im Dunst versank. Sein Gefährte (vielleicht das Weibchen) kreiste einige Male über der Stelle und wandte sich dann wieder uns zu, mit gellenden Schreien und funkelnden Augen, um uns erneut anzugreifen. Es blieb mir keine Zeit, um die Pistolen wieder zu laden, und wir wußten uns mit den Säbeln verteidigen. Der Vogel stieß herab und schlug mit den Fängen zu; hätte Sedenko sich nicht blitzschnell geduckt, wäre er bestimmt aus dem Sattel gerissen worden. Der junge Kosake hieb mit dem Säbel zu und hackte dem riesigen Tier mehrere Schwanzfedern ab. Er fing die Federn auf und schwang sie wie eine Auszeichnung.

Jetzt stürzte sich der Vogel auf mich. Seine Krallen hätten mich so leicht durchbohren können wie ein Spieß. Mein Pferd schlug aus und versuchte auszubrechen, und ich mußte mich gleichzeitig mit ihm beschäftigen und den Vogel abwehren, dem ich einen weiteren Hieb versetzen konnte, welcher aber nichts bewirkte.

Der Adler flog schwankend und unsicher, weil ein Flügel verletzt war und ihm Schwanzfedern fehlten. Sedenko schlug wieder zu, und dieses Mal büßte der Vogel den größeren Teil eines Fanges ein; seine Kräfte ließen sichtlich nach, aber er gab seine Angriffe nicht auf.

Er stieß immer wieder auf uns herab, und wurde jedesmal von uns abgeschlagen, und jedesmal hatte er eine oder zwei kleine Verletzungen mehr.

So ging es weiter – langsam, aber sicher hackten wir das große Tier in Stücke, und schließlich waren sein Körper, seine Glieder, Hals und Kopf nur noch eine blutige Masse voll zerfetzter Federn.

Noch einmal griff der Vogel an, ein letztes Mal. Sedenko hob sich aus dem Sattel; auf Zehenspitzen in den Steigbügeln stehend, wehrte er den Adler ab und traf mit einem scharfen Hieb sein Flügelgelenk. Der Adler sackte in der Luft ab, versuchte verzweifelt, das Gleichgewicht wieder zu gewinnen und stürzte dann in den Schnee, der sich blutrot färbte und mit zerfetzten goldenen, weißen und scharlachroten Federn übersät war. Er schrie auf – im Schmerz darüber, was wir ihm angetan hatten. Keiner von uns hatte die Nerven, dem Sterben zuzusehen oder den Abhang hinunterzusteigen und der Qual ein Ende zu machen. Wir schauten noch einige Augenblicke hin, säuberten dann unsere Klingen und ritten weiter. Keiner von uns hatte das Gefühl, einen ehrenhaften Sieg erfochten zu haben.

Der Pfad führte uns hinab in den goldschimmernden Nebel hinein. Er war so dicht, daß wir kaum ein paar Fuß weit sehen konnten. Wir stiegen ab und führten die Pferde vorsichtig am Zaum, bis es dunkel wurde und uns nichts anderes übrig blieb, als eine halbwegs ebene Stelle zu suchen, wo wir die Nacht verbringen konnten.

Bevor er einschlief, sagte Sedenko: »Diese Vögel waren übernatürliche Wesen, nicht wahr, Hauptmann?«

»Ich habe nie von natürlichen Wesen ihrer Art gehört«, sagte ich. »Das ist alles, was ich mit Bestimmtheit weiß.«

»Das waren die Diener des Zauberers, den wir suchen«, sagte er. »Das heißt doch, daß wir ihn beleidigt haben, weil wir sie töteten ...«

»Wir wissen nichts davon, daß sie seine Diener waren und daß er zornig ist, weil wir unser Leben gerettet und sie getötet haben.«

»Ich habe Angst vor diesem Zauberer«, sagte Sedenko schlicht. »Es ist wohlbekannt, daß nur der größte Hexenmeister den Geistern der Luft befehlen kann. Und was waren diese Adler denn anderes als Geister der Luft?«

»Sie waren groß«, sagte ich, »und sie waren gefährlich. Alles, was wir wissen, ist, daß sie uns als Beute ausersehen hatten. Als Futter für ihre Jungen. In diesen Gegenden wird es wenige Reisende geben, besonders in den Wintermonaten. Und auch nicht viel größeres Wild, nehme ich an. Hört auf, über Dinge zu grübeln, für welche Ihr keine Anhaltspunkte habt, Sedenko. Ihr vergeudet nur Zeit. Besonders in der Mittelmark, meine ich.«

Sedenko faßte das so auf, daß er schweigen sollte. Er hielt den Mund, aber es war offensichtlich, daß ihn der Gedanke an die Adler nicht losließ.

Am Morgen setzten wir unseren Weg fort und bemerkten, daß die Luft allmählich wärmer und der goldene Dunst zusehends dünner wurde, bis er sich schließlich auflöste, als wir gerade auf einen breiten Bergpfad gestoßen waren, der hinunterführte in ein Tal von überwältigender Schönheit. Kein Schnee lag dort; im Gegenteil, es sah aus, als sei dort schon Frühsommer. Das Getreide stand hoch auf den Feldern; wir sahen hübsche Dörfer und, gegen Osten hin, eine größere Stadt, die sich an beiden Ufern eines großen, lieblichen Flusses erhob. Weder Sedenko noch ich konnten es fassen, daß um uns nur kahler Fels und hoher Schnee waren.

»Mit einem Schritt sind wir vom Frühling in den Winter gegangen«, sagte Sedenko verwundert, »und jetzt sind wir im Sommer. Verschlafen wir, wie der alte Mann im Märchen, ganze Jahreszeiten, Hauptmann? Sind wir verzaubert, ohne daß wir es merken? Oder ist dieses Tal Hexenwerk?«

»Wenn es Hexerei ist, dann ausnehmend angenehmer Art«, sagte ich zu meinem Freund. Ich zog den Mantel aus, rollte ihn zusammen und schnallte ihn am Sattel fest.

»Kein Wunder, daß sie ihr Land mit Riesenadlern bewachen.« Sedenko starrte hinunter. Er sah Schaf- und Rinderherden: ein Land des Überflusses. »Hier sollte man sich niederlassen, was meint Ihr, Hauptmann? Von hier aus könnte man, wenn einen die Lust überkommt, in den Schnee hinausreiten und Überfälle machen...« Er hielt inne und dachte über seine Vorstellung vom Paradies nach.

»Was könnten wir stehlen bei diesen Streifzügen?« fragte ich ihn gutgelaunt, »wenn doch schon alles, was wir brauchen, vorhanden ist?«

»Nun«, er zuckte die Achseln, »ein Mann muß Überfälle machen. Oder sonst etwas tun.«

Ich schaute zum Himmel hoch. Der goldene Dunst erstreckte sich über die ganze Weite des Tals, dem er seinen Namen gab. Ich konnte mir die Ursache dieser Erscheinung nicht erklären, vermutete aber doch, daß sie natürlich war. Irgendwie vermochten Kälte und Schnee dem Tal nichts anzuhaben. Ich war schon früher in geschützten Gegenden gewesen, die Wetter und Jahreszeiten weniger ausgesetzt waren als die meisten andern, aber nichts hätte sich mit diesem Tal vergleichen lassen.

Langsam ritten wir abwärts und brauchten über eine gute Stunde, bis wir in der Nähe des Talgrundes waren. Der Weg führte geradewegs zu einem wuchtigen Tor, das unmöglich zu umgehen war, und vor dem Tor sahen wir, massig auf einem riesigen Schlachtroß, einen berittenen Wächter, angetan mit einer kriegerischen Ausrüstung, wie sie vor zwei oder drei Jahrhunderten üblich gewesen sein mochte, mit Plattenpanzer, Helmbusch und Federn, glänzendem Eisen und geöltem Leder; seine Farben waren gold, weiß und scharlachrot und verhießen die gleichen Absichten wie die Adler, gegen die wir gekämpft hatten.

Aus dem geschlossenen Helmvisier rief uns eine Stimme entgegen: »Bleibt stehen, Fremde!«

Wir zogen die Zügel an. Sedenko war wieder vorsichtig geworden, und ich wußte, daß er sich fragte, ob auch dieses Wesen übernatürlicher Herkunft sei.

»Ich bin Ulrich von Bek«, sagte ich. »Ich bin auf der Suche nach dem Gral und halte Ausschau nach einem Weisen, der in diesem Tal wohnt.«

Der Wächter schien belustigt. »Ihr habt sehr wohl einen Weisen nötig, Fremder. Denn wenn Ihr den Gral sucht, seid Ihr verrückt.«

»Ihr habt vom Gral gehört?« Sedenko war plötzlich neugierig.

»Wer hat nicht? Wir wissen von vielem hier im Tale der Goldenen Wolke, denn dies ist ein Land, das jene aufsuchen, die vom Garten Eden träumen. Wir sind an Legenden gewöhnt hier, da wir selbst eine Legende sind.«

»Eine Legende, und es gibt Euch. So kann es auch den Gral geben«, sagte ich.

»Das eine ist kein Beweis für das andere.« Der Wächter bewegte sich etwas im Sattel. »Ihr seid die Männer, die unsere Adler getötet haben, nicht wahr?«

»Wir sind angegriffen worden!« Sedenko ging in Abwehr. »Wir haben nur unser Leben verteidigt ...«

»Es ist kein Verbrechen, einen Adler zu töten«, sagte der Wächter ruhig. »Wir im Tal der Goldenen Wolke drängen Fremden unsere Gesetze nicht auf. Wir fordern allerdings, daß Fremde uns mit ihren eigenen Vorstellungen von Gerechtigkeit verschonen. Aber wenn ihr einmal durch dieses Tor gegangen seid, müßt ihr einwilligen, so lange unseren Gesetzen zu gehorchen, bis ihr uns wieder verlaßt.«

»Es versteht sich von selbst, daß wir einwilligen«, sagte ich.

»Unsere Gesetze sind einfach: Nichts stehlen, ob es nun ein abstrakter Begriff oder das Leben eines andern ist. Alles prüfen. Einen angemessenen Preis bezahlen. Und denkt daran, zu lügen heißt, eine andere Seele ihrer Handlungsfreiheit oder eines Teils davon zu berauben. Hier sind ein Lügner und ein Dieb das gleiche.«

»Eure Gesetze klingen ausgezeichnet«, sagte ich. »In der Tat, sie klingen ideal.«

»Und einfach«, sagte Sedenko ergänzend.

»Sie sind einfach«, sagte der Wächter, »aber manchmal erfordern sie eine komplizierte Auslegung.«

»Und was sind die Strafen für Gesetzesübertretungen?« fragte Sedenko.

Der Wächter sagte: »Wir kennen nur zwei Strafen hier: Ausweisung und Tod. Für einige ist es dasselbe.«

»Wir werden alles beherzigen, was Ihr uns gesagt habt«, sagte ich zu ihm. »Wir suchen Philander Groot, den Einsiedler. Wißt Ihr, wo wir ihn finden können?«

»Ich weiß es nicht. Nur die Königin weiß es.«

»Ist sie die Herrscherin dieses Landes?« fragte Sedenko.

»Sie ist die Verkörperung«, sagte der Wächter. »Sie weilt in der Stadt. Geht jetzt dorthin.«

Er lenkte sein Pferd zur Seite und gab ein Zeichen; unsichtbare Hände innerhalb der Türme hoben das Fallgitter.

Wir passierten das Tor, und ich bedankte mich bei ihm für seine Höflichkeit, aber in meinem Innern war ich nicht so überzeugt und entschied, vorsichtig und umsichtig zu sein. Es war schon viele Jahre her, daß ich an eine absolute Gerechtigkeit hatte glauben können, und seit einigen Wochen vermochte ich gar nicht mehr zu glauben, daß auf der Welt (oder jenseits davon) irgendeine Gerechtigkeit existierte.

Die Luft war süß und lau, und wir folgten der Straße aus gestampfter gelber Erde, die durch die grünen Weizenfelder auf die weit entfernte Stadt zuführte, deren Türme und Türmchen, die fast alle weiß waren, das Gold des Dunstes über uns zurückstrahlten.

»Eine vornehme Erscheinung, dieser Wächter«, sagte Sedenko und schaute zurück.

»Oder eine selbstgerechte«, sagte ich.

»Man muß schließlich an Vollkommenheit glauben« – er war ernsthaft geworden – »oder man kann nicht an die Verheißung des Himmels glauben.«

»Wahr«, sagte ich zu dem armen verdammten Jungen.

KAPITEL X

Die Wachen an den Stadttoren trugen dieselben altertümlichen Rüstungen wie der erste Wächter, den wir angetroffen hatten. Sie ließen uns, ohne Fragen zu stellen, passieren, und wir kamen in breite Straßen, gesäumt von stilvollen Häusern und öffentlichen Gebäuden; wir sahen uns einer fröhlichen und würdevollen Bevölkerung gegenüber und trafen auf einen bunten lebhaften Markt. Da wir angewiesen worden waren, uns der Königin dieses Landes vorzustellen, hielten wir uns nicht auf und begaben uns zum Palast: ein ziemlich niedriges Gebäude von ungewöhnlicher Schönheit, mit schwingenden Bogen und Fialen, hellen Buntglasfenstern und einer Atmosphäre von Stille.

Trompeten kündeten unser Kommen an, als wir durch den Bogengang in den weiten Hof schritten, der mit Ziergärten voll mannigfaltigen Büschen und Blumen geschmückt war. Die Anspruchslosigkeit des Palastes und seine Ruhe erinnerten mich irgendwie an meine Kindheit in Bek. Das Landhaus meines Vaters besaß diese Stimmung.

Knechte kamen und nahmen uns die Pferde ab, und eine Frau, angetan mit einem Kleid und einem Kopftuch aus früheren Zeiten, trat aus einer Tür und winkte uns heran. Sie war eine außergewöhnlich hübsche junge Person mit großen blauen Augen und einem sehr offenen gesunden Gesicht. Sie kam mir vor wie die angenehmere Art von Nonnen.

»Seid gegrüßt«, sagte sie. »Die Königin erwartet Euch. Wünscht Ihr Euch zu erfrischen, ein Bad vielleicht, bevor Ihr vorgestellt werdet?«

Ich schaute Sedenko an. Wenn ich nur halb so schmutzig und unrasiert war wie er, wäre mir ein Bad und die Gelegenheit, meine Kleider zu wechseln, mehr als willkommen gewesen.

Sedenko meinte: »Wir sind durch den Schnee gereist,

Gnädige. Wir brauchen uns kaum zu waschen. Seht ihr? Die Natur hat das für uns erledigt.«

Ich machte eine Verbeugung zu der jungen Frau hin. »Wir sind Euch dankbar«, sagte ich. »Ich für meinen Teil würde etwas heißes Wasser schätzen.«

»Es wird Euch zur Verfügung stehen.« Sie winkte uns und führte uns in das kühle Innere des Palastes. Die Decken waren niedrig und mit Gemälden geschmückt wie auch die Wände. Wir durchquerten eine Art von Kreuzgang, wo anscheinend die Gästewohnungen lagen.

Die junge Frau führte uns in unsere Gemächer. In der Mitte des Hauptraums standen schon zwei große hölzerne Bottiche gefüllt mit warmem Wasser.

Sedenko schnupperte die Luft, als sähe er Hexerei im Dampf.

Ich dankte der jungen Frau, die mich anlächelte und sagte: »In einer Stunde werde ich zurückkommen und Euch zur Königin geleiten.«

Ich war erfrischt und hatte meine Kleider gewechselt, als sie wieder kam. Sedenko hatte keine andern Kleider und hatte sich auch kaum die Haut feucht gemacht, aber immerhin hatte er sich doch soweit herabgelassen, sich zu rasieren, mit Ausnahme des Schnurrbartes. Er sah nun wesentlich stattlicher aus als bei unserer Ankunft.

Wieder folgten wir der jungen Frau durch eine Reihe von Korridoren, Arkadengängen und Gärten, bis wir schließlich in einen großen hohen Raum geführt wurden, dessen Decke mit einer Darstellung von Sonne, Mond und Sternen bemalt war, was man manchmal, glaube ich, als Himmelskarte bezeichnet.

Auf einem Thron aus grünem Glas und geschnitztem Mahagoni saß ein Mädchen von vielleicht fünfzehn Jahren. Sie trug eine Kristall- und Diamantenkrone auf ihrem dunkelroten Haar; wir verneigten uns und murmelten etwas, wovon wir hofften, daß es die angemessenen Grußworte sein mochten.

Das Mädchen lächelte sanft. Sie hatte große braune Augen und rote Lippen. »Seid willkommen in unserem Land, Fremdlinge. Ich bin Königin Xiombarg die Fünfundzwanzigste, und ich brenne darauf zu erfahren, weshalb Ihr den Adlern getrotzt habt, um uns zu besuchen. Ich bin sicher, daß Euch nicht – wie einige Abenteurer – die Geschichten von Gold und Magie angezogen haben.«

Sedenko merkte auf. »Schätze?« sagte er, bevor er dachte. Dann stieg ihm die Schamröte ins Gesicht. »O nein, gnädige Frau.«

»Ich bin auf der Suche nach dem Gral«, sprach ich zu der jungen Königin. »Ich suche einen Einsiedler namens Philander Groot und habe Anlaß zu glauben, daß Eure Majestät weiß, wo er zu finden ist.«

»Das weiß ich; es wurde mir anvertraut«, sagte sie. »Aber ich bin verpflichtet, es nicht zu enthüllen. Wie könnte Herr Groot behilflich sein?«

»Ich weiß es nicht. Mir wurde aufgetragen, ihn zu suchen und ihm meine Geschichte zu erzählen.«

»Ist Eure Geschichte ungewöhnlich?«

»Mancher würde glauben, mehr als ungewöhnlich, Eure Majestät.«

»Und Ihr werdet sie mir nicht erzählen?«

»Ich habe sie niemandem erzählt. Ich werde sie Philander Groot erzählen, weil er in der Lage sein könnte, mir zu helfen.«

Sie nickte. »Ihr werdet mit ihm Geheimnisse austauschen, nicht wahr?«

»So scheint es.«

»Das wird ihn belustigen.«

Ich senkte den Kopf.

Sedenko platzte los: »In Gottes Sache ist er unterwegs, Eure Majestät. Wenn er den Gral findet ...«

Ich versuchte, ihn zu unterbrechen, doch sie hob die Hand. »Wir sind nicht zu überzeugen oder abzubringen, Herr. Wir glauben hier weder an den Himmel noch an die Hölle. Wir beten weder Götter noch Teufel an. Wir glauben nur an Maß.«

Ich konnte meine Skepsis nicht verbergen, und sie bemerkte es gleich.

Sie lächelte. »Wir geben uns zufrieden mit dem Stand der Dinge. Vernunft und Gefühl sind hier einander nicht untergeordnet. Die beiden sind ausgewogen.«

»Ich habe Ausgewogenheit immer als wehmütigen Traum empfunden, Eure Majestät. In Wirklichkeit mag sie sehr langweilig sein.«

Sie war keineswegs entsetzt. »Oh, wir unterhalten uns ausreichend, Hauptmann. Wir haben Musik, Malerei, Spiele ...«

»Bestimmt erfordern derartige Vorstellungen von Maß keinen wirklichen Kampf. So überwinden sie menschliches Trachten. Welche Größe haben diese Eure Künste? Wie erhaben sind sie? Welche Gefühls- und Geisteshöhen erreichen sie?«

»Wir leben in der Welt«, erwiderte sie ruhig. »Wir verschließen unsere Augen nicht davor. Wenn die jungen Leute unseres Tales achtzehn sind, senden wir sie in die Welt hinaus. Dort erleben sie menschliches Elend und Schmerz und jene, die über die Menschen triumphieren. Sie bringen ihre Erfahrungen zurück. Hier in der Stille wird sie betrachtet und bildet die Grundlage unserer Philosophie.«

»Ihr seid vom Glück begünstigt«, sagte ich etwas bitter.

»Das sind wir.«

»So kann es also Gerechtigkeit ohne Glück nicht geben?«

»Möglicherweise, Hauptmann.«

»Und doch liegt euch an der Erfahrung. Ihr weist Eure jungen Leute an, die Gefahr aufzusuchen. Das ist nicht dasselbe, wie wenn man ihr auf Gedeih und Verderben ausgesetzt ist.«

»Nein, in der Tat. Aber es ist besser, als sie überhaupt nicht zu kennen.«

»Mir scheint, gnädige Frau, daß Ihr die Zufriedenheit der Begünstigten besitzt. Was aber, wenn Euer Land angegriffen wird?«

»Keine Armee kann ohne unser Wissen hierhergelangen.«

»Keine Armee kann vielleicht über Land kommen. Was aber, zum Beispiel, wenn Eure Feinde jene Adler abrichteten, um Soldaten durch die goldene Wolke zu tragen?«

»Das ist undenkbar«, meinte sie lachend.

»Für jene, die mit der Gefahr leben und keine Wahl haben«, sagte ich, »ist nichts undenkbar.«

Sie hob die Schultern. »Nun, wir sind zufrieden.«

»Und ich freue mich, daß Ihr es seid, gnädige Frau.«

»Ihr seid ein anregender Gast, Hauptmann. Werdet Ihr einige Tage an unserem Hof verweilen?«

»Ich bedaure, doch ich muß Philander Groot so rasch wie möglich finden. Mein Auftrag ist von einiger Dringlichkeit.«

»Gut denn. Nehmt die Straße, die aus der Stadt nach Westen führt. Ihr werdet zu einem Wald gelangen. In diesem Wald ist eine weite Lichtung, auf der eine tote Eiche steht. Philander Groot wird, falls es ihm gefällt, Euch dort treffen.«

»Zu welcher Zeit?«

»Er wird die Zeit bestimmen. Ihr werdet Euch gedulden müssen. Nun, Hauptmann, werdet Ihr doch mit uns speisen und uns von euren Abenteuern berichten.«

Sedenko und ich nahmen die Einladung an. Die Mahlzeit war herrlich. Wir aßen uns voll, dann verbrachten wir die Nacht in einem guten Bett, und am Morgen verließen wir die Stadt der jungen Königin auf der Straße nach Westen.

Der Wald war mühelos zu erreichen, und die Lichtung leicht zu finden. Wir machten ein Lager und richteten uns ein, auf Groot zu warten. Die laue, einschläfernde Luft und die Schönheit und der Duft der Blumen versetzten uns in wohlige Stimmung. »Das ist ein Ort, um heimzukommen, wenn man alt ist«, sagte Sedenko, der sich der Länge nach hingestreckt hatte und in die großen Bäume hinaufschaute. »Aber vermutlich nicht der Ort, wo man jung sein möchte. Kein Kampf, nichts, das einer Jagd wert wäre ...«

»Der Mangel an Auseinandersetzung könnte jeden unter vierzig langweilen«, stimmte ich zu. »Ich komme nicht darauf, weshalb dieser Ort mich irritiert. Vielleicht eine Spur geistiger Gesundheit zuviel. Falls es geistige Gesundheit ist, natürlich. Mein Gefühl sagt mir, daß diese Art von Leben irgendwie geisteskrank ist.«

»Zu tiefsinnig für mich, Hauptmann«, sagte Sedenko. »Sie sind reich. Sie sind sicher. Sie sind glücklich. Ist das nicht, was wir letztlich alle wollen?«

»Ein gesundes Tier«, sagte ich, »muß seinen Körper und seine Sinne durch und durch in Bewegung halten.«

»Aber nicht immer, Hauptmann.« Sedenko schaute betroffen drein, als würde ich irgend etwas von ihm erwarten.

Ich lachte. »Nicht dauernd, junger Kosak.«

Nach drei Tagen des Wartens auf der Lichtung hatte keiner von uns Lust, sich weiterhin auszuruhen. Wir hatten jede Ecke der Umgebung ausgekundschaftet, alle Bäche, Wiesen und Wälder. Wir hatten Blumen gepflückt und Ketten daraus geflochten. Wir hatten unsere Pferde gestriegelt. Wir waren schwimmen gegangen. Sedenko war auf jeden Baum geklettert, der sich erklettern ließ. Ich hatte, ohne viel zu verstehen, die Zauberbücher studiert, die mir Sabrina gegeben hatte. Auch alle Karten hatte ich studiert und festgestellt, daß Mittelmark-Gebiete anscheinend auch in Räumen zwischen Ländern existierten, wo es, in den Begriffen meiner Welt, gar keine Zwischenräume gab.

In der Morgendämmerung des fünften Tages machte ich mich bereit, weiterzureiten und das Tal der Goldenen Wolke zu verlassen. »Den Weg zum Gral werde ich ohne Groot finden«, sagte ich mir.

Und diese Worte, als hätten sie magische Kraft gehabt, schienen den Geck herbeizuzaubern, der auf unseren Lagerplatz schlenderte und etwas spöttisch, doch gutgelaunt um sich blickte. Er war mit Girlanden von Bändern und Samt, Gold- und Silberspangen und Stickerei behängt. Er schritt an einem übergroßen verzierten Stab und stank nach ungarischem Wasser. Die gewaltig breite Krempe seines Hutes wurde vom Gewicht weißer und silberner Federn herabgedrückt, der kleine Bart und der Schnurrbart waren so perfekt getrimmt, wie es nur der stutzerhafteste französische Höfling verlangte. Das Schwert, ein auserlesenes Stück, schien völlig nutzlos zu sein. Er schaute mich seltsam spöttisch an und machte dann eine jener vollendeten Verbeugungen, die nachzuahmen mir nie gelungen war.

»Einen guten Morgen wünsche ich, meine Herren«, lispelte der Geck. »Ich bin entzückt, Eure Bekanntschaft zu machen.«

»Wir sind nicht hier, um unsere Zeit mit als Frauen verkleideten Männern zu vertrödeln«, gab Sedenko finster zurück. »Wir erwarten die Ankunft eines großen Weisen, eines Eremiten von klügster Art.«

»Aha, verzeiht mir. Ich werde Euch nicht lange aufhalten, in diesem Falle. Ich bitte Euch, welche Namen tragt Ihr, meine Herren?«

»Ich bin Ulrich von Bek, Hauptmann der Infanterie, und das ist Gregory Petrowitsch Sedenko, Schwertkämpfer. Und Ihr, Herr?«

»Mein Name, Herr, ist Philander Groot.«

»Der Einsiedler?« rief Sedenko erstaunt aus.

»Ich bin ein Einsiedler, ja Herr.«

»Ihr seht nicht wie ein Einsiedler aus.« Sedenko legte die Hand auf den Griff seines Säbels und machte ein paar Schritte nach vorn, um die Erscheinung zu inspizieren.

»Herr, ich versichere Euch, daß ich in der Tat ein Eremit bin.« Groot wurde höflich. Er wurde kühl.

»Wir haben gehört, Ihr seid ein heiliger Mann«, fuhr Sedenko fort.

»Man kann mich nicht dafür verantwortlich machen, was andere hören oder sagen, Herr.« Groot richtete sich stolz auf. Er war etwas kleiner als Sedenko, der auch nicht gerade ein Riese war. »Ich bin der nämliche Philander Groot, den Ihr sucht. Glaubt es oder laßt es bleiben. Das ist alles.«

»Wir dachten nicht daran, jemanden von Eurem Aussehen zu finden«, sagte ich, Sedenkos Offenheit halbwegs entschuldigend. »Wir stellten uns jemanden in härenem Gewand vor. Die übliche Aufmachung.«

»Es ist nicht meine Art, den Erwartungen meiner Mitgeschöpfe zu entsprechen. Ich bin Groot. Groot ist, der ich bin.«

»Aber weshalb ein Geck?« Sedenko seufzte auf und wandte sich ab.

»Es gibt viele Möglichkeiten, Abstand von der Welt zu halten«, sagte Groot zu mir.

»Und manche andere, um die Welt von sich fernzuhalten«, ergänzte ich.

»Ihr schätzt meinen Gedankengang richtig ein, Herr Ritter. Selbsterkenntnis bedeutet jedenfalls nicht Selbsterlösung. Ihr und ich, wir haben einen vielversprechenden Weg in dieser Richtung vor uns. Ihr mit Taten und ich, Feigling, der ich bin, mit Betrachtungen.«

»Ich glaube, daß mir der Mut zu tiefschürfender Selbstprüfung fehlt, Meister Groot«, sagte ich.

Er war belustigt. »Welch feinen Mann wir abgäben, wären wir zu einer Person vereinigt. Und wie eingebildet wir wären!«

»Meister Groot, man hat mir gesagt, daß ihr vielleicht meine Geschichte zu hören wünscht, und daß Ihr, wenn Ihr mich angehört habt, mir den einen oder andern Fingerzeig zur Lösung meines Problems geben möchtet.«

»Ich bin neugierig«, gab der gockelhafte Philosoph zu, »und werde mit Vergnügen für die Unterhaltung mit Information bezahlen. Ihr müßt Euch jedoch darauf einlassen, daß ich den Preis festsetze. Widerläuft das Euren Wünschen?«

»Keineswegs.«

»Dann laßt uns einen Spaziergang im Wald machen.«

Sedenko schaute zurück. »Vorsicht, Hauptmann. Es könnte eine Falle sein.«

»Gregory Petrowitsch«, sagte ich, »wenn Meister Groot es darauf angelegt hätte, uns in einen Hinterhalt zu locken, hätte er das bestimmt längst tun können.«

Sedenko brummte vor sich hin und schob die Schaffellmütze ins Genick, dann versetzte er einem Blumenbüschel einen heftigen Tritt.

Philander Groot hakte seinen eleganten Arm bei mir ein und wir gingen zusammen, bis wir den Fluß erreichten. Am Ufer hielten wir ein.

»Ihr solltet anfangen, Herr«, sagte er.

Ich erzählte ihm von meiner Herkunft und weshalb ich Soldat geworden war. Ich erzählte ihm von Magdeburg und was danach kam. Ich erzählte ihm von Sabrina. Ich erzählte von meiner Begegnung mit Luzifer und meiner Reise in die Hölle. Ich berichtete über den Handel und Luzifers Erwartungen. Ich sagte ihm, was ich suchte – oder eher, was ich zu suchen glaubte.

Wir spazierten dem Flußufer entlang, ich sprach und er hörte zu, immer wieder nickte er verständnisvoll und murmelte vor sich hin, gelegentlich bat er um eine Erläuterung. Meine Geschichte schien ihm zu gefallen; als ich zum Ende kam, blieb er stehen und faßte mich am Arm. Er nahm den Hut ab und strich sich durch die gepflegten Locken. Er strich sich über das Bärtchen. Er sah auf das Wasser hinaus und lächelte. Dann wandte er sich wieder mir zu.

»Den Gral gibt es«, sagte er. »Und es ist nur vernünftig, ihn als das zu bezeichnen, weil er oft die Form eines Topfes annimmt.«

»Ihr habt ihn gesehen?« fragte ich.

»Ich glaube, daß ich ihn gesehen habe auf meinen Reisen. Als ich noch reiste.«

»Die Legende von dem reinen Ritter ohne Furcht und Tadel führt uns demnach in die Irre?«

»Das hängt etwas davon ab, was Ihr unter Reinheit versteht, glaube ich«, sagte Groot. »Aber es erübrigt sich zu betonen, daß das Ding für einen, der Böses damit vorhat, nutzlos ist. Und was den Begriff des Bösen betrifft, so können wir davon ausgehen, was man ganz landläufig darunter versteht, meine ich. In einem jeden von uns steckt etwas Altruismus, der – richtig eingesetzt und in Verbindung mit gesundem Selbstinteresse – zu einer so glücklichen Mischung führt, daß sie weder Himmel noch Hölle in die Quere kommen kann.«

»Man sagt, daß Ihr weder Gott noch den Teufel anerkennt«, bemerkte ich.

»Das ist wahr. Ich bezweifle, daß ich mich je der einen oder andern Seite anschließen werde. Weder meine Nachforschungen noch meine Philosophie führen mich in diese Richtung.« Er zuckte die Achseln. »Aber wer weiß. Ich bin ja noch verhältnismäßig jung ...«

»Aber Ihr anerkennt doch ihre Existenz?«

»Weshalb sollte ich nicht, mein Herr? Ihr bestätigt sie!«

»Ihr glaubt mir also, daß ich Luzifers Gast war und nun sein Diener bin?«

»Ich muß es glauben, Herr.«

»Und werdet Ihr mir helfen?«

»So sehr ich kann. Der Gral läßt sich finden, meine ich, in einer Gegend, die ›Wald am Rande des Himmels‹ genannt wird. Ihr werdet sie bestimmt auch in Euren Karten eingetragen finden. Sie liegt an der äußersten Grenze der Mittelmark. Ihr müßt Euch nach Westen halten.«

»Werde ich irgendwelchen Ritualen unterworfen sein?« fragte ich Philander Groot. »Ich meine, mich zu erinnern ...«

»Rituale sind bestenfalls die in Kinderspiele umgewandelte Wahrheit. Ich bin sicher, daß Ihr selber am besten wißt, was Ihr zu tun habt.«

»Könnt Ihr mir keine andern Ratschläge geben?«

»Das würde, täte ich es, meiner Überzeugung zuwiderlaufen. Nein, Herr Ritter. Ich habe Euch genug gesagt. Der Gral existiert. Er ist dort zu finden, wo er, wie ich Euch gesagt habe, gefunden werden kann. Was braucht Ihr mehr?«

Ich lächelte selbstspöttisch. »Nochmalige Versicherung, vermute ich.«

»Die muß aus Euerem Urteilsvermögen, Eurer eigenen Einsicht kommen. Das ist die einzige Versicherung, auf die man sich, wie Ihr sicher bestätigen werdet, verlassen kann.«

»Damit gehe ich natürlich einig.«

Unser Spaziergang führte uns wieder gegen die Lichtung. Groot war in Gedanken versunken. »Ich frage mich, ob irgend etwas die Welt von ihrem Leid befreien kann. Es braucht wohl mehr dazu. Meint Ihr, daß Euer Meister verzweifelt ist?«

»Sein Gehabe von trotzigem Widerstand und vernunftmäßigem Handeln scheint zu schwinden und nichts anderes als Verzweiflung zu enthüllen«, sagte ich zu dem Eremiten und gab zu bedenken: »Kann ein Engel so niedergeschlagen sein?«

»Ganze Klöster und Theologenschulen brüten über solchen Fragen«, meinte Groot lachend. »Ich möchte mich nicht auf Vermutungen einlassen, Herr Ritter. Der Charakter der Engel ist nicht gerade jenes philosophische Gebiet, das meine Vorstellungskraft besonders beschäftigt. Luzifer, würde ich sagen, kann einen allwissenden Gott nicht täuschen, und das heißt, Gott ist die Suche nach dem Gral bekannt. Wenn Luzifer eine andere Absicht verfolgt als jene, von der er Euch gesprochen hat, dann weiß Gott das und läßt, bis zu einem gewissen Grad zumindest, Eure Suche zu. Das ist etwa die Art von Gesprächen, wie sie müßigen Gelehrten liegt. Aber nicht mir.«

»Ebensowenig mir«, sagte ich. »Mir reicht es, den Gral zu finden und meine Seele freizukaufen. Ich kann nur darum beten, daß Luzifer unseren Handel einhält.«

»Zu wem betet Ihr?« fragte Groot mit breitem Lächeln. Die Frage war rhetorisch, und mit einer Handbewegung deutete er an, daß sie nicht ernst gemeint war.

»Ihr scheint mir ein reichlich ungewöhnlicher Untertan von Königin Xiombang zu sein«, sagte ich, »es sei denn, daß ich sie und dieses Land falsch einschätze.«

»Wahrscheinlich schätzt Ihr die Königin und ihr Land falsch ein«, sagte er, »aber wie dem auch sei, kann ich Euch doch versichern, daß es in der ganzen Mittelmark kein stilleres Tal als dieses gibt, und gerade in meinem gegenwärtigen Lebensabschnitt ist Stille das, was ich über alles schätze.«

»Und versteht Ihr die Natur der Mittelmark?« fragte ich.

»Nein. Ich weiß lediglich, daß die Mittelmark ohne den Rest der Welt nicht überleben könnte – aber der Rest der

Welt sehr wohl ohne die Mittelmark. Und das ist, vermute ich, der Grund, weshalb ihre Bewohner Euch fürchten, falls sie sich überhaupt vor etwas fürchten.«

»Ihr selbst stammt also nicht aus der Mittelmark?«

»Ich bin Elsässer. Nur wenige, die hier leben, sind auch hier geboren. Dieses Tal und eine oder zwei weitere Gegenden sind Ausnahmen. Einige existieren hier als Schatten. Andere existieren als Schatten in Eurer Welt. Es ist verwirrend, Hauptmann. Ich bin nicht Manns genug, um das Problem stets im Auge zu behalten. Noch nicht. Ich habe das Gefühl, es würde mich umbringen, wenn ich es täte. Nun werdet Ihr wohl wünschen, das Tal der Goldenen Wolke hinter Euch zu bringen, nicht wahr? Und Euch auf den Weg zu machen. Ich werde Euch zum Westtor geleiten. Auf einem Bergpfad werdet Ihr zu einer guten Straße gelangen, die aus der Mittelmark hinausführt.«

»Wie soll ich wissen, welche Straße?«

»In diesen Landstrichen gibt es nicht viele Straßen, Hauptmann.«

Wir waren zu der Lichtung zurückgekehrt, wo uns Sedenko stirnrunzelnd erwartete. »Ich glaubte schon, daß Ihr ermordet oder entführt worden seid, Hauptmann von Bek.«

Mir war recht unbeschwert zumute. »Unsinn, Gregory Petrowitsch! Meister Groot hat sich als äußerst hilfreich erwiesen.«

Sedenko schnupperte den aufdringlichen Geruch von ungarischem Wasser. »Ihr traut ihm?«

»So sehr, als ich mir selber trauen kann.«

Groot verneigte sich. »Packt eure Siebensachen zusammen, meine Herren. Ich werde mit Euch zum Westtor gehen.«

Als wir marschbereit waren, zog der kleine Geck ein Spitzentuch aus dem Ärmel und tupfte sich Stirn und Brauen ab. »Der Tag ist warm geworden«, sagte er. Seinen langen Stab anmutig abgewinkelt, schlenderte er zur Straße zurück. »Kommt, meine Freunde. Wenn wir uns etwas beeilen, werdet ihr bei Anbruch der Nacht draußen sein.«

Wir führten die Pferde hinter Groot her, der mit raschen Schritten wie ein Tanzlehrer vorausging, vor sich hinsummte und dann und wann auf die Schönheit der Felder, an denen wir vorbeikamen, hinwies, bis wir schließlich die andere Seite des Tals erreichten und ein Tor, das sehr ähnlich jenem war, durch das wir gekommen waren. Groot begrüßte die Wache.

»Freunde verlassen uns«, sagte er. »Laßt sie passieren.«

Der Wächter in der altertümlichen Rüstung, die wir schon kannten, rückte das Pferd zur Seite, und das Falltor ging hoch. Philander Groot blieb stehen und blickte auf den Weg, der sich in die Höhe wand und sich im goldenen Dunst verlor. Sein Ausdruck war schwer zu deuten. Einen Augenblick lang gemahnten mich seine Augen an jene eines Gefangenen oder Verbannten, der sich nach Hause sehnt, aber als er sich wieder mir zuwandte, sah ich darin nur Beherrschtheit und Belustigung. »Da sind wir, Hauptmann. Ich wünsche Euch Glück und ein gesundes Urteilsvermögen für Eure Suche. Es wäre ein Vergnügen, Euch zur gegebenen Zeit wiederzusehen. Ich werde Euer Abenteuer, so gut ich kann, von hier aus verfolgen. Und ich werde es mit Interesse verfolgen.«

»So kommt doch mit uns«, sagte ich spontan. »Eure Gesellschaft könnte uns nur ermutigen, und ich würde Eure Unterhaltung sehr schätzen.«

»Der Gedanke ist verführerisch. Ich sage das in vollem Ernst. Aber ich habe mich entschieden, eine Zeitlang hier zu bleiben, und so werde ich bleiben. Aber Ihr sollt wissen, daß ich im Geiste mit Euch gehe.«

Eine letzte vollendete Verbeugung, ein Gruß mit der Hand, und Philander Groot trat zurück und gab uns den Weg durch das Tor frei, das hinter uns geschlossen wurde. Ein parfümiertes Tüchlein wurde geschwenkt.

Wir gewannen rasch Höhe und tauchten wieder in den goldenen Nebel ein; einmal mehr warfen wir die Mäntel über, da es wieder kälter wurde.

Es war schon Nacht, als wir den Nebel hinter uns hatten.

Wir fanden keine geeignetere Stelle und schlugen deshalb unser Lager auf dem Weg auf. Am Morgen sahen wir auf die fernen Ausläufer der Berge hinunter und konnten erkennen, daß wir bald wieder im Tiefland sein würden. Wir waren noch keine halbe Stunde unterwegs, da hörten wir Hufschlag hinter uns und sahen etwa zwanzig gepanzerte Männer im Galopp auf uns zukommen.

Der Anführer trug keine Rüstung. Ich sah schwarz und weiß. Ich sah eine purpurrote Feder. Ich erkannte Sedenkos früheren Herrn und meinen Todfeind, den Blutpriester Klosterheim.

Wir gaben unseren Pferden die Sporen in der Hoffnung, dem bewaffneten Pack zu entkommen. Etwas war mysteriös. Ihre Rüstungen glühten. Mehr noch, sie schienen zu brennen, wenn auch nur mit einem schwarzen Feuer. Dampf schoß aus den Helmvisieren, widerlich grauer Dampf, als käme er aus verpesteten Lungen.

»Was kann der Christusritter mit dieser Bande im Sinne haben?« keuchte Sedenko. »Wenn Kreaturen je den Stempel der Hölle getragen haben, dann diese. Wie können sie Gottes Sache dienen?«

Ich wollte schon zurückgeben, daß, wenn ich dem Teufel diente, sie vielleicht wirklich Gott dienen konnten, doch ich enthielt mich der Bemerkung und achtete statt dessen, so gut ich konnte, auf den Weg und mein Pferd. Es rutschte immer wieder und zweimal brach es beinahe aus, einmal gerade vor einem Abgrund.

»Wir werden zu Tode stürzen bei dieser Geschwindigkeit!« brüllte ich. »Aber ebenso gewiß will Klosterheim uns ans Leben. Und wir haben keine Aussicht, gepanzerte Reiter zu schlagen.«

Wir suchten einen Ausweg. Aber es gab keinen. Wir konnten weitergehen oder stehenbleiben und auf Klosterheims teuflische Truppe warten. Als der Weg sich erweiterte, sah ich, daß er gerade vor uns durch eine Felsspalte führte, die kaum breiter als ein Mann war. Wenn wir uns noch irgendwo verteidigen konnten, dann dort. Ich zeigte darauf

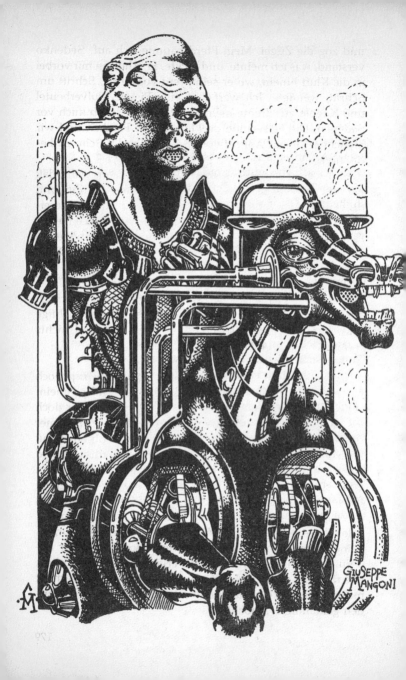

und zog die Zügel. Mein Pferd bäumte sich auf. Sedenko verstand, was ich meinte, und nickte. Er schoß an mir vorbei in die Kluft hinein, wo er sein Pferd vorsichtig, Schritt um Schritt, wendete. Ich warf ihm eine Pistole, Pulverbeutel und Kugeln zu, drehte mein Pferd ab und schob mich vor Sedenko. Die Felswände deckten unsere Flanken und wir brauchten keinen Angriff von hinten oder der Seite zu befürchten.

Als Klosterheim heransprengte, nahm er kaum wahr, daß wir ihn erwarteten. Ich richtete die Pistole auf ihn und drückte ab. Der Schuß verfehlte ihn, brachte ihn aber zu einem plötzlichen Halt. Er brüllte auf und starrte mich haßerfüllt an, dann gebot er seiner Bande mit einer Handbewegung Ruhe. Sie blieben mit geradezu unnatürlicher Disziplin stehen.

»Klosterheim«, rief ich, »was wollt Ihr von uns?«

»Ich will nichts von Sedenko, der ohne etwas befürchten zu müssen, weiterziehen mag«, sagte der pferdegesichtige Priester. »Aber Euer Leben will ich, von Bek, und nichts weniger.«

»Könnte ich Euch so nahegetreten sein?«

Erst jetzt wurde mir wieder gegenwärtig, daß wir ja noch immer in der Mittelmark waren. Ich lachte in mich hinein. »O Klosterheim, was für fürchterliche Dinge habt Ihr doch im Namen Gottes getan! Wäre unser Gebieter noch immer das Wesen, das Er war, wäre Er mehr als zufrieden mit Euch. Ihr seid so verdammt wie der Rest von uns: Ihr seid einer von jenen, die befürchten, daß meine Suche allem ein Ende machen wird und daß ihr dann keine Heimat, keinen Gebieter, keine Zukunft und keine Identität mehr habt. Das ist es doch, weshalb Ihr mich so fürchtet, Klosterheim?«

Johannes Klosterheims Antwort kam mit einem Knurren. Seine Blicke schossen von einer Seite des Weges zur andern. Er schaute in die Höhe. Er erkundete Möglichkeiten, uns in den Griff zu bekommen. Es gab keine. »Ihr rechnet nicht mit meiner Macht«, sagte er. »Sie ist mir nicht abhanden gekommen. Arioch!«

Er rief den Namen eines von Luzifers Heerführern an, vielleicht seines Schirmherrn. Mit einer raschen Handbewegung warf er eine unsichtbare Kugel gegen die Felsspalte. Es krachte über unsern Köpfen. Es hätte ein Blitz sein können. Widerlicher Geruch stieg mir in die Nase.

»Versucht die Pistole, Sedenko«, flüsterte ich. Der Schuß ging los. Die Kugel pfiff an meinem Kopf vorbei, verfehlte jedoch Klosterheim. Ich hörte sie auf einen glühenden schwarzen Brustpanzer aufschlagen und dann auf den Fels fallen.

»Arioch!«

Wieder ein Blitz, worauf ich einen mächtigen Felsblock sich hoch über uns loslösen und donnernd über Hunderte von Fuß in den Abgrund stürzen sah.

»Ihr seid ein gewaltiger Magus, Klosterheim«, sagte ich. »Und man muß sich nur wundern, weshalb Ihr Euch so lange als heiliger Priester ausgegeben habt.«

»Ich bin heilig«, stieß Klosterheim durch die Zähne. »Meine Sache ist die vornehmste, die es je gegeben hat. Ich verbündete mich mit Luzifer, um Gott zu zerstören! Ich habe der Welt im Namen Gottes vorgeführt, welche Schrecken es geben kann. Es gab keine Sache, die hätte vornehmer sein können als jene Luzifers – und jetzt will Er sich unterwerfen, uns im Stiche und die Hölle, und alles, was dafür steht, zugrunde gehen lassen. So wie Luzifer Gott die Stirn geboten hat, ist es jetzt mein Recht, Luzifer die Stirn zu bieten. Verrat bedroht uns. Er ist mein Gebieter so gut wie der Eure, von Bek. Und ich habe Ihm gut gedient!«

»Aber jetzt dient Ihr Ihm nicht. Er wird Euch zürnen.«

»Und wenn schon? Er hat keine Verbündeten, die diesen Namen verdienen. Seine eigenen Heerführer sind gegen Ihn. Was geschieht mit ihnen, wenn Gott Ihn erhöht?«

»Ist die Hölle im Aufstand?« fragte ich überrascht.

»Das kann man wohl sagen. Luzifers Ansehen schwindet stündlich. Euer Gebieter, von Bek, ist jetzt schwächer dran als selbst der albern lächelnde Christus, der als erster die

Menschheit verriet! Und Schwachheit werde ich nicht dulden! Arioch!«

Ein weiterer Donnerschlag. Die brennenden schwarzen Helme schauten in die Höhe wie in dankbarer Anerkennung. Felsstücke regneten auf Sedenko und mich hinunter.

»Reitet schnell, Sedenko«, brüllte ich. »Weg von hier. Das ist unsere einzige Hoffnung.«

Sedenko zögerte. Ich beharrte darauf. »Reitet! Das ist ein Befehl!«

Im Gestein über mir ächzte es. Schnee und Schutt ergoß sich in die Felskluft, und ich dachte schon, daß ich begraben würde.

»Nun seid Ihr allein, von Bek«, sagte Klosterheim erleichtert. »Ich schulde Euch viel, und möchte es Euch langsam, Stück um Stück, heimzahlen. Aber ich werde mich damit begnügen, Euch das Leben zu nehmen und Eure mißratene Seele unserem Gebieter zurückzugeben.«

»Ihr bestreitet, daß Er Euer Gebieter ist«, erinnerte ich den Priestersoldaten. »Und dennoch wißt Ihr, daß Er es ist. Er wird Euch strafen, das ist gewiß, Johannes Klosterheim. Ihr könnt Ihm nicht entkommen.«

»Weshalb sollte mir dann General Arioch zwanzig seiner Ritter überlassen?« fragte Klosterheim höhnisch grinsend. »In der Hölle ist Bürgerkrieg, Hauptmann von Bek. Ihr werdet ein Opfer dieses Krieges sein, nicht ich.«

Wieder rief er den Namen seines Schutzherrn aus. Wieder Blitz und Donner.

Ich wartete nicht länger, sondern wandte mein Pferd und galoppierte hinter Sedenko her durch den Engpaß, in den Felsbrocken stürzten. Ich erinnerte mich an eine bestimmte Stelle in einem der Zauberbücher und weiterreitend suchte ich in der Satteltasche nach dem Buch. Von einem Geländevorsprung aus konnte ich sehen, daß die Ausläufer der Berge nicht weiter als eine halbe Stunde entfernt sein mochten. Dort unten standen unsere Aussichten, Klosterheim und seiner höllischen Streitmacht zu entgehen, bedeutend besser.

Ich schaute zurück.

Die Reiter in ihren glühenden schwarzen Rüstungen kamen auf ihren schwarzen Rossen über die Felstrümmer geritten. Ich machte einen purpurroten Federbusch aus. Ich spürte, daß mein Pferd schwächer wurde und über kurz oder lang lahmen und mich abwerfen würde. Ich hielt das Tier zurück und ließ es kürzere Schritte machen. Es keuchte. Ich fühlte seinen Herzschlag an meinem Bein. Ich fand das Zauberbuch, hielt die Zügel mit den Zähnen fest, und suchte die Stelle, an die ich mich erinnerte. Ich entdeckte, was ich brauchte; die Buchstaben standen eng aneinander geschrieben: *Worte der Macht gegen die Diener des Herzogs Arioch*. Hatte Luzifer den Verrat seiner Heerführer vorausgeahnt? Die Worte, die ich da las, bedeuteten mir nichts, aber dennoch hielt ich das Pferd an, wußte ich doch nur zu gut, daß mir keine anderen Waffen gegen die Reiter blieben.

»*Rehoim Farach Nyadah!*« schrie ich, so laut ich nur konnte.

Die Ritter verlangsamten die Gangart, nur um wieder von Kosterheims Gezeter angetrieben zu werden.

»*Rehoim Farach Nyadah! Gushnyet Maradai Karag!*«

Die Reiter blieben auf einen Schlag stehen. Klosterheim brach im Galopp aus ihnen hervor. Er starrte mich an, die Klinge in der Hand, und ich konnte gerade noch rechtzeitig das Zauberbuch in die Satteltasche zurückstecken, mein Schwert ziehen und einen heftigen wohlgezielten Schlag abwehren, der, hätte er getroffen, mich meinen Arm gekostet hätte.

Ich stieß zu, wurde abgewehrt und fing Kosterheims Gegenschläge auf. Ich sah, daß die Reiter sich wieder zu rühren begannen. Sie schienen verwirrt zu sein.

Klosterheim focht und fletschte die Zähne wie ein wildes Tier. Sein mörderischer Haß allein hätte schon ausgereicht, mich umzubringen. Er schlug wieder und wieder zu. Ich verteidigte mich. Ich hörte Hufschlag hinter mir: Sedenko kam mir zu Hilfe. Ein Pistolenschuß fiel. Klosterheims Pferd wieherte und ging zu Boden. Die Reiter rückten langsam heran. Klosterheim kämpfte sich frei, das Schwert noch immer in der Hand. Blind vor Wut stürzte er sich auf mich.

»Hauen wir ab, Hauptmann«, rief Sedenko.

Ich folgte seinem Rat. Während wir bergab flüchteten, sah ich, wie Klosterheim auf Ariochs Soldaten zustolperte und einen von seinem Roß stieß, so daß er zu einem Haufen aus aufblitzendem schwarzen Metall zusammensackte.

Gerade als die Sonne hervorkam und den Schnee aufglitzern ließ, erreichten wir ein ziemlich ebenes Gelände. Wir hörten Klosterheim und seine Männer hinter uns. Die Sonne wurde wärmer und wärmer und begann schon den Schnee zu schmelzen. Als wir einen Blick zurück wagten, sahen wir nur, daß sie uns beinah eingeholt hatten. Ich versuchte, mir die genauen Worte aus dem Zauberbuch ins Gedächtnis zurückzurufen und schrie sie unsern Gegnern zu. Doch diesmal blieben sie nicht stehen.

Als sie auf unserer Höhe waren, schwärmten sie aus, um uns einzukreisen.

Die Sonne war unbehaglich heiß. Staub wirbelte von der Straße auf und behinderte meine Sicht. Sedenko konnte ich noch vor mir sehen, unsere Feinde aber konnte ich nur hören.

Schweißnaß holte ich den jungen Moskowiter ein und schrie ihm zu, daß uns keine Wahl bliebe und wir kämpfen müßten, obwohl wir schon so gut wie verloren seien. Ich fischte das Zauberbuch heraus und fand die Machtworte wieder.

Wir rückten unsere Pferde Hinterhand an Hinterhand und versuchten durch die Staubwolke hindurch auszumachen, wie die Reiter uns einschlossen. »*Rehoim Farach Nyadah!*« Ich schrie es mit verzweifelter Autorität hinaus.

Der Staub verzog sich. Unsere Verfolger fielen über uns her. Ich sah Klosterheims purpurnen Federbusch. Ich sah dunkle Schatten näherkommen.

Eine lange Klinge schoß auf mich zu, ich wehrte sie ab und stieß zurück. Ich hatte erwartet, daß mein Schwert an dem Eisenpanzer abprallen würde; statt dessen drang es in Fleisch ein und hörte einen grunzenden Schmerzensschrei.

Ich sah das Gesicht des Angreifers. Es war schwärzlich, unrasiert, scheeläugig.

Es war zum Gesicht eines gewöhnlichen Wegelagerers geworden.

KAPITEL XI

Es war unwahrscheinlich heiss. Aus der Staubwolke tauchte eine Horde berittener Halsabschneider auf, angetan mit jeder Art barbarischem Putz. Klosterheim war noch immer der Anführer. Ich war so überrascht, daß ich beinahe meine Achtsamkeit vergaß, und fragte mich, wie aus Ariochs Reitern diese weitaus weniger beeindruckenden Figuren geworden waren. Aber es waren immer noch sehr viel mehr, als daß man ohne weiteres mit ihnen hätte fertig werden können. Der Staub, der mir in Nase und Kehle gedrungen war, machte mich husten. Sedenko und ich waren von einem Wald aus Stahl umgeben; wir und die Pferde hatten schon eine Unzahl kleiner Blessuren davongetragen. Immerhin hatten wir fünf oder sechs von ihnen in ebenso vielen Minuten erledigt, was die anderen doch etwas zurückhaltender machte. Hinter ihnen konnte ich Klosterheim, tobend vor Wut und nackter Blutrünstigkeit, hören.

Mein Gefühl sagte mir, daß die Zauberbücher uns hier nicht weiterhelfen würden und daß wir aus den Mittelmarken wieder in unsere Welt hinübergewechselt waren. Die Sonne brannte herunter; die kleinen Bäume und das trokkene Gras hier erinnerten mich stark an meine Reisen durch Spanien.

Die Kerle rückten uns zu Leibe. Klosterheims Gesicht tauchte auf. Er genoß bereits unsere Niederlage. Von der Straße wurden wir langsam abgedrängt zu einem Abhang, der steil abfiel, etwa fünfzehn Fuß – gerade genug, um uns die Knochen zu brechen und die der Pferde dazu.

Sedenko schrie mir etwas zu, aber es ging im Lärm unter. Im nächsten Augenblick war er verschwunden, und ich kämpfte allein. Ich konnte nicht glauben, daß er mich verlassen hatte, um seine eigene Haut zu retten, aber ich konnte dennoch nur diesen Schluß ziehen.

Die Teufelsbrut drang auf mich ein, nur noch Sekunden

trennten mich vom Tod, als ich Klosterheims erstickte Stimme hinter mir hörte. Meine Gegner ließen von mir ab.

»Hört auf!«

Sedenko hielt Klosterheim im Würgegriff. Des Hexenmeisters bläuliches Gesicht war wut- und haßverzerrt.

»Hört auf, ihr Hornochsen!«

Der Kosake hatte seinen Dolch an Klosterheims Adamsapfel gesetzt, und das Blut tropfte schon. »Oh, Sedenko«, japste er, »du wärest verschont geblieben. Aber jetzt nicht mehr. Nicht, wenn ich aus der Hölle zurückkomme, um dich zu erledigen.«

Ich lachte. Ich bin nicht sicher, ob mir der Grund meiner Fröhlichkeit bewußt war. »Was? König Arioch ist nicht hier, um euch zu retten? Warum sind alle seine Leute verschwunden?«

Mit gezogenem Schwert ritt ich auf Sedenko zu. Klosterheims Augen hatten jenen wahnsinnigen, nach innen gerichteten glasigen Blick, der mir bei nicht wenigen Insassen der Hölle aufgefallen war.

»Tötet einen von uns«, sagte ich, »und wir töten euren Herrn. Wenn er stirbt, das wißt ihr sehr wohl, seid ihr alle verdammt, ein jeder von euch. Zurück, die Straße hinauf, bis man euch nicht mehr sieht!«

Den Kerlen war anzusehen, daß sie dennoch über uns herfallen wollten, aber es reichte, daß der Kosak die Klinge etwas drehte; Klosterheim brüllte wie toll, sie sollten gehorchen. Er wußte, was Tod für ihn bedeutete. Es war schlimmer als alles, was er mir angedroht hatte. Er hätte sich an den letzten Strohhalm geklammert, um am Leben zu bleiben. Stolz und Ehre spielten jetzt keine Rolle mehr, er war bereit, alles in Kauf zu nehmen, solange er nur nicht seine Seele, Ihm, dem sie gehörte, überlassen mußte.

»Tut, was sie sagen!« brüllte Klosterheim.

Die Überlebenden schlurften davon. In der Ferne sah ich Berge, aber es waren nicht die hohen Spitzen der Mittelmark. Diese Berge waren niedrig und grasbedeckt.

Hinkend und fluchend zog sich die verwirrte Verbrecherbande zurück. Die Pferde führten sie am Zaum, einige pflegten ihre Wunden. Wir schauten zu. Als sie schon ziemlich weit entfernt waren, sahen wir, daß ihr Atem dampfte, daß sie, – da ihnen offenbar kalt war, was sie überrascht haben mußte – zitterten und mit den Füßen auf den Boden stampften. Dann verschwanden sie vor unsern Augen.

»König Ariochs Krieger konnten uns nicht folgen«, gab ich Klosterheim zu verstehen. »Und für den Fall, daß es uns gelingen sollte, in diese Welt zurückzukehren, hieltet Ihr diese Männer bereit. Die Verdammten können so wenig auf die Erde zurückkommen, wie die Unschuldigen in die Mittelmark gelangen können.«

Klosterheim zitterte am ganzen Körper. »Werdet Ihr mich töten, von Bek?«

»Es wäre nur klug, Euch umzubringen«, sagte ich. »Und meine Vernunft gebietet mir, es zu tun. Aber ich bin mir bewußt, was Sterben für Euch heißt, und so lange Ihr nicht kämpft, kann ich mich nicht so ohne weiteres überwinden, Euch zu töten.«

Es war unmißverständlich, wie sehr meine Barmherzigkeit ihn anwiderte, aber er nahm sie hin. Vor dem Sterben hatte er mehr Angst als jeder Todgeweihte, den ich zuvor gesehen hatte.

»Wo sind wir hier«, fragte ich ihn.

»Warum sollte ich Euch das sagen?«

»Weil ich doch noch so zornig werden könnte, daß ich das tue, was eigentlich getan werden müßte, um die Welt von einer Obszönität reinzuwaschen.«

»Ihr seid in Italien«, sagte er. »Auf der Straße nach Venedig.«

»Demnach sind die Berge hinter uns die venezianischen Alpen?«

»Was sonst?«

»Wir müssen nach Westen gehen«, sagte ich zu Sedenko. »In Richtung Mailand. Groot sagte, daß unser Ziel im Westen liegt.«

Klosterheims aschfahle Züge verkrampften sich, als Sedenko ihm das Schwert aus den Fingern wand und wegwarf.

»Sitzt ab«, sagte ich. »Eure Pferde sind frischer als unsere.«

Wir fesselten Klosterheim an einen Baum am Straßenrand und schnallten unsere Sättel auf sein Pferd und ein weiteres, das einem der toten Banditen gehört hatte. Wir behielten unsere Pferde und beluden sie mit einem Teil unserer Habseligkeiten.

»Wir sollten ihn nicht am Leben lassen«, sagte Sedenko. »Soll ich ihm die Kehle aufschlitzen, Hauptmann?«

Ich schüttelte den Kopf. »Ich habe Euch gesagt, daß ich nicht mir nichts dir nichts irgendeine Seele dem Schicksal ausliefern kann, das Klosterheim unweigerlich erwartet.«

»Ihr seid verrückt, mich nicht zu töten«, sagte der Mordpriester. »Ich bin Euer größter Feind. Ich kann Euch noch immer besiegen, von Bek. Ich habe mächtige Freunde in der Hölle.«

»Sie sind bestimmt nicht so mächtig wie meine«, sagte ich. Ich sprach wieder hochdeutsch, was Sedenko nicht verstand.

Klosterheim antwortete ebenso auf hochdeutsch. »Sie könnten nun freilich stärker sein. Luzifer ist verloren. Die meisten seiner Heerführer wollen keine Aussöhnung mit dem Himmel.«

»Gewißheit gibt es nicht, daß es soweit kommen wird, Johannes Klosterheim. Luzifers Pläne sind geheimnisvoll, und Gottes Wille ist unerforschlich. Wie könnte einer von uns urteilen, was wirklich vorgeht?«

»Luzifer plant den Verrat der Seinen«, sagte Klosterheim. »Das ist alles, was ich weiß. Das ist alles, was man wissen muß.«

»Ihr habt es Euch einfach gemacht«, sagte ich. »Aber vielleicht muß man so sein, wenn man Eurer Berufung folgen will.«

»Beide verraten uns, Gott und Luzifer«, sagte Klosterheim. »Ihr solltet das endlich verstehen, von Bek. Man hat uns im Stich gelassen. Wir haben nichts, worauf wir vertrauen können – nicht einmal die Verdammnis! Wir können nur das Spiel spielen und hoffen, daß wir gewinnen.«

»Aber wir kennen die Spielregeln nicht.«

»Wir müssen sie einführen. Schließt Euch mir an, von Bek. Soll Luzifer den Gral selber finden!«

Wir saßen auf.

»Ich habe mein Wort gegeben«, sagte ich. »Das ist alles, was ich habe. Ich habe keinen Sinn für dieses Gerede von Spielen, Ergebenheit und Verrat. Ich habe versprochen, das Heilmittel für die Not der Welt zu finden, sofern ich kann. Und das ist, was ich zu schaffen hoffe. Eure Welt, Klosterheim, ist eine Welt von Zügen und Gegenzügen. Aber diese Art von Spielertum nimmt dem Leben den Geschmack und zerstört den Geist. Damit will ich so wenig wie möglich zu tun haben.«

Wir ritten davon. Klosterheim schrie uns mit fanatischer Stimme nach:

»*Seid gewarnt, Kriegshund! Das alles ist eine phantastische Verschwörung gegen Euch!*«

Es war eine durch Mark und Bein gehende Drohung. Selbst Sedenko, der die Worte nicht verstand, erschauderte.

KAPITEL XII

WIR RITTEN NUN durch ziemlich flaches Land, in dem sich hie und da niedrige weiße Gehöfte abhoben und Weingärten, die in der drückenden Sonne gelb und hellgrün leuchteten.

In der ersten größeren Stadt, die wir erreichten, suchten wir einen Arzt für unsere Verletzungen auf. Ich hatte wohl Satans Elixier, hielt es aber für besser, es für ernsthaftere Fälle aufzusparen. Dank Satans Silbergeld brachten wir jedenfalls den Doktor dazu, auch unsere Pferde zu versorgen. Der Mann machte viel Aufhebens, doch ich machte geltend, daß er in seiner Laufbahn wahrscheinlich mehr Menschen als Pferde umgebracht habe, und daß sich hier nun Gelegenheit bot, den Stand auszugleichen. Er fand meinen Witz überhaupt nicht lustig, entledigte sich aber seiner Aufgabe zufriedenstellend.

Wir hielten uns an die Straße nach Mailand und schloßen uns unterwegs einer Gruppe von Pilgern an, von denen die meisten nach Frankreich und einige nach England zurückkehrten. Diese Männer und Frauen hatten eine Wallfahrt in die Heilige Stadt gemacht, sich alle möglichen Kirchenämter gekauft, älteren und neueren Wundern beigewohnt und schienen hochbefriedigt zu sein, daß ihnen durch die Mühsal der Reise soviel zuteil geworden war. Sie erzählten Geschichten von Heiligen, von wundertätigen Priestern, von Erscheinungen und Offenbarungen. Viele zeigten ihren landläufig bekannten Plunder her, der noch immer verkauft wird als Knochen von diesem oder jenem Heiligen, die Feder eines Engels, Holzsplitter vom heiligen Kreuz und dergleichen Trödelkram mehr. Mindestens drei dieser Leute besaßen den heiligen Gral, hielten sich aber noch immer für zu sündig, sei es, um seine eigentliche Schönheit wahrnehmen zu können (die Dinge bestanden aus Zinn, das wie Silber aussah) oder um sich zu getrauen, ihren magischen Besitz zu bezeugen. Natürlich hütete ich mich, sowohl meine Suche zu erwähnen, noch sie zu überzeugen, daß die Artefakte, die sie gekauft hatten, Fälschungen waren.

Wir kamen nach Verona und fanden die Bewohner dieser entzückenden Stadt in großer Aufregung. Irgendein katholischer Ordensritter, der zweifellos den Krieg in Deutschland satt hatte und nicht mehr glaubte, daß sich die Sache lohne, hatte eine Gruppe junger Heißsporne zu einem Kreuzzug zusammengetrommelt. Ziel war anscheinend, Konstantinopel anzugreifen und von den Türken zu befreien. Dieser Gedanke fand Sedenkos Gefallen, dessen Landsleute darauf brannten, die Stadt, die sie »Zargrad« nannten, von den Ketten des Islams zu erlösen. Als er jedoch den Anführer der Kreuzfahrer, einen halbsenilen Baron mit deutlichen Anzeichen fortgeschrittener Syphilis, und die winzige Streitmacht sah, die er zusammengetrommelt hatte, beschloß Sedenko doch, so lange zu warten, »bis alle Heere der Kosaken zusammen zur Heiligen Sophia reiten und den Halbmond, der ihren Altar entweiht, herabreißen können«.

In der Nähe von Brescia wurden wir Augenzeugen der Verurteilung und Hinrichtung eines riesenhaften Mannes, der sich als Antichristus bekannt hatte. Er hatte wildes schwarzes Haar und einen schwarzen Bart und trug ein rotes Gewand und eine Dornenkrone. Er rief die Leute auf, ihren falschen Hochmut, ihren Glauben, daß sie Kinder Christi seien, abzulegen und einzugestehen, daß sie Sünder und seine Anhänger wären. Der Endkampf müßte kommen, predigte er, und alle, die mit ihm wären, würden triumphieren. Die Bibel, sagte er, lügt. Es lag auf der Hand, daß er jedes Wort, das er sagte, glaubte, und daß die Sorge um seine Mitmenschen aufrichtig war. Bevor er am Pfahl starb, flehte er inständig alle an, sich zu retten, indem sie ihm nachfolgten. Während der Hinrichtung zog ein Gewitter auf. Die Priester entschieden, dies als Zeichen von Gottes Wohlgefallen zu deuten. Das umstehende Volk dagegen erwartete schlicht den Beginn Harmageddons und fiel betend auf die Knie. In der Hauptsache beteten sie wohl zu Christus, obwohl ich glaube, daß einige auch die verkohlten Knochen des Antichrist anriefen. In Crema zeigte man mir ein anderes verrücktes Geschöpf, eine zwitterhafte Mißgeburt, die behauptete, ein Engel zu sein, der auf die Erde gefallen sei und dabei seine Flügel verloren habe und deshalb nicht mehr in den Himmel zurückkehren könne. Der Engel lebte vom Betteln. Die Leute von Crema waren freundlich zu dem Monster, einige glaubten die Geschichte halbwegs. Was mich betrifft, war ich ja einem Engel, wenn auch einem düsteren, begegnet und verstand etwas davon. Aber als dieser Engel in Crema mich – als frommen Reisenden und prächtigen Ordensritter – anflehte, zu bestätigen, daß er wirklich vom Himmel herabgestürzt sei, erzählte ich allen, die zuhörten, daß ein Engel – nach allem, was ich wußte – genauso aussehe, und daß es durchaus möglich sei, daß er die Flügel verloren habe. Ich regte an, daß während seines Erdendaseins alles nur Mögliche für sein Wohlergehen getan werde.

Fünf Meilen außerhalb von Crema kamen wir durch ein Dorf, das Räuber, angetan mit Kapuzen der Heiligen spanischen Inquisition, völlig zerstört hatten. Sie plünderten die Kirche und nahmen alles, was einen Wert hatte, mit sich, ebenso Frauen und Kinder, die sie wohl als Sklaven verkaufen wollten. Viele der Überlebenden glaubten, daß sie von Dienern Christi heimgesucht worden seien, und daß das, was sie hatten hingeben müssen, für die Sache Christi hingegeben worden sei.

Ich traf wenige gute Menschen unterwegs. Ich traf viele, deren Ehre in Hochmut umgeschlagen hatte, und die mich dennoch verachteten, weil sie mich für einen zynischen Pragmatiker hielten. Nach und nach hatte ich Sedenko den größten Teil meiner Geschichte erzählt, denn ich fand es nur gerecht, daß er wußte, wem er diente. Er hatte nur mit den Achseln gezuckt. Nach allem, was er in letzter Zeit gesehen hatte, sagte er, spielte es seiner Meinung nach keine große Rolle. Immerhin wäre die Suche heilig, selbst wenn die Männer dahinter es nicht wären.

Jenseits von Crema wechselten wir wieder in die Mittelmark hinüber. Die Landschaft war nicht wesentlich anders, abgesehen davon, daß natürlich die Jahreszeiten verkehrt waren. Wir befanden uns in einem Königreich, fanden wir heraus, das der Überrest des Punischen Reiches war, welches während Hannibals berühmtem Feldzug Rom besiegt, ganz Europa und Teile Asiens erobert hatte und zum jüdischen Glauben übergetreten war, so daß damals die ganze Welt von rabbinischen Ordensrittern regiert wurde. Für Sedenko war es ein entsetzliches Land; er glaubte, daß er für seine Sünden bestraft würde und bereits in der Hölle sei. Man behandelte uns gastfreundlich. Meine Erfahrung als Ingenieur wurde beansprucht, als der oberste Richter des Karthagerreiches die Todesstrafe über einen Titanen verhängte. Ein Galgen mußte für ihn gebaut werden. Als Gegenleistung für ihre Hilfe und etwas Gold machte ich die Pläne für ein geeignetes Schafott. Der Titan wurde gehängt, und mir wurde immerwährende Dankbarkeit zuteil.

Kurz darauf kamen wir in eine verwirrend komplizierte Stadt, die von einer unendlichen Reihe von Kräftegleichgewichten und Verflechtungen lebte, deren empfindliche Harmonie ich kaum ertragen konnte. Ein Ort göttlicher Abstraktion. Die Bewohner nahmen uns gar nicht wahr. Sedenko machte die Unausstehlichkeit der Stadt bedeutend weniger aus als mir, aber wir waren beide erleichtert, als wir sie hinter uns hatten und uns darauf im freundlichen Frankreich befanden. Es war in der Nähe von Saint-Etienne, wo wir einige Wochen im Gefängnis saßen unter dem Verdacht, Mörder und Ketzer zu sein. Freigelassen wurden wir nur dank der Fürsprache eines Priesters, der mehrere Augenzeugen beibrachte. Der Priester wurde mit dem Gold der Karthager belohnt, und wir machten uns mit Freuden davon. In beiden Welten, sowohl in unserer eigenen, wie auch in der Welt der Mittelmark, schien es immer mehr Gefahren zu geben. Dennoch hielten wir, ob wir nun in dieser oder der andern Welt waren, unbeirrbar auf Westen zu, und setzten schließlich nach England über, wo es uns nicht besonders gut erging.

Fast jedermann in England begegnete uns mit tiefem Mißtrauen. Das Land war zerstritten, und jeder Fremde wurde entweder für einen puritanischen Verräter oder einen katholischen Agitator gehalten. So waren wir nur zu froh, daß uns ein Schiff nach Irland brachte, wo gerade eine Reihe kleiner Kriege im Gange war. Wir gerieten mehrmals in die Auseinandersetzungen, einmal auf Seite der Iren, dann wieder auf der der Engländer. Sedenko verliebte sich, und als ihn der Ehemann mit seiner Frau überraschte, brachte er ihn um. Deshalb verließen wir Irland mit einiger Eile und betraten dann, einmal mehr, die Mittelmark.

Unsere Suche dauerte nun schon fast ein Jahr, und es schien, daß wir dem blaugrünen Wald am Rande des Himmels keinen Schritt näher gekommen waren. Zwar hatte ich inzwischen viel von der Welt gesehen, gelernt jedoch, dachte ich, hatte ich wenig, was ich nicht schon wußte. Ich sehnte mich nach meiner geliebten Sabrina, die ich alles andere als vergessen hatte. Meine Gefühle für sie waren so heftig wie ehedem.

Hin und wieder war mir, als sähe ich Klosterheim, oder daß er bei den häufigen Angriffen, die gegen uns verübt wurden, seine Hand im Spiele hatte; sicher war ich allerdings nicht. Es schien, als ob seine Warnung zutreffend war. An immer weniger Orten waren wir willkommen. Wir fühlten uns wie Verbrecher. Selbst das gewöhnliche Volk war nicht mehr gastfreundlich. Der Kampf zwischen Himmel und Hölle, der Kampf, der in der Hölle tobte, und die Kriege, welche die Länder der Mittelmark erschütterten, all dies spiegelte den Hader wider, der Europa zerriß. Ein Ende war nicht abzusehen. Tod und Pest breiteten sich weiter aus. Wir fragten uns, ob wir, falls uns der Weg nach Westen bis in die Neue Welt führen sollte, dort Besseres antreffen würden. Sedenko, so jung er war, sah abgezehrt aus und schien zehn Jahre älter geworden zu sein. Mein Aussehen hatte sich anscheinend nicht wesentlich verändert. Inzwischen hatte ich mich längst mit den Zauberbüchern vertraut gemacht und die Zauberworte bei verschiedenen Gelegen-

heiten angewandt. In jüngster Zeit hatte ich sie häufiger gebraucht; sie schienen allerdings auch weniger wirksam zu werden. Ich fragte mich, ob die Anführer der Hölle sich verbündet hatten und die Überhand über ihren Gebieter gewannen. In welchem Fall, dachte ich, meine Suche und alle meine Mühen völlig sinnlos wären.

An einem Frühlingsmittag waren wir in der Mittelmark, und es regnete. Wir waren durchnäßt, und unsere Pferde dampften schon. Wir durchquerten eine weite verschlammte Ebene. Dann und wann sahen wir auf der Ebene brennende Scheiterhaufen, aus denen schwarzer Rauch aufstieg. Der Regen prasselte auf uns nieder, der Grund war nur noch Tümpel und Pfützen. Wir waren mit vier oder fünf elenden Kerlen aneinandergeraten, von denen ich vermutete, daß sie zu Klosterheim gehörten, und hatten sie in die Flucht geschlagen. Mein Kompaß wies uns die Richtung aus der Mittelmark hinaus. In mir nagte eine Hoffnungslosigkeit, wie ich sie nie zuvor gekannt hatte; ich mutmaßte, daß diese Reise nie zu Ende sein würde und daß ich schrecklich getäuscht worden war.

Die Scheiterhaufen standen näher beieinander. Trauernde waren keine zu sehen. Auf jedem Scheiterhaufen lag ein eingewickelter Leichnam. Ich fragte mich, ob diese Leute an einer Seuche gestorben waren. Dann bemerkte ich eine Gestalt, die sich durch den Rauch bewegte und machte Sedenko darauf aufmerksam, aber der Moskowiter konnte nichts erkennen.

Seit unserem letzten Zusammentreffen mit Klosterheim war soviel Zeit verstrichen, daß wir schon glaubten, er sei endgültig aus unserem Blickfeld verschwunden; nun aber war ich fast sicher, daß der Schatten im Rauch der Hexenmeister sein mußte. Ich hielt an und gab Sedenko mit einer Handbewegung zu verstehen, meinem Beispiel zu folgen. Regen und Rauch behinderten unsere Sicht.

Als der Regen nachließ und im Osten die Sonne blutrot und riesig durch die Wolken brach, ritten wir schließlich weiter.

Wir ließen die Scheiterhaufen und den Rauch hinter uns und setzten unseren Weg über die aufgerissene dampfende Erde durch die Ebene fort, die sich meilenweit in alle Richtungen erstreckte.

Sedenko sah das Dorf zuerst. Er warf die Hände in die Luft. Im Abendlicht sah man Metall aufblitzen. Die Häuser schienen rund zu sein und in eine Spitze auszulaufen. Beim Näherkommen sahen wir, daß es Lederzelte waren, aufgebaut auf Wagen und mit symbolischen Zeichen geschmückt. Das Glitzern rührte von den goldenen, bronzenen und silbernen Intarsien an den Dachspitzen her.

Sedenko sog pfeifend Luft ein. »Solche Jurten kenne ich!« Er griff nach seinem Säbel.

»Was?« sagte ich. »Sind es Tataren?«

»Allem Anschein nach, ja.«

»Dann werden wir das Lager wohl besser umgehen«, schlug ich vor.

»Und uns die Gelegenheit entgehen lassen, einige von ihnen zu töten!« sagte er, als ob ich nicht richtig im Kopf wäre.

»Sie dürften etwas zahlreicher sein als wir, Freund Sedenko. Ich glaube nicht, daß mein Gebieter sich darüber freuen würde, wenn ich meine Zeit mit einem Gemetzel vertrödele...«

Sedenko blickte finster drein und brummte vor sich hin. Er war wie ein Jagdhund, den man daran hinderte, einem Wild nachzustellen.

»Im übrigen«, fügte ich bei, »interessieren sie sich für uns.«

Etwa zwanzig Reiter hielten auf uns zu. Ich trieb meinen Hengst an, aber Sedenko blieb zurück. »Vor einem Tataren kann ich nicht davonlaufen«, jammerte er.

Ich packte sein Pferd am Zügel und zerrte ihn hinter mir her. Aber die Tataren näherten sich uns mit erstaunlicher Geschwindigkeit; innerhalb weniger Minuten hatten sie uns eingeholt und eingekreist. Wir starrten auf ihre Reittiere: das waren keine natürlichen, sondern aus Messing gefertigte Wesen, die bei jeder Bewegung etwas knarrten und tote Augen hatten. Die Tataren dagegen waren zweifellos aus Fleisch und Blut.

»Das sind mechanische Pferde«, sagte ich. »Von einem solchen Wunder ist mir nie irgend etwas zu Ohren gekommen.«

Einer der Asiaten zwirbelte seinen langen Schnurrbart und schaute mich eine Weile an, bevor er etwas sagte. »Ihr sprecht die Sprache Philander Groots.«

»Deutsch«, sagte ich. »Was wißt Ihr von Groot?«

»Unser Freund.« Der Tatarenhäuptling warf einen Blick auf Sedenkos finsteres Gesicht. »Warum ist Euer Begleiter so zornig?«

»Weil Ihr uns gejagt habt, vermute ich. Auch er ist ein Freund von Philander Groot. Wir sahen ihn vor knapp einem Jahr im Tal der Goldenen Wolke.«

»Es hieß, er gehe dorthin.« Der Häuptling gab seinen Männern ein Zeichen. Sie nahmen uns in die Mitte und hielten auf das Dorf zu. »Groot machte die Pferde für uns, nachdem die Pest gekommen war und alle Stuten und unsere Herden hingerafft hatte.«

»Das also brennt dort drüben?« fragte ich und wies auf die Scheiterhaufen.

Er schüttelte den Kopf. »Die sind nicht von uns.« Er wollte sich nicht weiter dazu äußern.

Groot stieg in meiner Achtung um einiges, nachdem ich nun eine Probe seines Geschicks vor Augen hatte. Ich konnte nicht recht verstehen, weshalb der Dandy bei seinen Fähigkeiten als Eremit lebte.

Die mechanischen Pferde klapperten bei jeder Bewegung. Sedenko meinte: »Das sind natürlich keine wirklichen Tataren, sondern Geschöpfe der Mittelmark und somit wohl nicht notwendigerweise meine natürlichen Todfeinde.«

»Ich würde es zumindest für klug halten, Sedenko«, sagte ich, »wenn Ihr bei dieser Ansicht bleiben würdet. Wenigstens für die nächsten paar Stunden.«

Er warf mir einen schrägen Blick zu, nickte dann aber, als

ob er sagen wollte, daß er um meinetwillen den richtigen Augenblick abwarten würde.

Das Dorf war voll Hunde, Ziegen, Frauen und Kinder, und es stank. Die Tataren hielten ihre Metallrosse an; Groots Schöpfungen blieben starr wie Statuen stehen. Feuer und Kochtöpfe, zum Trocknen aufgespannte Häute, verhutzelte alte Leute – alles stand im Widerspruch zu Groots raffinierter Erfindung.

Wir wurden in eine der größeren Jurten geführt, wo der Gestank noch durchdringender als draußen war. Während ich mich beinahe übergeben mußte, nahm Sedenko es als selbstverständlich hin, woraus ich schloß, daß seine Leute wohl eine Anzahl tatarischer Sitten und Gebräuche übernommen hatten, und daß ein Außenstehender die Kosaken nicht so ohne weiteres von ihren Erbfeinden unterscheiden konnte.

»Wir sind die Hüter des Geistes«, sagte der Tatarenhäuptling und bat uns, auf den farbenprächtigen, aber schmutzigen Kissenhaufen Platz zu nehmen. »Ihr müßt mit uns essen, wenn ihr Groots Freunde seid. Wir werden einen Hund und eine Ziege schlachten.«

»Ich bitte Euch«, sagte ich, »Eure Gastfreundschaft ist zu großzügig. Eine Schale Reis recht uns durchaus.«

»Ihr müßt Fleisch essen.« Der Häuptling blieb dabei. »Wir haben selten Gäste und möchten Neuigkeiten erfahren.«

Belustigt fragte ich mich, was er mit unserer wirklichen Geschichte hätte anfangen können. Ich hatte mir angewöhnt, mich den Umständen entsprechend etwas unbestimmt auszudrücken und mich zurückzuhalten mit Äußerungen über geografische Gegebenheiten, Politik, Sitten und Gebräuche, mit denen ich nicht vertraut war, und worin sich gerade unsere jeweiligen Gastgeber auskennen mochten. Wir pflegten zu erzählen, daß wir auf einer Pilgerfahrt wären, auf der Suche nach einer heiligen Sache; daß wir einen Eid geschworen hätten, nicht darüber zu reden und auch nicht den Namen der Gottheit zu nennen, die wir anbeteten. Auf diese Weise ließ sich mein erfundener Gott immerhin mit den Göttern unserer jeweiligen Gastgeber gleichsetzen. Sedenko, noch immer etwas frommer als ich, zog es vor, nichts zu sagen.

Ich erzählte von meinen Abenteuern in der Mittelmark und von den Erfahrungen, die ich auf der Reise durch Europa gemacht hatte. Dem Tatarenhäuptling genügte das durchaus, und als wir dann bei der Mahlzeit aus Hunde- und Ziegenfleisch waren (beides war im gleichen Topf zusammen mit etwas Gemüse gedämpft worden), dachte ich, daß wir mehr als reichlich für das Essen bezahlt hätten und daß es Zeit wäre, dem Häuptling ein paar Fragen zu stellen.

»Wer ist dieser Geist, den ihr bewacht?«

»Ein mächtiges Wesen«, sagte er schlicht, »das sich in einem Krug aufhält. Es ist dort seit ewigen Zeiten eingeschlossen. Philander Groot gab es uns. Als Gegenleistung für die Pferde, die er uns schenkte, hüten wir den Geist.«

»Und was tatet Ihr, bevor Ihr Hüter des Geistes wurdet?«

»Wir führten Krieg mit andern Stämmen. Wir besiegten sie und nahmen ihnen Pferde, Vieh und die Frauen weg.«

»Führt Ihr keine Kriege mehr?«

Der Tatar schüttelte den Kopf. »Wir können nicht. Schon zu der Zeit, als Philander Groot zu uns kam, hatten wir jedermann außer uns vernichtet.«

»Ihr habt alle andern Stämme ausgelöscht?«

»Die Pest schwächte sie. Wir dachten daran, Bakinax anzugreifen, aber wir sind zu wenige, Philander Groot sagte uns, daß wir uns mit der Kraft des Geistes vor der Pest nicht mehr fürchten müßten. Und das scheint zu stimmen.«

»Was ist Bakinax?« fragte Sedenko.

»Die Stadt der Pest«, sagte der Tatarenhäuptling. »Von dort kam die Pest zuerst. Die Leute von Bakinax haben einen Dämon, der die Pest verursacht. Ich habe gehört, daß sie den Dämon vernichten wollten, daß der Dämon aber die Seelen der Menschen und Tiere frißt, und sie mit der Pest schlägt. Er sitzt in einer Kugel im Zentrum der Stadt und frißt sich voll.«

»Aber Eure Seelen sind nicht betroffen?«

»Nein. Wir haben den Geist.«
»Ich verstehe.«
Nach der Mahlzeit ließ der Häuptling eine Fackel entzünden und führte uns an den Rand des Lagers zu einem kleinen hölzernen Gestell, wo an einer Schnur aus geflochtenem Pferdehaar ein verzierter dunkelgelber Glaskrug hing. Der Tatar hielt die Fackel nahe daran, und mir war, als sähe ich etwas im Innern sich bewegen, aber es mochte auch nur die Spiegelung des Lichtes gewesen sein.

»Wenn das Gefäß zerbricht«, sagte der Häuptling, »und der Geist entweicht, wird er zu ungeheurer Größe anwachsen und Schrecken und Verwüstung über die ganze Mittelmark bringen. Das weiß der Dämon, und das wissen auch die Leute von Bakinax, und deshalb lassen sie uns in Ruhe.«

Mit einem Tuch hüllte er das ganze Gestell und das Gefäß geradezu ehrfurchtsvoll ein. »Nachts decken wir es zu«, sagte er. »Nun werde ich euch zu unserer Gastjurte bringen. Wollt Ihr Frauen?«

Ich schüttelte den Kopf. Seit ich Sabrinas Ring trug, hatte ich keine andere Frau mehr berührt. Sedenko dachte über das Angebot etwas länger nach als ich. Dann aber schlug auch er es aus. Später flüsterte er mir zu: »Mit einer Tatarin zu schlafen ist für Kosaken das gleiche wie Ketzerei.«

Unsere Jurte war recht sauber, der Boden war mit frischem Stroh bedeckt. Wir streckten uns auf den Matten aus und fielen bald in Schlaf. Zuvor allerdings murrte Sedenko darüber, daß er sein Gesicht verloren hätte, weil er sich die Gelegenheit, einen oder zwei Tataren zu töten, habe entgehen lassen. »Wenigstens hätte ich ihnen etwas stehlen sollen.«

Als ich im Morgengrauen erwachte, war Sedenko bereits im Freien gewesen, um, wie er sagte, sich zu erleichtern. »Es regnet nicht mehr, Hauptmann. Eines der Kinder hat mir gesagt, daß es nur etwa ein Tagesritt bis nach Bakinax ist, genau nach Westen. Es liegt auf unserem Weg. Was denkt Ihr? Wir sind knapp an Verpflegung.«

»Brennt Ihr darauf, einen Ort zu besuchen, der als Stadt der Pest bekannt ist?«

»Ich brenne darauf, etwas anderes als Hund und Ziege zu essen«, sagte er einfühlsam.

Das brachte mich zum Lachen. »Sehr gut. Wir wagen es.«

Ich erhob mich, wusch mich und frühstückte; ein scheues Tatarenmädchen hatte uns ein Becken mit Wasser und eine Schale Reis gebracht. Dann ging ich hinaus und durch das Lager, das eben erst am Aufwachen war, zu der Jurte des Häuptlings. Er grüßte mich zuvorkommend.

»Solltet ihr Philander Groot antreffen«, sagte er, »richtet ihm aus, daß es uns zur Ehre gereichen würde, wenn er uns die Ehre antäte.«

»Wahrscheinlich ist es nicht«, sagte ich, »aber ich werde die Botschaft nicht vergessen.«

Wir nahmen als Freunde voneinander Abschied. Sedenko wollte anscheinend Bakinax möglichst rasch erreichen. Nach einer halben Stunde bat ich ihn, seine Eile etwas zu bremsen. »Sind die Fleischtöpfe so attraktiv, mein Freund?«

»Mit einer Stadtmauer zwischen mir und den Tataren würde ich mich besser fühlen«, räumte er ein.

»Sie führen nichts gegen uns im Schilde.«

»Das könnte inzwischen anders sein«, sagte er. Er schaute in Richtung nach dem Lager, das nicht mehr zu sehen war. Dann griff er in die Satteltasche und zog etwas heraus. Er hielt das Gefäß mit dem Geist der Tataren in der Hand.

»Ihr seid ein Esel, Sedenko«, sagte ich zornig. »Das ist niederträchtig gegenüber Leuten, die uns so freundlich behandelt haben. Ihr müßt es zurückbringen.«

»Zurückgeben!« Er war verblüfft. »Das ist eine Ehrensache, Hauptmann. Kein Kosake würde ein Tatarendorf ohne etwas Wertvolles verlassen!«

»Unser Freund Philander Groot hat ihnen den Krug gegeben, und in Groots Namen haben sie uns gastfreundlich aufgenommen. Ihr müßt es zurückbringen!« Ich hielt an und griff nach dem Krug.

Sedenko fluchte und verwünschte mich; er riß sein Pferd

herum, um aus meiner Reichweite zu kommen. »Er gehört mir!«

Ich sprang von meinem Pferd und rannte auf ihn zu. »Bringt ihn zurück oder gebt ihn her!«

»Nein!«

Ich sprang ihn an. Sein Pferd scheute. Er versuchte, es in Griff zu bekommen, wobei ihm der Krug aus der Hand glitt. Ich schnellte vor, um ihn aufzufangen, aber der Krug war bereits auf die Erde gefallen. Sedenko schrie mich in seiner barbarischen Muttersprache an. Ich hatte schon nach dem Krug, dessen Pfropfen sich gelöst hatte, gefaßt und hielt nun ein, als Sedenko mir mit der flachen Seite seines Säbels einen Hieb versetzte, so daß mir einen Augenblick lang schwarz vor den Augen wurde; wieder bei Sinnen, sah ich Sedenko, den Krug an die Brust gedrückt, zu seinem Pferd laufen.

»Sedenko! Ihr seid übergeschnappt!«

Er warf mir einen haßerfüllten Blick zu. »Es sind Tataren!« schrie er mich an, als ob er einen Schwachsinnigen überzeugen müßte. »Tataren, Hauptmann!«

»Bringt den Krug zurück!« Ich richtete mich mühsam auf.

Er stand trotzig da. Als ich auf ihn zuging, brüllte er mich wild an: »Sie können ihren verdammten Krug haben, aber ihren Geist bekommen sie nicht mehr!« Er riß den Pfropfen aus dem Gefäß.

Ich erstarrte beinah vor Schrecken, sah ich doch schon das Wesen aus dem Gefäß steigen.

Sedenko lachte auf. Er warf mir den Krug zu. »Er ist leer! Das Ganze war ein Betrug. Groot hat sie hereingelegt!«

Das schien ihn zu freuen. »Sie sollen ihn haben, wenn Ihr wollt, Hauptmann.« Er lachte boshaft. »Ein großartiger Spaß. Ich wußte, daß Philander Groot ein Kerl nach meinem Geschmack ist.«

Ich hielt den Krug. Jetzt sah ich, wie sich winzige, blasse Händchen am Rand festklammerten. Ich schaute ins Innere und sah ein kleines hilfloses Etwas, dessen Bewegungen zusehends schwächer wurden. Es konnte wohl die Luft nicht ertragen und lag offensichtlich im Sterben. Es hatte menschliche Gestalt und war nackt. Ein dünner, miauender Laut kam von den eingefallenen Lippen; ich vermeinte, ein oder zwei Worte zu vernehmen. Die Händchen erschlafften und ließen den Rand los. Das Geschöpfchen glitt kraftlos auf den Grund des Gefäßes und blieb zitternd liegen.

Es blieb mir nichts zu tun als den Krug wieder zu verschließen. Ich schaute Sedenko angewidert an.

»Leer!« Er lachte schallend. »Leer, Hauptmann. Ich werde ihn zurückgeben. Beinah hätte ich Groots Scherz zunichte gemacht.«

Ich preßte den Pfropfen in den Krug und reichte ihn Sedenko. »Leer«, sagte ich. »Bringt ihn zurück, Kosake.«

Er steckte den Krug in die Satteltasche, saß auf und sprengte in dem halsbrecherischen gestreckten Galopp weg, den er und seinesgleichen immer mochten.

Ich wartete etwa vierzig Minuten, dann ritt ich weiter nach Westen in Richtung Bakinax; in diesem Augenblick kümmerte es mich wenig, ob Sedenko überlebte oder nicht. Ich hatte meine Karten zu Rate gezogen. Bakinax war kaum weiter als ein einwöchiger Ritt vom Walde am Rande des Himmels entfernt.

Meine böse Vorahnung wuchs, je näher ich der Stadt kam.

Sedenko, über das ganze Gesicht grinsend, holte mich bald wieder ein.

»Sie hatten den Diebstahl gar nicht bemerkt«, sagte er. »Ist Philander Groot nicht ein gerissener Kerl, Hauptmann?«

»In der Tat«, sagte ich. Mir schien, daß Groot wohl wußte, warum er die Tataren täuschte. Dank dieses Geistes, tot oder lebendig, überlebten sie, und die Leute von Bakinax wagten nicht, sie anzugreifen. Groot hatte für das Leben der Tataren gesorgt und ihnen eine Art Lebenszweck gegeben. Meine Bewunderung für den stutzerhaften Philosophen nahm weiter zu, aber auch meine Neugier, mehr über ihn zu erfahren.

Die weite Ebene blieb zurück, und wir kamen in ein hügeliges Grasland, das von Tausenden von kleinen Wasserläufen durchzogen war. Der Regen hatte wieder eingesetzt.

Wir waren nun schon ein Jahr in der Mittelmark unterwegs. Ich sann darüber nach, weshalb sie im Laufe dieses Jahres immer trostloser geworden war. Es war, als ob hier weniger gedeihen könnte, als ob ihre Seele ausgesaugt würde. Ich beruhigte mich damit, daß dies wohl von der geographischen Verschiedenheit herrühre, aber innerlich befriedigte mich diese Antwort mitnichten.

Am Abend sahen wir eine Stadt vor uns und wußten, daß es Bakinax sein mußte.

Wir ritten durch vom Mond erleuchtete Straßen. Der Ort schien sehr still zu sein. Wir hielten einen Mann an, der, in jeder Hand eine brennende Fackel, betrunken vor uns hertorkelte. Er redete eine Sprache, die wir nicht verstanden, aber Handzeichen wiesen uns schließlich den Weg zu einer Unterkunft, einer kleinen übelriechenden Herberge.

Unser Frühstück am nächsten Morgen, das aus Käse und Fleisch von sonderbarem Geschmack bestand, wurde von fünf, sechs Männern unterbrochen, die alle den gleichen Waffenrock, Hellebarden, federgeschmückte Sturmhauben und eiserne Schuhe und Handschuhe trugen. Sie machten deutlich, daß wir mit ihnen zu gehen hatten.

Sedenko war für's Kämpfen, aber ich hielt es für zwecklos. Unsere Pferde waren nachts in einen Stall gebracht worden, wo genau sie waren, wußten wir nicht. Darüber hinaus war uns hier alles fremd. Alle Hilfsmittel, die mir Luzifer gegeben hatte, trug ich auf mir – das hatte ich mir längst zur Gewohnheit gemacht –, und ebenso mein Schwert, so daß ich mir nicht ganz ungeschützt vorkam. Ich stand auf, verbeugte mich vor den Soldaten, um ihnen zu verstehen zu geben, daß wir bereit wären, sie zu begleiten.

Bei Tageslicht besehen, waren die Straßen von Bakinax eng und nicht zu sauber. Zerlumpte Kinder mit dünnen hungrigen Gesichtern und alte Leute, die meisten in Fetzen, starrten uns an. Es war kein ungewöhnlich bedrückender Ort, diese Stadt, verglichen mit vielen, die ich in Europa gesehen hatte, aber fröhlich schien er auch nicht zu sein. Es herrschte eine düstere Stimmung; Stadt der Pest war wohl eine zutreffende Bezeichnung.

Wir wurden über den Hauptplatz geleitet, wo auf einem großen hölzernen Podest eine riesige Metallkugel von stumpfer, unangenehmer Farbe lag; sie wurde von Soldaten bewacht, welche die gleichen Uniformen trugen, wie jene, die uns hergebracht hatten. Der Platz war menschenleer.

»Das muß das Haus jenes Teufels sein, von dem die Tataren sprachen«, flüsterte mir Sedenko zu. »Glaubt Ihr wirklich, daß er von den Seelen der Leute hier lebt, Hauptmann?«

»Ich weiß es nicht«, sagte ich, »aber mit Vergnügen würde ich ihn mit Eurer füttern, Sedenko.« Ich hatte ihm die Dummheit mit dem gestohlenen Krug noch nicht verziehen. Er war auch alles andere als reuemütig. Er faßte meine Bemerkung wie üblich als Scherz auf und reckte den Hals, um die Kugel zu betrachten. Wir marschierten Steinstufen hinauf und durch das Portal eines offensichtlich wichtigen öffentlichen Gebäudes.

Wir wurden in einen Raum geführt, an dessen beiden Seiten Bankreihen standen. Sie waren alle leer. Am andern Ende des Saals war ein Lesepult und dahinter, an der Stelle, wo ein Priester hätte stehen können, stand ein großer, magerer Mann, der eine leuchtend rote Perücke und eine schwarz-goldene Toga trug.

Er redete uns in der Kirchensprache an: »Sprecht ihr lateinisch, Männer?«

»Ein wenig«, sagte ich. »Warum hat man uns so unsanft hierher gebracht, Hochwürden? Wir sind ehrbare Reisende.«

»Nicht so ehrbar. Ihr habt versucht, den Zoll zu umgehen. Ihr seid durch die Gebiete, wo wir unsere Toten verbrennen, geritten und habt sie entweiht. Ihr seid durch das Osttor von Bakinax gekommen und habt kein Gold gespendet. Das sind nur die Hauptvergehen. Verschont mich mit Eurer Heuchelei, Herr, und mit Euren Beleidigungen! Ich bin der

Große Magistrat von Bakinax, und ich habe Eure Verhaftung befohlen. Wollt Ihr sprechen?«

»Wir können Eure Gesetze nicht kennen«, sagte ich, »wir sind fremd hier. Hätten wir gewußt, daß Eure Verbrennungsplätze geheiligt sind, hätten wir sie umgangen, das versichere ich Euch. Was das Gold betrifft, das wir spenden sollten, werden wir das gerne jetzt tun. Niemand forderte uns dazu auf.«

»Zu spät, um in Gold zu bezahlen«, sagte der Große Magistrat. Er räusperte sich und schaute uns an. »Ihr könnt nicht behaupten, daß auf der Reise hierher niemand Euch von Bakinax erzählt hat, denn die Stadt der Pest ist berühmt. Hat niemand unseren Dämon erwähnt?«

»Der Dämon wurde erwähnt, ja.« Ich hob die Achseln. »Aber nichts von einem Zoll, Hochwürden.«

»Wozu seid Ihr hergekommen?«

»Wir brauchen Verpflegung.«

»Deshalb kommt Ihr in die Stadt der Pest?« Er grinste höhnisch. »In diese grauenhafte Stadt des Dämons? Nein! Ihr seid gekommen, um uns ins Elend zu stürzen!«

»Herr, wie könnten wir eine ganze Stadt ins Elend stürzen?« fragte ich. Der Kerl war verrückt. Obwohl mir der Gedanke widerstrebte, glaubte ich, daß möglicherweise jedermann in Bakinax verrückt war. Ich bedauerte, daß wir gekommen waren und ging mit dem Großen Magistraten einig, daß nur Wahnsinnige diese Stadt aufsuchten.

»Ihr seid, was Ihr seid. Ihr seht, was Ihr seht!« erwiderte der Magistrat. »Wir lassen uns nicht verhöhnen, Ihr Reisende! Wir lassen uns nicht verhöhnen.«

»Wir spotten nicht«, sagte ich. »Wir versprechen, daß wir Bakinax nie wieder erwähnen werden. Nur, guter Herr, laßt uns in Frieden weiterziehen, denn wir haben eine heilige Aufgabe zu erfüllen.«

»Ja, das habt Ihr tatsächlich«, sagte der alte Mann mit einigem Behagen. »Ihr werdet mit Euren Seelen für Eure Dummheit und die Geringschätzung uns gegenüber bezahlen. Wir übergeben Euch dem Dämon. Zwei der unsern werden dann etwas länger verschont, und Ihr werdet für Eure Vergehen gebührend bestraft. Eure Seelen werden in die Hölle kommen.«

Ich lachte darüber. Sedenko hatte keine Ahnung, was vorgegangen war. Ich sagte es ihm in wenigen Worten.

Er fand es weniger lustig als ich. Vielleicht wollte er noch immer nicht wirklich glauben, daß seine Seele bereits für Luzifers Reich bestimmt war.

KAPITEL XIII

»Ihr, Herr«, sagte der Große Magistrat und schaute mich an, »werdet als erster mit dem Dämon kämpfen. Keiner hat ihn bisher besiegt. Sollte es Euch irgendwie gelingen, ihn zu töten, wird sich die Tür der Kugel auftun, und Ihr werdet frei sein. Wenn Ihr es in einer Stunde nicht geschafft habt, wird Euer Freund Euch Gesellschaft leisten.«

»Ist es mir gestattet, mein Schwert mitzunehmen?« fragte ich.

»Alles, was Ihr besitzt«, sagte er.

»Ich bin bereit«, sagte ich.

Der Große Magistrat sprach mit den Soldaten in ihrer Sprache. Einer blieb zurück, um Sedenko zu bewachen, die andern geleiteten mich aus dem Gerichtssaal hinaus auf den Platz, wo es inzwischen wieder regnete.

Wir stiegen die Stufen zu dem Podest hinauf. Die Kugel war mit einer kleinen runden Tür verschlossen. Einer der Soldaten näherte sich. Er war nervös. Er legte die Hand auf den Griff und zögerte.

Eine Gestalt betrat den Platz.

Klosterheim war womöglich noch knochiger als das letzte Mal, da ich ihn sah. Er grinste zu mir hinauf. Er zitterte fast vor freudiger Erwartung. Seine schwarzen Kleider waren schmierig und vernachlässigt; die purpurroten Federn auf dem Hut waren verfilzt, und er hatte eine absonderliche, kaum wahrnehmbare gekrümmte Haltung angenommen. Seine Augen hatten noch immer denselben wahnsinnigen Ausdruck. Er lüftete den Hut zu einem höhnischen Gruß, gerade als sich die Tür ächzend öffnete und die Soldaten mich nach vorne stießen.

»War das Euer Werk, Klosterheim?« fragte ich.

Der Hexenmeister zuckte die Achseln. »Ich bin ein Freund von Bakinax«, sagte er.

»Ist der Dämon Euer Geschenk an die Stadt?«

Er wandte sich ab und gab den Wachen wie beiläufig ein Zeichen.

Ich winkte ihm nach, bückte mich und stieg in die nach Fäulnis stinkende, salzige feuchte Dunkelheit der Kugel. Ich hockte geduckt da und spähte um mich, konnte aber nichts erkennen. Hinter mir fiel die Tür ins Schloß. Allmählich vermochte ich etwas zu sehen. Das Licht kam von einer eigenartigen Tünche an der Wand der Kugel. Sie war weiß und klebrig und offensichtlich auch die Quelle des Gestanks. An der Stelle, die am weitesten von mir entfernt war, rührte sich etwas und näherte sich mir. Auf dem nassen Kugelboden war ein klatschendes Geräusch zu hören. Farben konnte ich nicht ausmachen, alles schien grau, schwarz und weiß zu sein. Das Etwas, das sich durch die Nässe bewegte, war größer als ich. Es hatte Schuppen. Es hatte einen großen, traurigen mißgestalteten Kopf, der zur Seite fiel und beinahe auf der linken Schulter lag. Die langen Zähne waren abgebrochen, die Lippen waren zerfleischt, als hätten sie sich selbst zerkaut. Aus einer großen Nüster dampfte es ein wenig. Das Monster quiekte, es hörte sich fast fragend an.

»Seid Ihr der Dämon der Kugel?« fragte ich.

Der Kopf hob sich um eine Spur. Dann, nach einer Weile, sprach eine kehlige, rauhe Stimme.

»Ich bin es.«

»Ihr müßt wissen«, sagte ich, »daß meine Seele nicht verzehrt werden kann. Sie gehört bereits unserem Gebieter, Luzifer.«

»Luzifer.« Das Wort war verzerrt. »Luzifer?«

»Er besitzt sie. Ich kann Euch deshalb keine Nahrung bieten, ehrwürdiger Dämon. Ich kann Euch nur den Tod anbieten.«

»Tod?« Seine zerfetzte Zunge leckte die verwundeten Lippen. Etwas wie ein Lächeln zeigte sich auf seinen Zügen. »Luzifer? Ich will frei sein. Ich will nichts mehr essen. Wozu mästen sie mich? Sie sollen mich freilassen, und ich werde unverzüglich zurück in die Hölle fliegen.«

»Ihr wollt nicht hier sein?«

»Ich wollte nie hier sein. Ich wurde irregeführt. Ich wurde von meiner Gefräßigkeit irregeführt. Ich weiß, daß Eure Seele nicht für mich ist, Sterblicher. Ich könnte sie riechen, wenn sie mir gehören würde. Ich kann Eure Seele nicht riechen.«

»Aber Ihr werdet mich doch töten, nicht wahr?«

Der Dämon setzte sich in die Nässe. Seine klauenartigen Hände klatschten auf den Boden. »Kinder und Halbwüchsige. Nur solches Zeug ist noch übrig. Keine einzige Seele – das heißt, keine einzige erwachsene Seele – ist in Bakinax noch zu holen. Ich werde Euch nicht töten, Sterblicher, es sei denn, Ihr langweilt Euch und wollt kämpfen. Ihr gehört zu den wenigen, die mit mir reden wollen. Die meisten schreien. Die Kinder, die Jungen, die Jungfrauen, die ich verzehre. Es beruhigt sie. Es unterhält mich. Und es stillt meinen Hunger für kurze Zeit. Aber ich habe mehr als genug. Mehr als genug.«

»Aber Ihr werdet mich nicht freilassen?«

»Wie kann ich? Ich bin selber gefangen. Ein Abkommen. Es schien sich auszuzahlen.«

»Welcher Zauberer hat Euch in die Falle gelockt?«

»Er hieß Philander Groot. Ein kluger Mann. Zuvor streifte ich frei durch dieses ganze Königreich. Jetzt bin ich an Bakinax und diesen Käfig gebunden. Ach, ich habe diese geschmacklosen Kinderseelen so satt.« Er lutschte an einem Finger und seufzte.

»Sie haben Angst vor Euch«, sagte ich. »Deshalb halten sie Euch hier fest. Sie glauben, daß Ihr wegläuft, wenn sie Euch nicht beschwichtigen.«

»Die Menschen sind doch immer gleich«, sagte der Dämon. »Was muß ich wohl für sie sein, möchte ich wissen?«

Ich lehnte mich, so gut es ging, gegen die Wand der Kugel. Ich hatte mich inzwischen an den widerwärtigen Geruch gewöhnt. »Sie werden Euch nicht freilassen, und sie werden auch mich nicht freilassen, es sei denn, ich töte

Euch. Ihr habt zu essen. Ich nicht. Ich muß verhungern, scheint es, oder Euch umbringen.«

Der Dämon schaute mich an. »Ich begehre nicht, Euch zu töten, Sterblicher. Es wäre eine Beleidigung für unseren Gebieter. Eure Zeit ist noch nicht um.«

»Das glaube ich auch«, sagte ich. »Denn ich bin in einer Sache unterwegs, die mir Luzifer selbst aufgetragen hat.«

»Dann sind wir in einem Dilemma«, sagte der Dämon.

Ich überlegte einen Augenblick. »Ich könnte versuchen Euch zu beschwören«, sagte ich. »Das würde Euch zumindest von der Kugel befreien. Wohin würdet Ihr gehen?«

»Geradewegs zurück in die Hölle.«

»Wo wünschtet Ihr zu sein?«

»Ich wollte die Hölle nie verlassen«, sagte der Dämon schmerzlich.

»Ich bin in Geisterbeschwörung nicht erfahren.«

»Man hat versucht, mich zu beschwören. Aber einer, dessen Seele dem Teufel verpfändet ist, ob er es weiß oder nicht, kann es nicht tun.«

»Das heißt, daß auch ich Euch nicht beschwören kann.«

»Es scheint so.«

»Wir sind wieder in eine Sackgasse geraten«, sagte ich.

Der Dämon ließ den Kopf sinken und seufzte noch schwerer als zuvor. »Ja.«

»Und wenn ich Euch töten würde?« fragte ich. »Wohin würde Eure Seele fliegen?«

»In die Vergessenheit. Ich möchte nicht sterben, Herr.«

»Es wurde mir gesagt, daß nur, wenn ich Euch erschlagen hätte, die Tür geöffnet würde.«

»Bisher hat niemand mich erschlagen, wie wollen sie es wissen?«

»Vielleicht Philander Groot.«

Ich grübelte eine Weile nach. »Sie werden bald einmal die Tür aufmachen und meinen Begleiter hineinschicken, der Euer nächstes Opfer werden soll. Warum sollten wir nicht entkommen, wenn er dran ist?«

»Möglicherweise könnt Ihr entkommen«, sagte der Dä-

mon. »Aber mich trennt mehr als Eisen von der Freiheit. Seht Ihr, da ist dieses Abkommen mit dem Zauberer. Wenn ich es breche, werde ich augenblicklich zerstört.«

»Demnach kann nur Philander Groot Euch entlassen?«

»So ist es.«

»Und Philander Groot lebt nun als Eremit in einem weit entfernten Reich.«

»So wurde mir berichtet.«

»Wenn ich also entkommen will, bleibt mir nur eine einzige Lösung übrig: Euch zu töten«, sagte ich. »Wobei ich weiß, daß meine Aussichten weniger als gering sind.«

»Ich bin sehr stark«, sagte der Dämon bestätigend, »und auch äußerst schlau.«

»Ich glaube«, sagte ich, »daß nur die Hoffnung bleibt, abzuwarten, bis die Stunde um ist, und dann zu versuchen, durch die Tür zu entkommen, wenn mein Freund hereingeschickt wird.«

»Es scheint so«, stimmte der Dämon bei. »Aber sie würden Euch ohnehin töten, meint Ihr nicht?«

»Das ist äußerst wahrscheinlich.«

Der Dämon überlegte einen Augenblick. »Ich suche nach einer andern Lösung, einer, die uns beiden zugute kommt.«

»Nicht zu reden von den verbleibenden Kindern und Jungfrauen von Bakinax«, sagte ich.

»Natürlich«, sagte der Dämon. Er wurde wehmütig. »Wißt Ihr, ob es noch Tataren gibt?«

»Wenige. Ein Geist, den sie haben, beschützt sie.«

»Jener im Krug?«

»Genau dieser.«

»Aha.« Er runzelte die Stirn. »Ich mochte Tataren.«

Nach und nach wollte mir scheinen, daß die übernatürlichen Wesen dieses Landes recht kraftlose Geschöpfe waren. Ich fragte mich, ob nicht nur die Mittelmark, sondern auch die ganze Hölle im Niedergang war. Oder vielleicht waren die Kräfte auch abgezogen worden, um sie im Bürgerkrieg einzusetzen, der, wie Klosterheim behauptet hatte, zwischen Luzifer und seinen Heerführern tobte.

Mir war, als sei über uns etwas in Bewegung. Ich hielt dem Dämon meine Hand entgegen. Er ergriff sie mit seinen schuppigen Fingern. »Wäret Ihr so freundlich«, fragte ich ihn, »mir zu erlauben, daß ich auf Eure Schultern steige, damit ich, wenn die Tür aufgeht, herausspringen kann?«

»Durchaus«, antwortete er, »wenn auch Ihr bereit seid, mir einen Gefallen zu tun: Solltet Ihr entkommen und je wieder Philander Groot antreffen, sagt ihm, daß, wenn er meine Bande löst, ich verspreche, unverzüglich in meine Heimat zu gehen und mich nie wieder in irdische Gefilde zu wagen.«

»Die Wahrscheinlichkeit, Groot wiederzusehen, ist für mich gering«, gab ich offen zu. »Dennoch gebe ich Euch mein Wort, ihn wissen zu lassen, was Ihr mir aufgetragen habt, sollte ich ihn sehen oder ihm eine Botschaft zukommen lassen können.«

»Dann wünsche ich Euch in Luzifers Namen Glück«, sagte der Dämon und bückte sich, damit ich auf seinen Rücken steigen konnte. »Und ich hoffe, daß Ihr den Großen Magistrat tötet, der mir soviel Langeweile bereitet hat.«

Die Tür öffnete sich. Ich hörte die Soldaten lachen. Ich hörte Sedenko fluchen.

Sein Gesicht tauchte über mir auf. Ich legte die Finger auf die Lippen. Er riß die Augen erstaunt auf. Ich flüsterte: »Zieht das Schwert. Wir versuchen uns herauszuhauen ...«

»Aber ...«, machte Sedenko.

»Keine Fragen«, sagte ich.

Der Kosake zuckte die Achseln und schrie: »Wartet, Burschen, ich mache den Säbel bereit!«

Er hatte den Säbel in der Hand. Ich zog das Schwert, während der Dämon sich aufrichtete und mich zur Türe hochhob. Ich hielt mich an der Schwelle fest, schwang mich hoch und sprang hinaus an Sedenko vorbei und stürzte mich auf den nächsten Wächter, dem ich das Schwert in die Brust rammte. Ich erledigte zwei weitere, bevor ihnen klar wurde, was geschehen war. Die drei übrigen fielen über Sedenko und mich her und wären ohne weiteres zu schlagen gewesen, hätten mich Sedenkos aufgeregte Handbewegungen nicht abgelenkt. Ich drehte den Kopf, um zu sehen, worauf er deutete.

Es war Klosterheim auf einem schweren schwarzen Schlachtroß. Hinter ihm zwanzig Berittene, deren Panzer in grausig schwarzem Feuer glühten. Die bewaffneten Dämonen von König Arioch waren hier.

Einen Augenblick lang war ich versucht, in die Kugel zurückzukriechen.

Klosterheim wartete lachend das Ende des Kampfes ab.

Ich tötete einen weiteren Wachtsoldaten und Sedenko hieb die beiden andern in Stücke.

Hinter uns drang der Gestank verwesender Seelen aus der offenen Kugel. Vor uns sahen wir das triumphierende Gesicht Klosterheims und seine teilnahmslosen Lakaien.

»Jetzt sind wir verloren«, murmelte Sedenko.

Das Zauberwort, das die Reiter zurückhielt, hatte ich inzwischen längst auswendig gelernt. Sedenkos Befürchtungen hatte ich nicht. Ich hob die Hand: »*Rehoim Farach Nyadah!*«

Klosterheim lachte noch immer. Dann hob auch er die Hand: »*Niever Oahr Shuk Arnjoija!*« Sein Ausdruck war herausfordernd. »Ich habe Euren Bann aufgehoben, von Bek. Glaubt Ihr, daß ich das vergangene Jahr damit vergeudet habe, mich zu fragen, wie Ihr meine Männer das letzte Mal zum Stehen gebracht habt?«

»So habt Ihr uns also«, sagte ich.

»Ich habe Euch. Ich kannte Euer Ziel. Ich wußte, daß Ihr durch dieses Land kommen würdet, denn Ihr sucht den Heiligen Gral im Walde am Rande des Himmels. Diesen Wald werdet Ihr nie sehen, von Bek.«

»Wie steht es mit dem Krieg in der Hölle?« fragte ich.

Klosterheim lehnte sich im Sattel zurück. »Recht gut«, erklärte er. »Luzifer wird schwächer. Er zieht sich zurück. Er wird nicht kämpfen. Wir haben mehr und mehr Verbündete. Ihr wart ein Narr, mein Angebot nicht anzunehmen.«

»Ich übernahm eine Aufgabe«, sagte ich. »Daß dabei nur

eine kleine Hoffnung bestand, sie erfüllen zu können, wußte ich. Aber ein Handel ist ein Handel. Und Luzifer hat meine Seele in der Hand, nicht Ihr, Klosterheim.«

Ein Schatten fiel plötzlich über die ganze Stadt. Ich schaute in die Höhe und sah das Unfaßbarste, dem ich bisher in der Hölle und in der Mittelmark begegnet war. Eine unendlich große schwarze Katze starrte auf uns hinunter. Eine Bewegung mit der Pfote oder mit ihrem Schwanz hätte genügt, um die ganze Stadt zu zerstören. Erst glaubte ich, die Katze wäre ein Verbündeter Klosterheims, doch dann bemerkte ich, daß der Hexenmeister ebenso überrascht war wie wir.

»Was habt Ihr beschworen, von Bek?« fragte er. Er war verwirrt. Dann verfluchte er etwas, das er in unserem Rükken gesehen hatte.

Sedenko wandte sich um und schrie vor Erstaunen auf. Ein lautes Gezwitscher, ähnlich dem von Starenschwärmen am Abend, war zu hören. Ich schaute zurück.

Ein leichter bronze- und silberglänzender Wagen, gezogen von tausenden kleiner goldener Vögel, schwebte vom Himmel herab auf uns zu.

»Greift sie an!« brüllte Klosterheim. Er trieb sein Pferd auf das Podest zu, die schwarzen Reiter wie eine glühende Metallmasse hinter sich.

Als der Wagen auf dem Podest landete, ließ Klosterheim sein Pferd hinaufspringen und stürzte auf mich zu. Ich wehrte seinen Stoß ab. Die bewaffneten Lakaien Ariochs saßen ab und stiegen schwerfällig die Stufen hinan. Wir wurden rasch zurückgeworfen.

Ich hörte eine Stimme aus dem Wagen, eine freundliche, etwas spöttische Stimme, die sagte:

»Dämon in der Kugel, ich entlasse dich aus der Gefangenschaft zu der Bedingung, die du gemacht hast, und unter der weiteren Bedingung, daß du diese Feinde deines Gebieters vernichtest, denn sie haben sich gegen Luzifer verschworen.«

Trotz der Gefahr drehte ich den Kopf. Der kleine Mann

im Wagen zupfte sich am Bart und verneigte sich. Der Geruch von ungarischem Wasser stieg mir in die Nase. Ich sah Spitzen und Samt. Es war Philander Groot. »Wollt Ihr euch zu mir gesellen, meine Herren?« fragte er höflich. »Ich glaube, daß Bakinax sich in ein Schlachtfeld verwandeln könnte, was kein Anblick für empfindliche Leute ist.«

Sedenko brauchte keine weitere Einladung. Er rannte wie von Furien gehetzt auf den Wagen zu. Ich folgte.

Mit halb zugekniffenen Augen und zähnefletschend stieg der Dämon aus der Kugel. Er stieß ein Jubelgebrüll aus. Seine Schuppen klirrten und begannen zu glühen. Er lachte vor blutrünstiger Freude. Klosterheim, wutschäumend, ritt hinter uns her; noch als wir in den Wagen kletterten, wollte er seine Absicht, mich zu töten, nicht aufgeben.

Der Dämon der Kugel und die Reiter Ariochs fochten. Mir schien es ein ungleicher Kampf zu sein, doch der Dämon schlug sich tapfer.

Klosterheims Pferd bäumte sich auf, als unser Wagen, gezogen von den kleinen Vögeln, sich in die Luft erhob. Der Hexenmeister bleckte die Zähne. Er heulte fast wie ein Kind, dem man eine Süßigkeit weggenommen hat.

Er sprang mit dem Pferd von dem Podest und sprengte weg von dem Gemetzel. Das war das letzte, was ich von ihm sah. Dann sah ich zwei gepanzerte Reiter durch die Luft fliegen und auf den Platz stürzen. Mauerstücke und Steine fielen herunter. Wo Ariochs Reiter fielen, brach ein verheerendes Feuer aus.

Unter dem unbewegten Blick der großen schwarzen Katze schwebten wir über Bakinax und die rote Ebene.

»Das alles war nicht geplant«, sagte Philander Groot, als wollte er sich entschuldigen. »Aber ich wußte, daß der Zustand von Ausgewogenheit, den ich erreicht hatte, nicht von Dauer sein würde. Es freut mich, meine Herren, feststellen zu können, daß Ihr wohlauf seid.«

Ich war sprachlos. Der Dandy hob eine Augenbraue. »Zweifellos fragt Ihr Euch, weshalb ich hier bin. Nun, ich habe eine Zeitlang über Eure Geschichte nachgedacht,

Hauptmann von Bek, und ebenso über meinen Entscheid, mich von den Angelegenheiten der Menschen, Götter und Dämonen fernzuhalten. Ferner dachte ich über das Wesen Eurer Suche nach und, Ihr müßt mir verzeihen, beschloß, mich daran zu beteiligen. Das schien von großer Tragweite zu sein.«

»Ich hatte keine Ahnung, welch großer Zauberer Ihr seid«, sagte ich.

»Ihr seid sehr freundlich. Ich habe in jüngster Zeit verspürt, daß überall wichtige Ereignisse stattfinden. Eitel wie ich bin, und auch etwas gelangweilt, wie ich gestehen muß, vom Tal der Goldenen Wolke und seinem schicklichen Maßhalten, meinte ich, daß ich doch wieder einmal sehen müßte, ob ich von meinen alten Kräften noch Gebrauch machen könnte, obwohl ich sie, wie sicherlich auch Ihr, für kindisch und unfein halte.«

»Ich betrachte sie als Geschenk des Himmels«, erwiderte ich.

Das belustigte ihn. »Nun, das sind sie nicht, Hauptmann von Bek. Das sind sie nicht.«

Der Geck schwieg eine Weile, während unsere Reise durch die Lüfte weiterging. Dann sprach er ernsthafter, als es seine Gewohnheit war. »Gegenwärtig«, sagte er, »kann kein einziger Soldat der Heerführer der Hölle in den Bereich der Erde gelangen. Aber sollte Luzifer eine Niederlage erleiden, wird das Chaos über die Schöpfung hereinbrechen und das bedeutet ohne Zweifel das Ende der Welt. Es wird keinen einzigen Anti-Christen geben, obwohl man sagen könnte, daß Klosterheim für sie alle steht. Überall wird Krieg zwischen Himmel und Hölle sein, Harmageddon, meine Herren, wie es vorausgesagt worden ist. Die Menschheit wird untergehen. Und ich glaube, daß das Ergebnis ungewiß ist, ungeachtet, was die christliche Bibel prophezeit.«

»Aber Luzifer will nicht Krieg gegen Gott führen«, sagte ich.

»Darüber kann Luzifer vielleicht schon nicht mehr entscheiden. Auch Gott nicht. Vielleicht haben beide ihre Autorität eingebüßt.«

»Und der Gral?« fragte ich. »Welche Rolle kann der Gral spielen?«

»Vielleicht gar keine mehr«, sagte Groot. »Vielleicht ist er nicht mehr als ein Zeitvertreib.«

KAPITEL XIV

Philander Groots Wagen kam schließlich wieder auf die Erde und landete auf einem verträumten Hügel, von dem aus man über ein Tal sah, das mich an Bek und meine verlorene Heimat erinnerte.

In dem Tal unten brannte ein Dorf, und ich sah schwarzen Rauch aus Gehöften aufsteigen. Dunkle Gestalten mit Fakkeln strichen durch die ganze Gegend und setzten alles, was brennbar war, in Brand. Der Anblick war mir vertraut. Solche Zerstörungen hatte auch ich oft befohlen.

»Sind wir noch immer in der Mittelmark?« fragte ich Groot. »Oder sind wir in unserem eigenen Bereich?«

»In der Mittelmark«, sagte er, »aber ebensogut könnten wir auf der Erde sein, wie Ihr seht. Nur wenig ist noch nicht zerstört oder gefährdet.«

»Und dies alles«, sagte ich, »weil Luzifer mich nach dem Gral ausgesandt hat!«

»Nicht ganz.« Groot machte eine Handbewegung, und der Wagen erhob sich wieder in die Luft. Mehr nebenher sagte er: »Das wird das letzte sein, was wir davon sehen. Solche Dinge werden meist von den Kräften der Dunkelheit in Anspruch genommen, selbst wenn es nicht für ihr Werk gebraucht wird. Wußtet Ihr das, Hauptmann von Bek?«

»Nein.«

»Jetzt, da ich nicht mehr zu den Grauen Herren gehöre, wie jene von uns, die neutral sind, von der Hölle genannt werden, erwarte ich nicht, daß ich die Dinge so leicht beschwören kann.« Er hielt inne und strich seinen kleinen Schnurrbart zurück. »Ihr seid ein ungewöhnlicher Mann, Hauptmann, aber nicht die Suche nach dem Gral hat all dies verursacht. Luzifers Absicht, zu einem Frieden mit seinem Schöpfer zu gelangen, hat eine Krise verschärft, die spätestens schon seit der Geburt Christi im Kommen ist. Die Grenzen haben sich verwischt, müßt Ihr wissen. Der heidnische Glaube ist alles andere als ausgerottet. Buddha, Mohammed und Christus haben dafür gesorgt. Für viele kündigte der Tod des Heidentums den bevorstehenden Weltuntergang an. (Ich will mich darüber nicht weiter auslassen, denn das Thema ist zu vielschichtig, auch wenn es nicht danach klingt.) Wir haben die Verantwortung sowohl gegenüber Gott wie Luzifer aufgegeben. Ich bin nicht sicher, ob Gott das von uns verlangt, noch ob Er es wünscht. Nichts ist gewiß im Universum, Hauptmann.«

»Wenn ich das Heilmittel für das Leid der Welt entdecke, ist damit nichts gewonnen?«

»Ich weiß es nicht. Der Gral ist vielleicht ein Tauschobjekt in einem Spiel, das so geheimnisvoll ist, daß nicht einmal die beiden Hauptteilnehmer seine Regeln verstehen. Aber auch in dieser Beziehung könnte ich völlig unrecht haben. Jedenfalls müßt Ihr wissen: Klosterheim ist jetzt mächtiger, als Ihr ahnen könnt. Ihr dürft nicht glauben, daß er nur den Befehl über zwanzig Reiter hat, nur weil er Euch, wieder mit den gleichen zwanzig Reitern, die Euch zuvor nichts anhaben konnten, nachstellte. Er ist jetzt einer der führenden Generäle der Aufständischen in der Hölle. Eure Suche ist der angebliche Grund für diese Rebellion. Sie werden Euch hindern, wenn sie können, Hauptmann von Bek. Oder sie werden Euch den Gral abnehmen, falls Ihr ihn findet.«

»Aber mit der Hilfe eines Zauberers, wie Ihr es seid, werden unsere Aussichten besser sein«, sagte Sedenko.

Groot lächelte ihn an. »Unterschätzt Klosterheim nicht, meine Herren. Und überschätzt mich nicht. Das wenige, was ich kann, hat gewirkt. Die Kraft dafür habe ich mir bei andern geholt. Sie können alles zurückverlangen, wenn sie wollen. Meine Beschwörungstricks mit Geistern und Dämonen sind harmlose Dinge. Für die Begriffe der Hölle sind sie nur komisch. Viel habe ich nicht mehr. Aber ich werde mit Euch reisen, wenn ich darf, denn meine Neugier ist groß und ich möchte wissen, was Euch widerfährt. Wir sind nun dem Walde am Rande des Himmels bereits eine oder zwei Tagesreisen näher, und ich nehme an, daß wir eine Zeitlang von Klosterheim wenig zu sehen bekommen. In der Schlägerei von Bakinax muß er ein paar wertvolle Reiter verloren haben. Aber wenn er je wieder in unsern Gesichtskreis tritt, dann mit sehr viel mehr Macht, als er in der Vergangenheit besaß.«

»Alles Phantastische verschwört sich gegen mich«, sagte ich, Klosterheims Warnung wiederholend.

»Ja. Alles Phantastische ist bedroht. Manche glauben, daß die Wunder, deren Zeugen Ihr geworden seid, Erscheinungsformen des Leides der Welt sind. Ohne das Leid, sagen manche, wären sie nicht nötig und würden nicht existieren.«

»Wollt Ihr damit sagen, daß die menschlichen Bedürfnisse sie hervorbringen?«

»Der Mensch ist ein vernunftmäßig denkendes Tier, wenn nicht ein vernünftiges«, sagte Philander Groot. »Gehen wir, in dem Dickicht dort drüben warten Pferde auf uns.«

Wir schritten hinter ihm ein kurzes Stück hügelabwärts und fanden die Pferde tatsächlich. Groot plauderte weltmännisch, als wir aufstiegen; er erzählte Anekdoten von Leuten, die er gekannt, und Orten, die er besucht hatte. Man hätte den Eindruck haben können, wir befänden uns auf einem vergnügten feiertäglichen Ausflug. Wir ritten über die Hügel und die ganze Nacht hindurch, um nicht mit den Soldaten im Tal unten in Berührung zu kommen. Erst als wir uns sicher glaubten, dachten wir an Rast. Wir gelangten zu einer Kreuzung. Philander Groot las im Mondlicht die Aufschriften. »Dorthin«, sagte er schließlich und wies auf eine Tafel, auf der stand: *Nach Wolfshaben, 3 Meilen.*

»Kennt Ihr Wolfshaben, Hauptmann? Herr Sedenko?«

Beide verneinten wir.

»Eine ausgezeichnete Stadt. Wenn ihr Spaß an Frauen habt, werdet ihr sicher das Hurenhaus, das sie dort haben, besuchen wollen. Ich werde mich in dem Bordell, wo die Betten ohnehin bequemer sind, vergnügen.«

»Ich schließe mich Euch mit Vergnügen an«, sagte Sedenko beflissen.

»Wenn ich ein gutes Bett und keine Dirne haben kann«, sagte ich, »leiste ich Euch gern Gesellschaft.«

Meine Freunde unterhielten sich königlich in Wolfshabens wundervollem Freudenhaus (das bei den Reisenden in der Mittelmark, reime ich mir zusammen, recht berühmt ist); ich schlief wie ein Toter bis zum Morgen.

Der Frühlingsmorgen war erfrischend kühl, als wir Wolfshaben verließen, und die frische Luft roch süß von nassen hellgrünen Gras und den überaus feuchten Blättern.

Philander Groot, in jeder Hinsicht der den Lustbarkeiten ergebene Höfling aus Versailles, ritt vor uns her; die Luft genießerisch einziehend rief er aus: »Ein herrlicher Tag, meine Herren. Ist das Leben nicht wunderbar?«

Die Straße führte uns in ein anderes Tal, das ebenso grün, aber von Soldaten und anscheinend von Krieg überhaupt völlig verschont geblieben war. Doch dann stießen wir nach einer Wegbiegung auf einen langen Zug von Männern, Frauen und Kindern, zu Fuß, zu Pferde und auf Karren, mit Bündeln auf dem Rücken und mit dem Ausdruck des Schreckens in den Augen. Sie stammten anscheinend aus allen Schichten. Philander Groot begrüßte sie so fröhlich, als nähme er nicht wahr, was sie waren. »Was ist das? Eine Pilgerfahrt nach Rom?«

Ein Mann, der seinen Panzer hastig übergezogen haben mußte, ritt aufgeregt auf ihn zu. »Wir flüchten vor einer Armee, Herr. Ich warne Euch, weiter in dieser Richtung zu gehen.«

»Ich danke Euch für die Warnung, Herr. Wessen Armee ist es?«

»Wir wissen es nicht«, sagte eine zerlumpte Frau mit einer Hiebwunde auf der Stirn. »Sie fielen plötzlich über uns her. Sie schlugen alles tot. Sie stahlen alles. Sie sprachen kein Wort.«

»Keine Begründung. Keine Warnung. Keine Barmherzigkeit«, sagte der Mann im Panzer.

»Ich glaube, Herr«, sagte Groot und warf uns einen Blick

zu, um unser Einverständnis einzuholen, das wir bereitwillig gaben, »daß wir eine Zeitlang mit Euch zusammenbleiben.«

»Das wäre klug von Euch.«

Und so zogen wir dann mit dieser Schar von mehr als tausend Leuten in eine andere Richtung als jene, die wir eigentlich hatten einhalten wollen; immerhin gingen wir nicht den Weg zurück, den wir gekommen waren. Wir begleiteten die Flüchtlinge zwei Tage lang. Es waren großenteils gebildete Männer und Frauen: Priester und Nonnen, Astronomen, Mathematiker, Ärzte, Adlige, Gelehrte und Schauspieler. Keiner von ihnen wußte, warum und von wem sie angegriffen worden waren, auch wenn sie zum Teil recht weithergeholte Erklärungen hatten. Aus allem konnten wir nur schließen, daß es sich bei den Angreifern um sterbliche Soldaten handeln mußte, die im Dienste der Heerführer der Hölle standen; irgendeine Gewißheit dafür gab es nicht, besonders, da einige Geistliche zu der landläufigen Einsicht gelangt waren, daß sich ihre Gemeinde schrecklich gegen Gott versündigt hatte und Gott die Soldaten zur Bestrafung sandte.

Nachdem wir auf unseren Landkarten eine weitere nach Westen führende Straße ausfindig gemacht hatten, trennten wir uns von dem Flüchtlingszug. Immer wieder stießen wir auf Truppen. Zu mutlos, uns auf Auseinandersetzungen einzulassen mit irgendwem, der ein Anhänger der aufständischen Höllenführer hätte sein können, versteckten wir uns häufig.

Die ganze Welt schien zu brennen. Ganze Wälder gingen in Flammen auf. Ganze Städte brannten nieder wie einst Magdeburg.

»Ach«, meinte Philander Groot, »das könnte nun das Ende sein, meine Freunde.«

»Dann sind wir diese Welt glücklich los«, sagte ich. »Es ist eine armselige Welt, eine schlechte Welt, eine verkommene Welt. Sie erwartet Liebe, ohne ein Opfer zu bringen. Sie erwartet die sofortige Befriedigung ihrer Begierden wie ein

Kind oder wie ein Tier. Und wenn sie nicht befriedigt ist, wird sie gereizt und zerstört aus Wut. Welchen Sinn hat es, ein Heilmittel für ihr Leid zu suchen, Philander Groot? Welchen Sinn hat denn eigentlich der Versuch, sie vor ihrem wohlverdienten Los zu bewahren?«

»Weil wir leben, vermute ich, Hauptmann von Bek. Weil uns keine Wahl bleibt außer der Hoffnung, sie mit unsern Absichten besser zu machen.« Philander Groot schien sich zu belustigen.

»Die Welt ist die Welt«, sagte Sedenko. »Wir können sie nicht ändern. Nur Gott kann das.«

»Vielleicht denkt Er, es ist unsere Sache«, sagte Groot ruhig. Weiter ging er darauf nicht ein. »Oh, schaut, schaut! Ist das nicht schön, meine Herren?«

Vor uns ragte in Bogen und Spitzen ein gewaltiges Gebilde himmelwärts. Ein Bauwerk aus Glas und Quartz, wie ich es nie zuvor gesehen hatte.

»Es ist gigantisch«, sagte Sedenko. »Und schaut, im Innern wachsen Bäume. Es ist wie ein Dschungel.«

Philander Groot legte einen Finger auf die Lippen und runzelte die Stirn. Dann hellte sich sein Gesicht auf. »Das muß doch das berühmte Vogelhaus von Graf Otto von Gerantz-Holffein sein. Sollen wir hindurchgehen, meine Herren? Die Straße führt hinein und auf der andern Seite wieder heraus. Es war mir nicht bewußt, daß wir in dieser Gegend sind. Ich habe davon gehört, aber es nie gesehen. Graf Otto ist jetzt tot. Seine Leidenschaft waren exotische Vögel. Er ließ das Vogelhaus von einem meiner Freunde bauen vor vielen, vielen Jahren. Es ist voller Bäume, seht Ihr. Bäume für die Vögel. Und es steht noch immer! Es war ein Wunder der Architektur. Seid Ihr nervös? Sollen wir den Ort umgehen?«

»Wir gehen hindurch«, sagte Sedenko.

»Ich möchte es sehen«, stimmte ich bei. Ich fühlte, daß mir eine, wenn auch noch so kurze Abwechslung gut tun würde.

»Graf Otto war so stolz auf die Voliere und seine Vogelkollektion, daß jedermann sie besichtigen mußte. Deshalb ließ er auch die Straße hindurchführen«, sagte Philander Groot. Er schien aufrichtig entzückt zu sein.

Beim Näherkommen sahen wir, daß der Eingang völlig überwachsen war; das gläserne Vogelparadies schien seit Jahren verlassen zu sein. Ich lauschte nach Vogelgesang, hörte aber nur ein Geräusch, eine Art Klappern und Rauschen, was mich an die dunklen Träumereien eines unglücklichen Riesen denken ließ.

»Graf Otto hatte wenigstens ein Exemplar jedes bekannten Vogels«, sagte Philander Groot, der uns in den Miniaturdschungel hineinführte. Äste hinderten uns an der Sicht, aber der Weg war durchaus erkennbar. »Als er starb, wollte sein Vetter nichts mit dem Vogelhaus zu tun haben. Deshalb ist es jetzt in diesem Zustand.«

Es roch stark nach Moder und verrottenden Pflanzen, und im gedämpften grünlichen Sonnenlicht sah ich weit vor uns ein Glitzern. Von Federn, dachte ich.

»Ein ziemlich großer Vogel«, sagte Sedenko, der es auch sah. »Und für Klosterheim der perfekte Ort, um uns einen Hinterhalt zu legen ...«

»Er ist hinter uns«, erinnerte ich den Moskowiter.

»Er hat höllische Hilfe«, sagte Philander Groot. »Er gehört jetzt zu Ariochs Oberkommandierenden. Er ist nicht mehr an die Beschränkungen der Sterblichen gebunden; nicht zur Zeit. In Anbetracht der Kräfte, über die Klosterheim jetzt verfügt und gebietet, ist kein Platz sicher.«

»Seid Ihr deshalb so sorglos, Philander Groot?« fragte ich den geckenhaften Magier.

Er lächelte mich an und wollte gerade etwas erwidern, als das Blätterwerk sich krachend teilte.

Er hatte zumindest viermal die Größe eines Pferdes und humpelte auf drei Beinen. Den rechten Vorderfuß, der offensichtlich einmal verwundet worden war, hielt er in die Höhe. Die Schuppen, die ich gesehen und fälschlicherweise für Federn gehalten hatte, glänzten rot und gelb. Die aufgerissenen Kiefer staken voll silbern schimmernder Zähne, und der schwere Schwanz schlug heftig hin und her wie bei einer wütenden Katze.

Er kam mit unfaßbarer Geschwindigkeit auf uns zu. Groot sprang auf eine Seite, Sedenko auf die andere, und ich sah mich mit gezogenem Schwert allein dem lahmen Drachen gegenüber.

Im Drachenkampf war ich nicht erfahren. Bisher hatte ich auch gar nicht an solche Geschöpfe geglaubt. Dieser Drache hier stieß kein Feuer aus, aber sein Atem stank gewaltig. Und darüber, daß er uns ans Leben wollte, bestand kein Zweifel.

Mein Pferd stieß ein schrilles Schreckensgewieher aus und versuchte auszubrechen, aber ich sah ein, daß ein Entkommen unmöglich war. Ich stieß zu und verletzte mit der Schwertspitze die Schnauze der Bestie. Der Drache brüllte auf und schnappte nach mir, wurde aber doch etwas langsamer. Ich stieß wieder zu. Er richtete sich auf den Hinterbeinen auf, konnte aber mit dem gesunden Vorderfuß nicht zuschlagen, ohne vorwärts zu fallen. Ich wich aus, ritt in seinen Rücken, sprang über den wild schlagenden Schwanz und zwang ihn, sich zu drehen, wobei er von den dicken Baumstämmen behindert wurde. Die Silberzähne packten meinen Ärmel und auch etwas Fleisch. Ich schrie auf, war aber nicht ernsthaft verwundet. Ich sah Philander Groot und Sedenko hinter dem Drachen auftauchen und mit Schwertern auf ihn einhauen.

Ich wurde weiter und weiter in das Unterholz abgedrängt, bis ich auswegslos an einer gläsernen Wand stand. Der Kopf des Drachen stieß auf mich herab; die Zähne verfehlten mich knapp und schlugen in den Hals des aufbrüllenden Pferdes, das hochgerissen wurde. Ich stürzte aus dem Sattel und zu Boden und sprang sofort auf die Füße.

Der Pferd war tot und hing zuckend in den Kiefern des Drachens. Er schnupperte in der Luft und ließ dann das Pferd wenige Meter vor mir zu Boden fallen. Es war offensichtlich, daß er mich als Beute ausersehen hatte und sich mit nichts anderem begnügen wollte. Mein ganzer Schutz war das Schwert. Ich versuchte, hinter einen großen Baumstamm zu kriechen und wußte doch, daß es in dieser Vogelhaus-Ruine keine Zuflucht gab.

Glas splitterte unter dem Schlag des Drachenschwanzes. Vom Dach her ertönte ein eigenartiges helles Geräusch, und darauf, als ob sie eben aufgescheucht worden wären, flatterte aufgeregt zwitschend ein Schwarm bunter Vögel durch die Halle. Sie ließen sich auf dem Pferdekadaver nieder und begannen zu fressen. Den Kampf beachteten sie nicht, und der Drache beachtete sie auch nicht.

Die lange Schnauze schnupperte wieder in der Luft und witterte mich. Weiterhumpelnd bedrängte mich der Drache wieder, während hinter ihm Philander Groot und Gregory Petrowitsch Sedenko schrien und auf ihn einhieben, allerdings ohne etwas zu erreichen. Meine Kräfte ließen rasch nach. Kristallsplitter fielen herunter, wobei mich einer beinahe erschlug.

Wieder faßten die Zähne nach mir und packten meinen linken Arm, durch den ein Schmerz jagte, als hätte ihn der Drache mit einer einzigen Bewegung zermalmt. Mir wurde schwarz vor den Augen, dennoch konnte ich noch weiterflüchten.

Philander Groot rief mir etwas zu, aber ich verstand die Worte nicht. Wieder hieb ich gegen die Schnauze des Drachens und bohrte ihm das Schwert in den Rachen. Er grunzte, hob den Kopf und nahm mein Schwert mit sich. Dann spie er es wieder aus. Nun war ich völlig wehrlos.

Ich stürzte und begann, auf dem Boden entlang zu robben in der Hoffnung, ein Schlupfloch zu finden. Eine Klaue packte mein rechtes Bein, brennender Schmerz raste durch die Wirbelsäule und durchflutete meinen ganzen Körper. Dennoch zerrte ich mich weiter, wobei ich mich an tiefhängenden Ästen und an Wurzeln festhielt.

Meine Hand berührte etwas Glattes und Kühles. Halbblind vor Schmerz vermochte ich doch zu erkennen, daß es ein Splitter des eingestürzten Daches war. Er glich einem langen Eiszapfen, der in eine scharfe Spitze auslief. Mit ei-

ner Hand versuchte ich, ihn aufzurichten, wobei ich mich mit dem unversehrten Bein abstützte, bis er schließlich zwischen zwei Wurzeln verankert war, die gezackte messerscharfe Spitze auf den Drachen gerichtet.

Die Bestie richtete sich auf und wankte auf den Hinterbeinen vorwärts. Speichel troff aus ihrem Kiefer. Die Silberzähne schnappten zu. Als der Drache sich auf mich herunterfallen ließ, rollte ich mich hinter den mächtigen Kristallsplitter.

Die Spitze drang gerade unterhalb der Kehle in seine Brust und durchbohrte ihn. Der Drache brüllte und schaute auf mich herab, als erkenne er in mir die Ursache seines Schmerzes.

Schwarzes Blut spritzte aus der Wunde, als das Tier mit dem gesunden Vorderfuß gegen den Splitter schlug; jeder Schlag riß die Wunde weiter auf und immer mehr Blut schoß heraus. Ich war über und über mit dem scheußlichen Naß bedeckt. Aber ich glaube, ich grinste auch.

Philander Groot und Sedenko waren abgestiegen. Sie liefen geduckt unter den Ästen hindurch auf mich zu. Groot hielt einen weiteren Kristallspeer in den Armen. Der kleine Mann stieß ihn mit all seinen Kräften dem Drachen in die Seite.

Er ächzte und wandte sich dem neuen Schmerz zu. Ein gräßlicher erstickter Husten gurgelte in seiner Kehle. Dann kippte er zur Seite gegen eine Wand und krachte hindurch. Er lag zwischen abgebrochenen Ästen, Kristall- und Glasscherben. Einen Augenblick lang schien es, daß er sich wieder aufrichten wollte, er schnaubte und pustete Blut aus den Nüstern. Die Vögel flogen vom Pferd auf, zurück blieb ein sauberes Gerippe. Wieder begann das schreckliche, nun schon beinah klägliche Husten des sterbenden Drachens.

Ein letzter langer Seufzer, und er verendete.

Die Vögel ließen sich auf den Schuppen nieder, bis der Drache unter einer lebendigen Woge von zappelnden Federn und geschäftigen blutigen Schnäbeln begraben war.

Philander Groot und Gregory Sedenko standen mir bei.

Ihr Ausdruck war besorgt. Ich schaute auf meinen Arm. Er war bis auf den Knochen aufgerissen. Um mein Bein stand es nicht besser.

Ich deutete auf das Pferdeskelett. Die Satteltaschen waren unversehrt. »Die kleine Flasche.« Ich keuchte, als der Schmerz wieder aufloderte.

Sedenko wußte, welche Flasche ich meinte. Er lief zur Satteltasche und fand sie. Sie war zwar zerbeult, aber noch ganz. Er brauchte eine Weile, um den Korken freizubekommen. Er setzte mir die Flasche an die Lippen, ich trank nur wenig. Der Schmerz ließ nach, und an seine Stelle trat etwas, ähnlich wie ein kalter Taumel, dann schwanden mir die Sinne. Ich träumte, daß ich wieder der Junge in Bek war und dieses Abenteuer nichts anderes als ein Alptraum gewesen war.

Als ich erwachte, hatten mich meine Freunde gewaschen und frisch angezogen. Ich fragte mich einen Augenblick, ob ich nun wie Siegfried durch das Drachenblut gefeit wäre.

Mein linker Arm war eine Anhäufung von Narben, aber ich konnte ihn bewegen; er war lediglich ein wenig steif, und ich verspürte einen leichten ziehenden Schmerz. Auch mein Bein war verheilt.

Philander Groot lächelte mich an und zupfte an seinem Bärtchen. Er war so gelassen wie immer. Sein Anzug war so perfekt wie seine Haltung. »Nun seid Ihr ein wahrhaftiger Ritter, Hauptmann von Bek«, sagte er. »In Verfolgung des Heiligen Grals habt Ihr den Drachen erschlagen!«

Er löste sein Schwert, das in der Scheide steckte, von seiner Schärpe. Er bot mir das wunderschön gearbeitete Heft dar. »Hier«, sagte er. »Ihr könnt kein Ritter sein ohne Klinge.«

Ich zögerte nicht, das Geschenk anzunehmen. Ich bin mir noch immer nicht im klaren, weshalb er diese Geste machte und warum ich so bereitwillig darauf einging.

»Ich bin Euch dankbar«, sagte ich.

Ich saß aufrecht in einer Ecke des großen Vogelhauses. Durch die Blätter konnte ich die zertrümmerte Wand und draußen die Knochen des Drachens sehen. Die Vögel waren verschwunden, als ob sie nur erwachten, wenn sie Blut rochen.

Ich stand auf.

»Einen vollen Tag seid Ihr bewußtlos gewesen«, bemerkte Philander Groot, während ich sein Schwert an meinen Gürtel schnallte.

»Wertvolle Stunden«, meinte ich, »an Klosterheim verloren.«

»Vielleicht«, sagte der Magier.

Sedenko kam mit den beiden übriggebliebenen Pferden. »Ich bin vorausgeritten«, berichtete er. »Eine große Ebene liegt vor uns. Und jenseits ein blaugrüner Wald, der sich bis zum Horizont erstreckt. Ich glaube, daß wir den Rand der Welt gefunden haben, Hauptmann.«

KAPITEL XV

»Das Land sieht aus wie meine Heimat«, sagte Gregory Petrowitsch Sedenko voll Freude, »es ist wie die Steppen der Ukraine.«

Jenseits des weiten Graslandes schien sich die Welt hochzubiegen, so daß sich verschwommen das Blaugrün eines großen ruhigen Waldes erkennen ließ.

Wir passierten eine kleine Steinbrücke, die so aussah, als sei sie für eine Stadt, die es längst nicht mehr gab, gebaut worden. »Graf Otto liebte dieses Land«, sagte Philander Groot. »Man erzählt sich, daß er sein Schloß in Sichtweite des Himmels baute, und daß er, als er starb, nicht nur in den Himmel kam, sondern auch sein Schloß mitnahm. Jedenfalls sind hier keine Spuren davon zu sehen.«

»Das Ziel meiner Suche sollte nun nicht mehr weit sein«, sagte ich.

»Liegt der Gral dort drüben?« fragte Sedenko.

»Das werde ich bald wissen.« Ich machte eine Pause. »Ich werde bald wissen, ob all diese Abenteuer und all diese schweren Prüfungen bedeutungslos gewesen sind oder nicht. Der Mensch kämpft im Glauben, daß er dank seiner Beharrlichkeit sein Schicksal beeinflußen kann. Und alle diese Bemühungen, glaube ich, führten zu nichts als Zerstörung und Elend.«

»Ihr bleibt also Fatalist«, sagte Philander Groot unbewegt.

»Ich weiß, daß der Mensch sterblich ist«, sagte ich. »Daß er keine Macht über Hunger und Krankheit hat. Ich bemühte mich, ein Mann der Tat zu werden; was ich erlebt hatte, bewog mich dazu. Und alles, was ich der Welt gebracht habe, ist noch mehr Leid.«

»Aber jetzt könntet Ihr in Reichweite des Heilmittels sein.« Philander Groots Ton war freundlich. »Es könnte möglich sein, den Menschen aus seiner Gefangenschaft, aus seiner Abhängigkeit sowohl von Gott wie von Luzifer zu befreien. Wir könnten die Morgenröte eines neuen Zeitalters sehen. Ein Zeitalter der Vernunft.«

»Aber was hilft das, wenn die Vernunft des Menschen so unvollkommen wie alles andere Menschliche ist?« fragte ich. »Warum sollten wir seine armselige Logik lobpreisen, seine Neigung, Gesetze zu schaffen, welche sein Los komplizierter machen?«

»Ja, gut«, sagte Philander Groot. »Es ist alles, was wir haben, vielleicht. Wir müssen lernen, nicht wahr, aus dem Versuch und aus den Fehlern.«

»Auf Kosten unseres natürlichen Menschseins?«

»Manchmal, vielleicht.« Philander Groot zuckte die Achseln. »Ihr müßt nun mein Pferd nehmen, Ritter. Ich werde Euch, so gut ich kann, zu Fuß folgen.«

»Ihr habt keine Zauberkräfte mehr, die Euch weiterhelfen?«

»Es ist alles aufgebraucht, wie ich Euch schon sagte. Die Führer der Hölle holen sich das letzte bißchen Kraft zurück, das sie einmal meinesgleichen überlassen haben. Lassen wir ihnen das Phantastische und die Effekthascherei. Ich habe es früher verschmäht und ich lehne es wieder ab. Auch wenn ich glaube, daß ich heute nicht mehr die Wahl habe, die ich einmal hatte. Doch auch als ich die Wahl hatte, traf ich dieselbe Entscheidung. Ich habe nicht das Gefühl, etwas verloren zu haben. Und mein Bedürfnis danach erstarb schon vor manchem Jahr.«

Plötzlich rief Sedenko aus: »Schaut! Schaut zurück!«

Wir wandten den Kopf.

Jenseits der Brücke und der Hügel näherte sich eine große dunkle Wolke.

»Das ist Klosterheim mit seinen Höllentruppen«, sagte Philander Groot schlicht. »Ihr müßt Euch beeilen, Hauptmann von Bek. Sie haben es nur auf Euch abgesehen.«

»So viele?« fragte ich.

Er lächelte. »Seid Ihr nicht geschmeichelt?«

»Sie werden Euch umbringen, Philander Groot«, sagte

Sedenko. »Ich bestehe darauf, daß Ihr mit mir reitet. Sitzt hinter mir auf!«

»Ich liebe das Leben«, sagte der Magier. »Ich nehme Euer Angebot an, Moskowiter.«

So setzten wir unsere Reise zu dritt auf zwei Pferden fort; Philander Groot klammerte sich an Sedenkos Rücken. Wir kamen viel langsamer voran, als unsere vorwärtsdrängenden Herzen es forderten, und die große schwarze Wolke, schien uns, zeichnete sich mit jedem Schritt bedrohlicher ab. Dann spürten wir die Erde unter uns wie von einem Beben zittern, doch wir achteten nicht darauf, hatten nur den blaugrünen Dunst am Horizont vor Augen.

Bald einmal schien die halbe Welt dunkel zu sein und die andere Hälfte hell. Hinter uns waren die Truppen der Hölle und Klosterheim; vor uns lag der Himmel, in den wir nicht gelangen konnten. Wir befanden uns in einer Art zeitloser Vorhölle, die letzten drei Sterblichen, die in einem geheimnisvollen und bedeutungslosen Krieg, der die ganze Welt zu zerstören drohte, zwischen die Fronten geraten waren.

Noch waren wir etliche Meilen von dem Wald entfernt, als wir hinter uns Rufe hörten und darauf etwa ein Dutzend Reiter auf uns zuhalten sahen. Die Vorhut von Klosterheims Hauptharst.

Es waren abscheulich anzusehende Krieger mit verzerrten, seuchenzerfressenen Gesichtern; bei einigen war das Fleisch bis auf die Knochen abgefallen. Alle hatten sie das vertraute Grinsen verwesender Leichname.

Kaum zogen wir die Schwerter, begann das Gefecht schon; unsere Schlagkraft wurde durch den Umstand geschmälert, daß Groot nicht nur ein Mitreisender, sondern auch unbewaffnet war. Es ermutigte uns auch nicht, daß unsere Angreifer bei jedem Schlag aus blutlosen Lippen kicherten.

Sie geloppierten ständig um uns herum, was es uns unmöglich machte, uns wirkungsvoll zu wehren. Ich zermarterte mir das Gehirn, um mich an einen Zauberspruch zu erinnern, der sie hätte fernhalten können. Groot war erfolgreicher, indem er ihnen zurief:

»Brüder! Weshalb verfolgt Ihr nicht von Bek? Er wird Euch zerstören, wenn er obsiegt. Seht – dort ist er, schon ganz nahe am Wald!«

Als sie ihren stumpfen Blick in die Richtung, die er zeigte, wandten, flüsterte er mir zu: »Meiner Meinung nach sind die Toten eine schwachsinnige Brut.«

Die Reiter hörten auf zu kichern und berieten sich, während wir unsern Pferden wieder die Sporen gaben. Hinter uns sahen wir auf der ganzen Breite des Horizonts eine Armee näherkommen, und über diesem Heer wuchs die Schwärze an, die bald einmal die Sonne verdunkeln mußte.

Aus dem Osten kam Kälte wie ein eisiger Wind, auch wenn dessen Wehen nicht zu spüren war. Sie erinnerte mich, meinte ich, an ein Vakuum, das uns einzusaugen drohte. Die Kälte schüttelte uns; wir hetzten weiter, die Höllenwesen auf den Fersen.

»König Arioch breitet seine Schwingen aus«, sagte Groot angesichts der schwarzen Wolke. »Er hat sein ganzes Heer Klosterheim zur Verfügung gestellt.«

Es stank nach totem Fleisch; Leichenhände griffen nach uns. Hinter den ersten Reitern tauchten neue auf, und mehr und mehr kamen: rennende Wesen, halb Affe, halb Mensch in zusammengeknoteten Lederfetzen, mit Speeren und Hartholzkeulen, Fangzähne im Gebiß. Dahinter kamen hochgewachsene Krieger mit ausgemergelten Gesichtern und wehendem grauen Haar in grün-weißer Tracht und ungepanzert. Sie führten schwere Zweihänder mit sich und lenkten ihre fetten Streitrosse mit den Oberschenkeln. Ihnen zur Seite waren Dämonen voll Hörner und Warzen auf Dämonenpferden; Frauen kamen mit abgefeilten Zähnen, und Frauen mit Schweineschnauzen, und Erscheinungen, deren Fleisch über den Körper rann, Echsen kamen, die Affen-Reiter trugen, und Strauße, auf denen Aussätzige klebten, und verhüllte Geschöpfe, die uns ankrächzten – und noch immer galoppierten wir, Kopf an Kopf mit ihnen. Sedenko schrie zu Gott, flehte Ihn, den Zaren und die heilige Sophia um Hilfe an. Groot war blaß, erschöpft und nicht mehr fähig, seine würdige Haltung zu wahren.

Das plappernde, quietschende und kichernde Getöse dröhnte uns in den Ohren und hätte ausgereicht, um uns um den Verstand zu bringen, ebenso wie uns der Gestank beinahe betäubte. Unsere Pferde wurden müde. Ich sah Sedenko einmal straucheln, wobei er beinahe den Magier abwarf. Mir schien, daß Philander Groot ebenso von der Furcht gepackt war wie ich, und daß er völlig erschöpft war. Auch ihm blieb jetzt nichts anderes übrig als zu fliehen in der schwachen Hoffnung, daß der Wald zumindest einen zeitweiligen Unterschlupf bieten könnte.

Wir hatten wieder einen kleinen Vorsprung, doch er half uns nicht. Unsere Verfolger holten uns allmählich wieder ein und begannen uns einzukreisen.

»O Gott, sei mir gnädig. Ich bereue! Ich bereue!« schrie Sedenko, noch als er ausholte und einen Dämonen köpfte. »Ich bekenne, daß ich ein Sünder und ein Schurke bin!« Noch ein Kopf fiel. Blut spritzte dem Kosaken ins Gesicht. Er weinte, er war kreideweiß und halb bewußtlos vor Todesangst. Ich vermutete, daß er selbst beim Töten betete. »Muttergottes, drück mich an dein Herz!«

Die stinkende Menge bedrängte uns mehr und mehr. doch nicht ein Schwert war gegen uns erhoben, kein einziger Schlag gegen uns geführt worden. Klosterheim mußte befohlen haben, uns lebendig gefangen zu nehmen. Es entsprach seiner Art, daß er nur befriedigt wäre, wenn er unsern Tod mit eigenen Augen sehen könnte.

»Das Zauberbuch!« schrie mir Sedenko zu. »Es muß doch etwas in dem Zauberbuch stehen!«

Ich holte die Bücher aus der Satteltasche, eines nach dem andern. Ich rief die Beschwörungsworte aus und immer wieder den Zauberspruch, der zuvor Ariochs Leuten Einhalt geboten hatte. Aber nun hatte nichts irgendwelche Wirkung auf die höllischen Geschöpfe. Das zeugte von Ariochs wachsendem Einfluß und Luzifers schwindender Macht.

Ich schleuderte die Zauberbücher in die abscheulich lachenden Gesichter. Ich schleuderte die Karten gegen Klosterheim, während er gerade durch die irre Menge langsam auf uns zuritt, den Rücken steif, ein dürftiges Lächeln auf den dürren Lippen und mit einem Anflug großspurigen Gehabes. Er streckte die Hand aus und fing die Tasche mit den Landkarten auf, öffnete sie und ließ sie zu Boden flattern. Mit einem Achselzucken meinte er: »Nun gehört Ihr mir, von Bek.«

Gerade in diesem Augenblick stieg Philander Groot ruhig vom Pferd und stellte sich zwischen mich und meinen alten Feind.

»Klosterheim«, sagte er mit gelassener leiser Stimme, was die Bedeutung nur noch unterstrich, »Ihr seid die Verkörperung geistiger Armut.«

Klosterheim grinste höhnisch. »Aber ich bin hier, Philander Groot, und mein Stern ist am Aufsteigen, während alles, was Ihr für Euch erhoffen könnt, ein barmherziges Ende ist. Vielleicht wollt Ihr geltend machen, daß es keine Gerechtigkeit gibt. Ich würde behaupten, daß der Starke sein eigenes Gesetz macht, durch Taten und geballte Kraft.«

»Man hat Euch mit Macht ausgestattet, Johannes Klosterheim, weil es König Arioch so gefallen hat. Aber wenn man Euch nicht mehr braucht, Johannes Klosterheim, wird man Euch wegwerfen.«

»Ich befehlige all das!« Klosterheim wies mit ausgestreckter Hand auf die endlosen Reihen der Verdammten. »Luzifer schwankt. Seht! Wir haben bereits die Grenzen des Himmels erreicht. Wenn wir mit Euch abgerechnet haben, werden wir auf die Heilige Stadt marschieren, falls wir so beschließen. Wir belagern den schwachen dekadenten alten Gott, der dort residiert. Wir belagern seinen idiotischen Sohn. Arioch benutzt mich, das ist wahr, aber er braucht mich, wie Luzifer von Bek benutzt. Wegen meines Mutes. Wegen meines sterblichen Mutes!«

»In von Bek ist Mut«, sagte Philander Groot. »In Euch, Johannes Klosterheim, ist nur Wahnsinn.«

»Wahnsinn? Nach Macht zu streben und sie zu besitzen? Nein!«

»Verzweiflung führt zu ganz verschiedenen Denk- und Handlungsweisen«, sagte der Magier. »Verzweiflung führt manche zu einem besseren Verständnis und zu einer Sicht der Welt, wie sie ist und was sie sein könnte. Andere treibt die Verzweiflung in einen gefährlichen Irrsinn, wobei sie ihre Wünsche über die Wirklichkeit stellen. Für Eure Verzweiflung, Johannes Klosterheim, habe ich Mitgefühl, denn sie findet am Ende keinen Trost. Eure Verzweiflung ist die schlimmste, die es gibt. Und dennoch blicken die Menschen zu Euresgleichen auf und beneiden Euch, wie Ihr zweifellos König Arioch beneidet, der zweifellos wiederum seinen Gebieter Luzifer beneidet, den er verraten würde, und vielleicht, wie auch Luzifer Gott beneidet. Und wen beneidet Gott, frage ich mich? Vielleicht den einfachen Sterblichen, der mit seinem Los zufrieden ist und niemanden beneidet.«

»Dieses dumme Geschwätz höre ich mir nicht mehr an«, sagte Klosterheim. »Ihr werdet langweilig, Philander Groot. Wenn Ihr mich langweilt, werde ich Euch um so eher töten!«

Philander Groot richtete sich auf. Er schien nun weitaus entspannter zu sein. Er nahm eine seiner gewohnten weltmännischen Haltungen an und zwirbelte einen Augenblick seinen Schnurrbart. »Pa! Das ist plump, selbst für Euch, Johannes Klosterheim. Wenn Ihr schon von andern Unterhaltung verlangt, solltet Ihr immerhin bereit sein, auch selber etwas beizutragen!«

Die höllischen Heerscharen um uns herum schnieften und schnaubten, knurrten und sabberten. Sie lechzten so sehr nach unserem Tod.

»Ist das alles, was Ihr anzubieten habt?« fuhr Groot weiter, wobei er mit einer abschätzigen Handbewegung auf die Dämonen und die mißgestalten Lebendig-Toten wies. »Pure Sensation? Schrecken ist die am leichtesten auszulösende menschliche Gemütsbewegung. Wußtet Ihr das?«

Klosterheim ließ sich von dem Magier nicht einschüchtern. Er hob die Achseln. »Aber Ihr werdet zugeben, daß

Schrecken äußerst wirksam ist, wenn man ein Ziel erreichen will. Weitaus die wirtschaftlichste Gefühlsregung, nicht wahr, Philosoph?«

»Ich vermute, daß unser Temperament entgegengesetzt ist«, sagte Philander Groot in einem Tonfall, als spiele er den Gastgeber bei einem Mahl, »und daß keiner von uns die Beweggründe und Ziele des andern je ganz verstehen wird.«

Er streckte den Arm in die Luft, und es schien, als ziehe er an etwas, als ziehe er an einer unsichtbaren Schnur. Und dann lag in seiner Hand eine Kugel aus flammendem Gold. Das Gold loderte auf und leuchtete heller und heller, bis sein ganzer Körper selber zu brennen schien. Mit etwas gelangweiltem Gesichtsausdruck sah er uns ruhig an, während die Horde aus der Hölle murrend und entsetzt zurückdrängte. Er bewegte eine Hand, und eine Feuerwoge ergoß sich über die Dämonen, die am nächsten bei ihm waren. Sie standen sofort in Flammen, sie heulten und schrien und schlugen wild um sich, um das Feuer zu löschen. Noch eine Handbewegung, und mehrere Dutzend weiterer Ungeheuer brannten.

Klosterheim taumelte zurück und versuchte, sein Gesicht vor der Hitze zu schützen. Er brüllte: »Was? Ihr habt mich hereingelegt. Tötet ihn!«

Als wäre es die gewöhnlichste Sache von der Welt, sprach Philander Groot zu mir:

»In wenigen Augenblicken werde ich tot sein, glaube ich. Ich würde euch beiden raten zu fliehen, solange ihr noch könnt.«

»Kommt mit uns!« forderte ich ihn auf.

»Nein. Ich bin es zufrieden.«

Ich schaute nach Westen, wo der blaugrüne Dunst lag, mein Ziel.

»Hier!« Ich warf ihm das Fläschchen zu, das Luzifers Elixier enthielt. Er fing es mit dankbarem Nicken auf und führte es an die Lippen.

»Sedenko!« rief ich meinem Begleiter zu. Dann versetzte

ich meinem Pferd einen Peitschenhieb und war auf und davon.

»Ihr sollt sie jetzt totschlagen!« hörte ich Klosterheim hinter mir herbrüllen.

Wir galoppierten über das Grasland. Ich schaute zurück. Alles lag im Dunkel, deutlich zu sehen war nur das goldene Feuer, das sich durch die Reihen der Verdammten fraß. Sedenko war leichenblaß. Er griff sich immer wieder an den Rücken. Mir war, er weinte.

Ich sah, daß sich Philander Groot bewegte, und dann loderte eine Feuergarbe zwischen uns und der Höllenhorde auf. Ihr Gestank verblaßte, und wir ritten in frische Luft hinein.

Als wir den Wald erreichten und zwischen den ersten Bäumen waren, brach Sedenko zusammen und stürzte über den Hals seines Pferdes. Sein Atem ging abgerissen. Hilflose Laute kamen über seine Lippen.

Ich sah, daß in seinem Rücken eine Wunde von den Schultern bis zur Hüfte klaffte. Er weinte. »Sie haben mich umgebracht. Oh, bei allen Heiligen, sie haben mich umgebracht, Hauptmann.«

Das goldene Feuer war inzwischen erloschen. Die düsteren Truppen rückten wieder vor. Dann hielten sie an.

Ich wußte, daß sie nicht in den Wald am Rande des Himmels eindringen, daß sie mich aber erwarten würden, sollte ich je wieder auftauchen.

Ich sprang von meinem erschöpften Pferd und nahm mich Sedenkos an. Ich fing ihn auf, als er gerade aus dem Sattel glitt. Sein Blut tränkte meine Kleider. Er schaute mich an; sein Gesicht hatte nun einen unschuldigen und flehenden Ausdruck. »Bin ich wirklich verdammt, Hauptmann? Muß ich in die Hölle?«

Ich konnte nicht antworten.

Als er tot war, stand ich auf und sah um mich. Alles war still. Ich fühlte mich bis ins Innerste einsam und verlassen.

Düsternis war überall, nur im Wald nicht. Aber auch hier gab es graue Irrwische, als ob das Böse hineinkrieche.

Ich hob den Kopf gen Himmel und schüttelte die Faust. »Oh, ich verfluche euch, ich verfluche euern Himmel, und ich verfluche eure Hölle. Tut mit mir, was ihr wollt, aber wißt, daß eure Wünsche engstirnig sind und eure Begierden keine Bedeutung haben.«

Ich sprach niemanden an. Ich sprach das Universum an. Ich sprach eine Leere an.

KAPITEL XVI

Schweigen war über die Welt gekommen. Die Ebene in ihrer ganzen Weite war offenbar von Klosterheims Heer besetzt, eine erstarrt wartende, zusammengeballte Masse. Der blaugrüne Wald erinnerte mich an jenen, durch den ich gekommen war, bevor ich Luzifers Schloß entdeckte. Keine Tiere, keine Vögel, nichts rührte sich; da war nur der süße Duft von Blumen und Gras.

Ich trug Blätter und wilde Tulpen zusammen und bedeckte Sedenkos Leichnam damit. Ich hatte nicht die Kraft, ihn zu begraben. Ich ließ sein Pferd als Totenwache zurück, dann saß ich auf und ritt in die Tiefe des blaugrünen Waldes. Eine eigenartige Betäubung hatte meinen Kopf und meinen Körper benommen. Vielleicht war ich einfach nicht mehr fähig, noch mehr Schrecken und Schmerz hinzunehmen.

Es wurde mir bewußt, daß ich mich in der Zeit, seit ich Luzifers Schloß verlassen hatte, ebensosehr verändert hatte, wie in der Zeit, die zwischen meiner Jugend in Bek und den Greueln von Magdeburg lag. Die Veränderungen waren unscheinbar. Es hatte nie so etwas wie eine Offenbarung gegeben. Meine Bitterkeit war anderer Art. Ich gab niemandem, nicht einmal Gott die Schuld für all das Leid auf der Welt. Noch machte ich mir besondere Vorwürfe wegen der Verbrechen, die ich begangen hatte. Jedenfalls wollte ich nur noch dem Pfad folgen, der ausschließlich mein eigener war. Sollte ich je wieder in die Welt gelangen, die ich verlassen hatte, würde ich weder Protestanten noch Katholiken dienen. Ich würde meine soldatischen Kenntnisse nutzen, um mich und die meinen zu beschützen, falls es nötig sein sollte, aber freiwillig würde ich nicht mehr in den Krieg ziehen. Ich trauerte um Sedenko und um Philander Groot und sagte mir, daß ich, sollte sich eine Gelegenheit bieten, ihren Tod zu rächen, sie möglicherweise ergreifen würde; dennoch verspürte ich keinen besonderen Zorn gegen den armseligen Johannes Klosterheim, dessen Schrecken jeden Tag größer wurde, je mehr seine Macht zunahm.

Das Gelände begann anzusteigen und folgte beinahe der Biegung, die ich von weitem entdeckt zu haben glaubte. Und nun, außerhalb der Reichweite von Klosterheims Horden, hörte ich den Gesang eines Zaunkönigs und dann den von Amseln und Elstern. Kleines Getier huschte durchs Unterholz. Alles war wieder natürlich.

Ich ritt Stunden und Stunden, bis ich mir endlich im klaren war, daß es in diesem Wald nie Nacht wurde. Der Himmel war wolkenlos und die Sonne mild. Schließlich hörte ich Kinderlachen, als ich auf eine Anhöhe gelangte und hinuntersah auf eine kleine Lichtung, wo ein strohgedecktes Haus mit ein paar Nebengebäuden stand und eine Kuh und ein Ackerpferd weideten. Drei kleine Jungen spielten im Hof, und in der Tür stand eine grauhaarige Frau mit geradem Rücken und heller, jugendlicher Haut. Selbst aus dieser Entfernung konnte ich ihre Augen deutlich sehen. Sie waren blaugrün wie der Wald und gerade auf mich gerichtet. Die Frau lächelte und winkte mir zu.

Ich ritt langsam hinunter und nahm dieses Bild des Friedens in mich auf.

»Ich muß Euch warnen«, sagte ich. »Ein großes Heer aus der Hölle belagert Euern Wald.«

»Ich weiß«, sagte die Frau. »Wie heißt Ihr, Mann?«

»Ich heiße Ulrich von Bek und bin auf einer Suche. Ich suche den Heiligen Gral, damit die Welt von ihrem Leid befreit werden und Luzifer wieder in das Himmelreich eingehen kann.«

»Aha«, sagte sie, »endlich seid Ihr hier, Ulrich von Bek. Ich habe ihn für Euch.«

Ich saß ab. Ich war überrascht. »Ihr habt was, gute Frau?«

»Ich habe, was Ihr Gral nennt. Es ist ein Gefäß. Es ist, was Ihr sucht, glaube ich.«

»Ich kann es nicht glauben. Bisher habe ich nie wirklich geglaubt, daß ich den Gral je finden würde, und noch weniger, daß er mir einfach angeboten wird von jemandem wie Euch.«

»Oh, der Gral ist ein einfaches Ding, und er hat eine einfache Aufgabe, wirklich, Ulrich von Bek.«

Meine Beine gaben nach. Es wurde mir schwarz vor den Augen. Erst jetzt spürte ich, wie erschöpft ich war.

Die Frau bedeutete einem der Jungen, mein Pferd zu übernehmen. Sie legte den Arm um mich. Sie war ungewöhnlich stark.

Sie führte mich in den kühlen Frieden ihrer Stube und setzte mich auf eine Bank. Sie brachte mir Milch. Sie gab mir Brot, das sie mit Honig bestrichen hatte. Sie nahm mir den Helm ab und strich mir über den Kopf. Sie murmelte mir besänftigend zu; ich begann zu weinen.

Ich weinte eine Stunde lang. Als es mir wieder besser erging, schaute ich die Frau an und sagte: »Alles, was ich liebe, ist in Gefahr oder schon für immer verloren.«

»So scheint es zu sein«, sagte sie.

»Meine Freunde sind tot. Meine wahre Liebe ist in Satans Gewalt wie ich auch. Und ich kann nicht darauf vertrauen, daß mein Gebieter sein Versprechen hält.«

»Luzifer kann man nicht trauen«, stimmte sie bei.

»Er anerbot sich, meine Seele freizugeben.«

»Ach ja, das ist alles, was er anzubieten hat, Ulrich von Bek, und für einen Sterblichen ist es wertlos. Er kann Macht und Wissen anbieten, aber auch das ist wertlos, wenn der Preis dafür die eigene Seele ist. Viele sind zu mir in den Wald am Rande des Himmels gekommen. Viele Soldaten und viele Philosophen.«

»Auf der Suche nach dem Gral?«

»Ja.«

»Und Ihr habt ihn ihnen gezeigt?«

»Einigen habe ich ihn gezeigt, ja.«

»Und sie haben ihn mit in die Welt hinausgenommen?«

»Einer oder zwei, ja.«

»So ist also alles nur Täuschung. Der Gral hat keine besonderen Kräfte.«

»Das habe ich nicht gesagt, Ulrich von Bek.« Sie schalt beinahe. Sie gab mir wieder Milch aus einem irdenen Krug. Sie strich Honig auf das Brot. »Die meisten haben Magie erwartet. Die meisten erwarteten zumindest himmlische Musik. Die meisten waren so rein, Ulrich von Bek, und so unschuldig, daß sie die Wahrheit nicht ertragen konnten.«

»Wie? Ist der Gral ein Trugbild Satans? Falls dies zutrifft, wäre die Bedeutung dessen, was ich getan habe ...«

Sie lachte. »Ihr erwartet das Schlimmste, denn Eure Erfahrung läßt Euch das Schlimmste erwarten. Oh, ich habe beherzte Männer und Frauen im Gebet vor dem Gefäß knien gesehen. Ich habe sie tagelang beten gesehen in der Hoffnung auf eine Botschaft, auf ein Zeichen. Ich habe sie enttäuscht wegreiten gesehen, enttäuscht, weil sie glaubten, der Gral sei falsch. Ich bin selbst mit dem Tode bedroht worden – von dem gleichen Klosterheim, der jetzt die höllischen Heerscharen befehligt.«

»Klosterheim ist hier gewesen? Wann?«

»Vor vielen Jahren. Ich empfing ihn wie alle andern. Aber er erwartete zu viel. So erhielt er nichts. Und er ging weg. Er stach mit dem Schwert auf mich ein.« Sie deutete auf ihre linke Brust.

»Aber er tötete Euch nicht.«

»Natürlich nicht. Er war nicht stark genug.«

»Inzwischen ist er viel stärker geworden.«

»Und wenn schon: Er weigerte sich zu lernen«, sagte sie, »und das ist der große Jammer. Er hatte Charakter, dieser Johannes Klosterheim; ich mochte ihn, denn er war so naiv. Er weigerte sich zu lernen, wie Luzifer nicht lernen wollte. Doch ich glaube, Ihr, Ulrich von Bek, habt es gelernt.«

»Alles, was ich gelernt habe, ist, die Eigenheiten der Welt hinzunehmen, wie sie sind. Dann habe ich vermutlich gelernt, mich selber zu akzeptieren und die Fähigkeiten des Menschen, statt Aufsehenerregendes und Wunder zu schaffen, Städte und Bauernhöfe zu bauen, was die Welt braucht und was uns letztlich geistige Gesundheit und Gerechtigkeit bringen muß.«

»Aha«, sagte sie. »Ist das alles, was Ihr gelernt habt, junger Mann? Ist das alles?«

»Ich glaube schon«, sagte ich. »Das Wunderbare ist zwangsläufig eine Lüge, eine Verzerrung. Bestenfalls eine Metapher, die zur Wahrheit verhelfen mag. Ich meine zu wissen, was das Leid der Welt verursacht, gute Frau. Oder zumindest meine ich zu wissen, was zu diesem Leid beiträgt.«

»Und das wäre, Ulrich von Bek?«

»Wenn man sich oder einen andern nur ein einziges Mal belügt, wenn man nur eine einzige Tatsache der Welt, wie sie geschaffen worden ist, ableugnet, fügt man zum Leid der Welt ein neues hinzu. Und Leid, gnädige Frau, schafft wieder Leid. Man braucht nicht danach zu streben, ein Heiliger oder ein Sünder, Gott oder Teufel zu werden. Man muß danach streben, menschlich zu werden und die Tatsache seiner eigenen Menschlichkeit zu lieben.«

Ich wurde verlegen. »Das ist alles, was ich gelernt habe, gnädige Frau.«

»Das ist auch alles, was der Himmel verlangt«, sagte sie.

Ich schaute aus dem Fenster. »Gibt es so einen Ort wie den Himmel?«

»Ich glaube schon«, sagte sie. »Kommt, Ulrich von Bek, wir machen einen Spaziergang.«

Ich fühlte mich erfrischt. Sie nahm mich bei der Hand und führte mich von dem Haus durch den Wald dahinter, bis wir vor einem Abgrund standen, aus dem der blaugrüne Dunst stieg.

Mit einem Mal überkam mich eine Stimmung, als ob mein Geist und meine Sinne sich emporschwängen, ein Gefühl, wie ich es nie zuvor verspürt hatte. Ein Gefühl von Freude und Frieden, wie ich es nie gekannt hatte, erfüllte mich. Die Lust erfaßte mich, mich von diesem Ort aus in den kühlen Dunst zu stürzen, mich fallen zu lassen und mich diesem Gefühl hinzugeben, was immer es sein mochte. Doch die Frau zerrte mich an der Hand, und ich mußte mich vom Himmel abwenden.

Selbst heute noch bin ich mir nicht sicher, ob ich damals nicht einen Anflug dessen erlebte, was der Himmel sein könnte. Es sah wie eine Art Erleuchtung aus, eine Art von Verstehen. Könnte es sein, daß der Unterschied zwischen Hölle und Himmel der Unterschied zwischen Unwissenheit und Wissen ist?

Ich wandte dem Himmel den Rücken zu.

Ich wandte mich vom Himmel ab und ging mit der Frau zurück zum Haus. Die Kinder waren verschwunden, nur die Kuh und das Pferd waren dort und grasten friedlich.

Ich saß am Tisch und sie schenkte mir Milch aus dem Krug ein.

»Wo sind wir hier?« fragte ich sie. »Wo liegt der Himmel?«

»Das sollte Euch nun augenfällig sein.« Sie ging zu dem hölzernen Schrank, der an der Wand stand, und öffnete eine Schublade. Sie nahm einen kleinen Tontopf heraus und stellte ihn vor mich auf den Tisch.

»Hier. Bringt das Euerm Gebieter. Sagt Ihm, daß Ihr den Gral gefunden habt. Und sagt Ihm, daß die Hände einer gewöhnlichen Frau ihn gemacht haben.«

»Dies?« Ich konnte den Topf nicht berühren. »Dies ist der Heilige Gral?«

»Das ist eine Frucht dessen, wovon Ihr glaubt, daß es dem Gral innewohnt«, sagte sie. »Und es ist heilig, glaube ich. Und ich habe es gemacht. Und alles, was es gibt, ist Harmonie. Es macht jene, die in seiner Gegenwart sind, stark. Aber ironischerweise kann es nur von einem, der schon stark ist, gehandhabt werden.«

»Ich, dessen Seele in Luzifers Dienst steht, soll stark sein?«

»Ihr seid ein Mann«, sagte sie. »Und sterblich. Und Ihr seid nicht unschuldig. Aber Ihr seid nicht zerstört. Ja, von Bek, Ihr seid stark genug.«

Ich streckte die Finger nach dem kleinen Tontopf aus. »Mein Gebieter wird nicht daran glauben.«

Sie zuckte die Achseln. »Euer Gebieter ist ein Narr«, sagte sie. »Euer Gebieter ist ein Narr.«

»Nun, ich werde es Ihm bringen«, sagte ich. »Und ich werde Ihm erzählen, was Ihr mir gesagt habt. Daß ich Ihm das Heilmittel für das Leid der Welt bringe.«

»Ihr bringt Ihm Harmonie«, sagte sie. »Das ist das Heilmittel. Und das Heilmittel ist in einem jeden von uns.«

»Hat dieses Gefäß noch eine andere Kraft, gnädige Frau?«

»Die Kraft der Harmonie ist Kraft genug«, sagte sie ruhig.

»Aber schwierig darzulegen«, sagte ich halbwegs belustigt.

Sie lächelte. Dann hob sie wieder die Achseln und wollte sich nicht mehr weiter äußern.

»Nun«, sagte ich. »Ich danke Euch für die Gastfreundschaft, gnädige Frau. Und für Euer Geschenk, den Heiligen Gral. Muß ich daran glauben?«

»Glaubt, was Ihr wollt. Das Gefäß ist, was das Gefäß ist«, sagte sie. »Und es ist an Euch, es zu glauben oder nicht.«

Schließlich nahm ich das Gefäß. Es lag warm in meiner Hand. Ich spürte wieder etwas von dem Gefühl, das mich übermannt hatte, als sie und ich in den Abgrund jenseits ihres Hauses geschaut hatten. »Ich danke Euch für Euer Geschenk«, sagte ich.

»Es ist kein Geschenk«, sagte sie. »Ihr habt es Euch verdient, Ulrich von Bek. Seid dessen versichert.«

»Ich habe eine Schriftrolle, die ich öffnen muß, falls ich zu meinem Gebieter zurückfinden soll«, sagte ich.

»Hier könnt Ihr sie nicht öffnen«, sagte sie. »Und selbst, wenn Ihr es tätet, könntet Ihr von hier aus weder in die Hölle noch irgendwohin, wo die Hölle herrscht, gelangen. Das ist die Regel.«

»Aber, gnädige Frau, ich habe eine so weite Reise gemacht! Werde ich nun betrogen?«

»Ihr werdet nicht betrogen«, sagte sie freundlich, »aber die Regel ist nun einmal so. Benutzt Eure Schriftrolle, wenn Ihr den Wald durchquert habt. Dann wird sie Euch dienen.«

»Klosterheim und Ariochs Horden erwarten mich dort.«

»Das stimmt«, sagte sie. »Ich weiß.«

»So werde ich gerade in dem Augenblick dem Untergang geweiht sein, wo ich mein Ziel fast erreicht habe.«

»Wenn Ihr so denkt.«

»Ihr müßt es mir sagen!« Ich brach beinahe in Tränen aus. »Oh, gnädige Frau, Ihr müßt es mir sagen!«

»Nehmt den Gral«, sagte sie. »Und nehmt Eure Schriftrolle. Beides wird Euch dienlich sein. Zeigt Klosterheim den Gral und erinnert ihn daran, daß er ihn früher schon gesehen hat.«

»Er wird mich verspotten.«

»Natürlich wird er Euch verspotten, wenn er überhaupt noch dazu kommt. Natürlich wird er das, Ulrich von Bek. Er ist durch und durch eine Rüstung, dieser Klosterheim.«

»Er wird mich töten«, sagte ich.

»Ihr müßt Mut haben.«

Sie erhob sich vom Tisch; ich verstand, daß sie mir damit zu gehen bedeutete.

Als ich den Hof betrat, hielt schon einer der kleinen Jungen mein Pferd bereit. Der zweite saß auf dem Brunnen und beobachtete mich. Der dritte, der sich mit den Hühnern beschäftigte, schaute gar nicht hin.

»Keine Legende wird über Euch erzählt werden«, sagte die grauhaarige Frau, »aber von all jenen, die zu mir gekommen sind, seid Ihr mir der liebste gewesen.«

»Mutter«, sagte ich, »wollt Ihr mir Euren Namen sagen?«

»Ach«, sagte sie leichthin, »ich bin lediglich eine gewöhnliche Frau, die einen Tontopf gemacht hat und in einem Bauernhaus im Walde am Rande des Himmels lebt.«

»Aber Euer Name?«

»Nennt mich, wie Ihr wollt«, sagte sie. Sie lächelte ein warmes Lächeln. Sie legte ihre Hand auf meine. »Nennt mich Lilith, denn einige nennen mich so.«

Dann gab sie meinem Pferd einen leichten Schlag auf die Flanke, und ich ritt wieder nach Osten. Dorthin, wo Klosterheim und sein entsetzliches Heer auf mich warteten.

KAPITEL XVII

Es war eine verrückte Hoffnung, ich wußte es, und dennoch ging ich zurück zu der Stelle, wo ich Sedenkos Leiche gelassen hatte. Eine Sage war mir in den Sinn gekommen, wonach dem Gral die Eigenschaft innewohne, Tote wieder zum Leben zu erwecken. Ich hielt den kleinen Tontopf über den Leichnam eines armen verdammten Freundes, aber seine Augenlider begannen nicht zu zucken und seine Wunden verheilten nicht wie durch ein Wunder, auch wenn auf seinem Gesicht nun ein friedlicherer Ausdruck lag, als da ich ihn mit Blumen und Blättern zugedeckt hatte.

Dieser Traum, dachte ich, hat keine Bedeutung. Dieses Tongefäß ist nichts weiter als ein Tongefäß. Ich habe nichts gelernt und nichts gewonnen. Doch ich ritt weiter, hinaus aus dem blaugrünen Wald am Rande des Himmels und stand allein den Reihen der aufständischen Hölle gegenüber; ich holte die Pergamentrolle hervor, als Klosterheim aus der unendlichen schwarzen Wolke herausritt und langsam auf mich zuhielt.

»Ich biete Euch die Gelegenheit, bei diesem Abenteuer mitzumachen«, sagte er. Er runzelte die Stirn. Er kräuselte die Lippen. »Ihr und ich, wir haben viel Mut, von Bek, zusammen könnten wir den Himmel erstürmen und erobern. Stellt Euch vor, was uns gehören würde!«

»Ihr seid wahnsinnig, Johannes Klosterheim«, sagte ich. »Philander Groot hat Euch das schon gesagt. Er hatte recht. Wie sollten die Gaben des Himmels erobert werden können?«

»Auf die gleiche Art, wie ich jene der Hölle erobere, Narr, der Ihr seid!«

»Ich habe den Gral gefunden«, sagte ich, »und bitte Euch, mich rasch passieren zu lassen, denn ich bin auf dem Weg zu meinem Gebieter. Meine Suche war von Erfolg gekrönt.«

»Ihr seid getäuscht worden. Ihr seid nicht der erste, der getäuscht wurde.«

»Ich weiß, daß Ihr einen Blick auf den Gral geworfen und ihn zurückgewiesen habt«, sagte ich, »aber ich habe ihn nicht zurückgewiesen, Klosterheim. Fragt mich nicht, warum, denn ich könnte es Euch nicht sagen, obwohl ich überzeugt bin, daß Ihr eine Reihe Gründe aufzählen könnt, warum Ihr ihn nicht annehmen würdet.«

»Sehr einfach«, sagte er, »weil es eine Fälschung ist. Nichts von Wundern. Entweder täuschte uns Gott oder er hatte keine Macht. Damals entschied ich mich, in Luzifers Dienste zu treten. Und nun diene ich meiner eigenen Sache – gegen Luzifer.«

»Ihr dient gar keiner Sache«, sagte ich, »außer der Sache der Zwietracht.«

»Meine Sache verfolgt ein weit wichtigeres Ziel! Von Bek, ich biete Euch alles, was Ihr wünscht.«

»Ihr bietet mir mehr an als selbst Luzifer«, sagte ich. »Glaubt Ihr, daß Seine Macht bereits die Eure ist?«

»Sie wird es sein!«

Er gab ein Zeichen, und die ganze schwarze Masse aus der Hölle bewegte sich auf mich zu. Ich roch den Gestank. Ich hörte das Schnattern und die andern Geräusche. Ich sah die entsetzlichen mißgestalteten Gesichter. Glied auf Glied. »Dies herrscht nun«, triumphierte Klosterheim. »Tod und Schrecken sind die Mittel, welche die Macht erhalten. Ich schaffe mir selber Gerechtigkeit. Eine gerechte Welt ist eine Welt, in der Johannes Klosterheim alles hat, was er wünscht!«

Ich holte den kleinen Tontopf aus der Tasche. »Ist das, was Ihr abgelehnt habt?«

Der Boden begann wieder zu beben. Es schien, als schwanke die ganze Erde. Aus den Reihen der Hölle erhob sich ein unheimliches Heulen.

Klosterheims Blick war hart. »Ja, das ist es. Und Ihr seid mit der gleichen Fälschung getäuscht worden, von Bek, wie ich schon sagte.«

»Dann schaut es an«, sagte ich. »Laßt Euer ganzes Heer es sehen. Schaut es an!«

Ich wußte kaum, weshalb ich das rief. Ich hielt den Gral in die Höhe. Er strahlte kein Licht aus. Keine Musik erklang daraus. Kein großes Ereignis fand statt. Es blieb, was es war: ein kleines Tongefäß.

Doch hier und dort erstarrten Augenpaare in den Reihen der Verdammten. Sie schauten hin. Und etwas wie Frieden legte sich auf die Gesichter all jener, die schauten.

»Es ist ein Heilmittel«, schrie ich meinem Instinkt folgend, »ein Heilmittel für Euer Leid. Es ist ein Heilmittel für Eure Verzweiflung. Es ist ein Heilmittel.«

Die armen verdammten Teufel, die während ihres ganzen Daseins nichts anderes als Furcht gekannt hatten, die von keiner anderen Zukunft als Schrecken und Vergessenheit gewußt hatten, begannen den Hals zu recken, um den Tontopf zu sehen. Die Waffen sanken. Das Grunzen und Kichern verstummte.

Klosterheim war wie betäubt. Er gebot mir nicht Einhalt, als ich zu seinen Kriegern ritt.

»Es ist ein Heilmittel«, sagte ich nochmals. »Schaut es an. Schaut es an.«

Sie fielen auf die Knie. Sie saßen von ihren Streitrossen ab. Selbst die verzerrteste Fratze war von dem Tontopf in Bann geschlagen. Und noch immer zeigte er keine bemerkbare Ausstrahlung. Kein Wunder geschah, es sei denn, das Wunder ihrer Erlösung.

Und so kam es, daß ich mit Klosterheim an der Seite durch die Reihen der Verdammten der Hölle ritt und unversehrt blieb. Klosterheim war der einzige, auf den der Gral keine Wirkung ausübte. Sein Gesicht war qualvoll verzerrt. Er war gefangen von dem, was geschehen war, wollte es aber nicht glauben. Er hustete. Er begann zu stöhnen. »Nein«, sagte er.

Wir ritten zusammen durch das ganze Heerlager. Und sein ganzes Heer lag am Boden. Es lag am Boden und schien zu schlafen, obwohl es ebensogut hätte tot sein können. Ich wußte es nicht.

Nur Klosterheim und ich waren bei Bewußtsein.

Klosterheim zitterte. Sein Kopf fiel von einer Seite zur andern, wobei er fortwährend mich und den kleinen Tontopf anstarrte. Sprechen konnte er nicht. Tränen standen in seinen gequälten Augen.

»Nein«, sagte Klosterheim.

»Es ist wahr«, erwiderte ich. »Ihr hättet den Gral haben können, aber Ihr habt ihn zurückgewiesen. Ihr habt Eure eigene Erlösung zurückgewiesen und ebenso die Errettung Eurer Mitmenschen. Ihr hättet diesen Gral haben können, Johannes Klosterheim.«

Er legte die Finger an seine armseligen Lippen. Und nun rannen Tränen über die hageren, bleichen Wangen. Und wieder sagte er: »Nein.«

Er sagte: »Nein.«

»Es ist wahr, Klosterheim. Es ist wahr.«

»Es kann nicht sein.« Seine letzten Worte waren ein Aufschrei. Er streckte seine behandschuhte Hand nach dem Gral aus, als ob er noch immer an seine Errettung glaubte.

Dann stürzte er vom Pferd. Seine Seele war ihm genommen worden. König Arioch hatte sie gerufen.

Ich stieg ab. Klosterheim war tot.

Ariochs Soldaten schliefen zum Teil weiter, andere begannen sich aufzurappeln und verstreuten sich. Jene, die erwacht waren, gingen auseinander, völlig in Frieden mit sich selbst. Der Wald am Rande des Himmels war nicht mehr länger in Gefahr, und Luzifer würde sich in der Hölle behaupten. Das stand fest.

Ich fragte mich nach dem Sinn meiner Suche und des Gefäßes. Irgendwie hatte es beiden, Gott und dem Teufel, gedient. Dann erinnerte ich mich an die Worte der Frau. Sie hatte von Harmonie, von Eintracht, gesprochen.

Ich zog die Schriftrolle aus der Tasche und öffnete sie. Ich las die Worte, die darin geschrieben waren, und noch während ich las, befand ich mich in der Bibliothek des Schlosses, wo ich meinen Gebieter, Luzifer, zum letzten Male gesehen hatte.

Die Bibliothek war, abgesehen von den Büchern und den Möbeln, leer.

Morgenlicht strömte durch die großen Fenster. Draußen bewegten sich im leichten Wind die Bäume. Vögel saßen auf den Ästen. Vögel sangen.

Der Ort, wurde mir klar, lag nicht mehr im Bereich der Hölle.

KAPITEL XVIII

Ich fragte mich, ob Luzifer den Kampf verloren hatte und auf dem Rückzug Sabrinas Seele mitgenommen hatte und weiterhin Anspruch auf meine erhob.

Eine Zeitlang stand ich am Fenster und betrachtete die vertraute und so besänftigende Schönheit. Ich stellte den kleinen Tontopf auf den Tisch, an dem Luzifer gesessen hatte. Dann verließ ich die Bibliothek, durchschritt die kühle Halle und stieg die Treppe zu Sabrinas Zimmer hoch. Ich erwartete nicht, sie dort zu finden.

Ich machte die Tür auf.

Sie lag im Bett. Ihr Ausdruck war so friedlich, daß ich erst glaubte, sie sei tot. Ihr Gesicht war so hinreißend wie zuvor, und ihr wunderbares Haar floß über die Kissen. Sie atmete ruhig; ich beugte mich über sie und küßte ihr die Stirn. Sie schlug die Augen auf. Sie schaute mich erstaunt an. Sie lächelte und streckte die Arme nach mir aus. Ich nahm sie in die Arme.

»Du hast den Gral gebracht«, sagte sie.

»Du weißt es?« Ich hatte mich auf den Bettrand gesetzt. Ich streichelte ihre Schulter.

»Natürlich weiß ich es.« Sie küßte mich. »Wir sind frei.«

»Ich dachte, daß ich alles und jedermann verloren hätte«, sagte ich.

»Nein«, antwortete sie. »Du hast viel gewonnen, und du hast es für alle erreicht. Luzifer ist dankbar. Du bist ans Ziel gelangt und hast dadurch seinen schlimmsten Feind besiegt.«

»Dann ist Er nicht mehr unser Gebieter.«

»Nicht mehr.« Sie schaute mich mit ihren klugen Augen an. »Er ist in die Hölle zurückgekehrt. Er beansprucht keinen Teil der Erde für sein Reich.«

»Wir werden Ihn also nie wieder sehen?«

»Wir werden Ihn sehen. In der Bibliothek. Am Mittag.«

Sie richtete sich auf und langte nach ihrem Kleid. Ich reichte es ihr. Es war weiß wie ein Hochzeitskleid.

»Und Gott?« fragte ich. »Bespricht Er sich noch immer mit Gott?«

»Ich weiß es nicht.« Sie warf einen Blick aus dem Fenster. »Es ist beinahe Mittag. Luzifer wünscht, daß wir zusammen kommen.«

Wir umarmten uns, leidenschaftlicher denn zuvor. Dann verließen wir den Raum und schritten die Treppe hinunter zur Bibliothek.

Einmal mehr, wie schon vor einem Jahr, öffnete Sabrina die riesigen Türflügel der Bibliothek. Und wieder saß Luzifer am Tisch. Doch diesmal las er nicht. Er hielt den Tontopf in Seinen Händen. Er wandte Sein Haupt uns zu und schaute uns aus strahlenden Augen an. Etwas von dem Schrecken und der Verachtung war daraus gewichen, dachte ich.

»Einen guten Morgen wünsche ich Euch, Hauptmann von Bek«, sagte Er.

»Guten Morgen, Fürst Luzifer.« Ich verneigte mich.

»Ihr wünscht wohl zu hören«, sagte Er, »daß Eure Freunde nicht in der Hölle wohnen. Ich habe ihre Seelen freigegeben, wie ich Eure freigegeben habe.«

»Dann existiert die Hölle also noch«, sagte ich.

Er lachte. Sein altes, klangvolles Lachen. »In der Tat. Das Gegengift gegen das Leid der Welt kann die Hölle nicht abschaffen, ebensowenig wie es dem Menschen eine sofortige Abhilfe für all seine Schmerzen bringen kann.«

Er stellte das Gefäß sorgfältig wieder auf den Tisch und stand auf. Seine nackte Haut glühte in silbernem Feuer, und in den feurigen Kupferaugen lag noch immer ein Anflug von Schwermut, der mir schon früher aufgefallen war. »Ich hatte danach getrachtet, nichts mehr mit Eurer Erde zu tun zu haben«, sagte Er zu uns. Würdevoll kam er auf uns zu und blickte auf uns herab. Aus seinen Augen sprach Liebe, zumindest eine Art Zuneigung. Noch immer war mir nicht klar, ob er log. Noch immer wußte ich es nicht. Er streckte

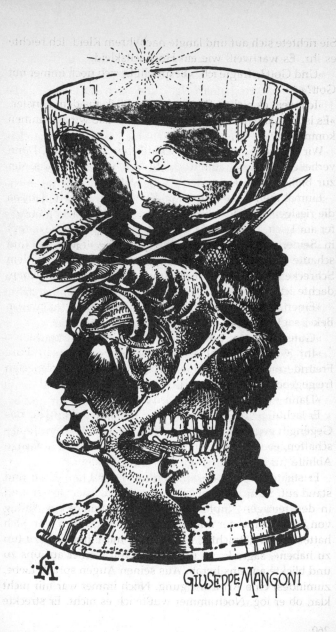

seine wunderbaren Hände aus und berührte uns. Das seltsame Hochgefühl, das mich dabei überkam, und das für manche ein unwiderstehliches Betäubungsmittel sein mochte, ließ mich erschauern. Ich rang nach Luft. Er zog die Hände zurück. »Ich habe mit Gott gesprochen«, sagte Luzifer.

»Und hat Er Euch zurückgewiesen, Majestät?« fragte Sabrina mit sanfter Stimme.

Seine angenehm klangvolle Stimme war fast so leise wie ihre, als er antwortete. »Ich glaube nicht, daß es eine Ablehnung ist, aber ich erhoffte mehr.« Der Fürst der Finsternis seufzte und lächelte dann. Ein bitteres und zutiefst trauriges Lächeln.

»Ich werde nicht in den Himmel aufgenommen«, fuhr Luzifer fort. »Statt dessen hat der Himmel mir allein die Aufsicht über die Welt übertragen. Ich bin beauftragt, sie zu erlösen zur gegebenen Zeit. Wenn ich die Menschheit dahin bringe, ihr Menschsein zu bejahen, dann werde ich, Luzifer, wieder all das sein, was ich vor meinem Fall war.«

»Dann seid Ihr nun der Herr dieser Erde, Majestät?« fragte ich. »Gott ist hienieden nicht mehr Herrscher?«

»Ich herrsche nicht eigentlich. Ich bin beauftragt, Vernunft und Menschlichkeit in die Welt zu tragen und damit das Heilmittel für das Leid der Welt wahrnehmbar und bekannt zu machen. Ich bin beauftragt, das Wesen dieses Gefäßes zu verstehen und verständlich zu machen. Wenn ich das Wesen, und wenn die ganze Menschheit das Wesen versteht, dann werden wir alle erlöst!«

Luzifer hob den Kopf und lachte. Ein Lachen voller Musik, Ironie und Humor.

»Wie sich die Dinge ändern, von Bek! Wie sich die Dinge ändern!«

»Demnach seid Ihr nach wie vor unser Gebieter«, sagte Sabrina. Sie runzelte die Stirn. Es war deutlich, wie die Angst in ihr hochstieg.

»Keineswegs!« Luzifer wandte sich, beinahe zornig. »Ihr seid Eure eigenen Herren und Meister. Ihr habt Euer

Schicksal in Euren Händen. Euer Leben gehört Euch. Seht Ihr nicht ein, daß das Übernatürliche nun vorbei ist? Ihr steht am Anfang eines neuen Zeitalters der Menschheit, eines Zeitalters des Nachforschens und auch Aufschlüsselns.«

»Das Zeitalter Luzifers«, sagte ich auf seine Spöttelei anspielend.

Er verstand die Pointe und lächelte.

»Der Mensch, sei er nun Christ oder Heide, muß lernen, über sich selbst zu gebieten, sich selbst zu verstehen, selbst für sich verantwortlich zu sein. Es wird kein Harmageddon geben. Sollte die Menschheit einmal zerstört sein, wird sie sich selbst zugrunde gerichtet haben.«

»So werden wir ohne Beistand leben müssen«, sagte Sabrina. Ihr Gesicht hellte sich auf.

»Und ohne Behinderung«, ergänzte Luzifer. »Eure Mitmenschen, eure Kinder und Kindeskinder werden das Heilmittel für das Leid der Welt finden.«

»Oder bei dem Versuch untergehen«, fügte ich bei.

»Es ist ein recht großes Wagnis«, sagte Luzifer. »Ihr müßt Euch vergegenwärtigen, von Bek, daß ich an einem Erfolg Eurerseits interessiert bin. Ich halte Weisheit und Wissen zu Eurer Verfügung. Über diese Gaben für die Menschheit gebot ich schon immer. Aber jetzt, wo ich nach Belieben und freizügig damit umgehen kann, habe ich mich entschieden, es nicht zu tun. Jedes bißchen Weisheit soll verdient werden, und hart verdient werden, Hauptmann.«

Luzifer verneigte sich vor uns. Sein glühender Körper schien in hellem Feuer aufzulodern, und die Bibliothek war mit einem Male leer.

Das tönerne Gefäß hatte Er mit sich genommen.

Ich griff nach Sabrinas Hand.

»Hast du noch immer Angst?« fragte ich sie.

»Nein«, sagte sie. »Ich bin dankbar. Die Welt ist allzu lange vom Außergewöhnlichen bedroht worden, vom Übernatürlichen und vom Ungeheuerlichen. Ich bin überglücklich, den Duft von Tannen zu riechen und den Gesang der Drosseln zu hören. Und mit dir zu sein, Hauptmann von Bek.«

»Die Welt ist noch immer bedroht«, sagte ich zu ihr, »aber vielleicht nicht von Luzifer.« Ich hielt ihre Hand fest.

»Jetzt können wir nach Hause gehen, nach Bek«, sagte ich.

Sabrina und ich wurden in der alten Kapelle in Bek getraut. Mein Vater starb kurz nach unserer Heimkehr; er war froh, daß ich bei ihm war und daß ich mich um die Güter bekümmern würde, wie er es gewünscht hatte. Er meinte, daß ich »erwachsen« geworden war, und er liebte Sabrina, glaube ich, ebenso sehr wie ich. Sabrina gebar uns zwei Töchter und einen Sohn, die alle wohlauf sind. Wir betrieben weitere Forschungen und hatten oft Gelegenheit, Gespräche mit bedeutenden Männern zu führen, die von Sabrinas naturphilosophischem Wissen besonders beeindruckt waren, auch wenn, so vermute ich, sie meine Überlegungen manchmal ein wenig unklar fanden.

Luzifer begegnete ich nicht mehr und werde ihn vielleicht auch nie wieder sehen.

Nach wie vor frage ich mich gelegentlich, ob meine Seele mir gehört. Es ist durchaus möglich, daß Luzifer uns belog, daß Gott Ihn nicht anhörte, daß Gott nicht zu Ihm sprach. Hat Luzifer, Gott zum Trotz, Anspruch auf die Herrschaft über die ganze Erde erhoben? Oder gab es Gott überhaupt nicht?

Natürlich habe ich solche Gedanken nie jemandem gegenüber geäußert, nur jetzt, wo ich glaube, daß ich bald sterbe. Die Welt ist ein unsicherer Ort für jemanden, der derartige Ketzereien ausspricht. Ich sehe wenige Anzeichen, daß die Vernunft triumphiert oder je triumphieren wird. Aber ich habe den Glauben, die schwache Hoffnung, daß die Menschheit sich retten wird und daß Luzifer doch nicht gelogen hat.

Ich bin in der Hölle gewesen und weiß, daß ich nicht begehre, die Ewigkeit dort zu verbringen. Und ich glaube, daß mir ein Vorgeschmack des Himmels vergönnt worden ist.

Wir wurden glücklich in Bek. Wir trachteten nach Harmonie, aber nicht unter Aufwand gewaltiger Gedanken und leidenschaftlicher Argumente; ich meine, daß sie uns in bescheidenem Ausmaß zuteil wurde. Harmonie wird mühsam erworben, scheint es.

Der Krieg berührte uns kaum und ging schließlich zu Ende. Von dem Krieg, der die übernatürlichen Bereiche bedroht hatte, hörten wir nichts mehr. Die Pest verschonte Bek. Dank besonnen geführter Geschäfte wurden wir wohlhabend. Musiker und Dichter suchten unsere Gönnerschaft und bedachten uns dafür mit ihren Talenten, so daß wir stets und auf glänzendste Weise unterhalten wurden.

Im Jahre 1648 vereinbarten die Gegner in unserm Krieg einen Frieden, nicht etwa aus gutem Willen heraus und mit besonders großer Anstrengung, sondern weil der Überdruß und der um sich greifende Mangel an Geld und an Leuten sie dahin gebracht hatte. Noch etliche Jahre danach kamen immer wieder Männer und Frauen auf unsere Güter, die nichts anderes als Krieg gekannt hatten, die in den Krieg hinein geboren worden waren und ihr ganzes Leben im Krieg verbracht hatten. Wir schickten sie nicht weg aus Bek. Viele davon leben noch immer bei uns, und weil sie nur Krieg gekannt haben, sind sie ängstlich darauf bedacht, Frieden zu bewahren.

Im Jahre 1678 starb meine Frau Sabrina eines natürlichen Todes und wurde, von allen betrauert, in unserer Familiengruft bestattet. Zur Zeit bin ich allein. Unsere Kinder sind im Ausland; unser Sohn lehrt Medizin und Naturphilosophie an der Universität zu Prag, wo er sehr geschätzt wird; meine ältere Tochter ist Botschafterin in London (ihr Salon ist berühmt, so schließe ich, und sie genießt die Freundschaft der Königin), und meine jüngere Tochter ist mit einem erfolgreichen Arzt in Lübeck verheiratet.

Meines Erachtens hat das Leid der Welt nicht mehr das schreckliche Ausmaß wie vor dreißig Jahren, als unser Deutschland in Schutt und Asche fiel. Wenn Luzifer mich auch nicht belog, so bete ich doch aus ganzem Herzen und tiefster Seele zu Ihm, daß er die Menschheit zu Vernunft und Menschlichkeit führen kann, und zu jener Harmonie hin, die uns eines Tages nach langen Mühen innewohnen möge.

Ich bete auch, um es kurz zu machen, daß Gott existiert, daß Luzifer seine eigene Erlösung zustande bringt und daß somit die Menschheit eines Tages und für immer frei von beiden sein wird: denn solange der Mensch nicht seine eigene Ordnung, seine eigene Gerechtigkeit schafft, die seiner Erfahrung entspricht, wird er nie wissen, was wahrer Friede sein kann.

Mit diesem meinem Testament übergebe ich meine Seele der Ewigkeit; weder Gott noch Luzifer bringe ich es dar, sondern der Menschheit, auf daß es nach Belieben beachtet werden möge oder auch nicht. Jeden Mann und jede Frau, alle, welche diese Zeilen lesen und daran glauben, bitte ich inständig weiterzuführen, was meine Frau und ich begonnen haben:

Tut des Teufels Arbeit.

Dann werdet ihr, so vermute ich, den Himmel eher sehen als euer Gebieter.

Eigenhändig unterzeichnet im Jahre
Unseres Herrn Sechzehn Hundert und Achtzig:

BEK

Frank Herberts grandioses Epos aus ferner Zukunft

Der Wüstenplanet

Der erfolgreichste Science Fiction-Zyklus aller Zeiten

Der Wüstenplanet
Heyne Science Fiction
06/3108 - DM 9,80

Der Herr des Wüstenplaneten
Heyne Science Fiction
06/3265 - DM 7,80

Die Kinder des Wüstenplaneten
Heyne Science Fiction
06/3615 - DM 9,80

Der Gottkaiser des Wüstenplaneten
Heyne Science Fiction
06/3916 - DM 12,80

Die Ketzer des Wüstenplaneten
Heyne Science Fiction
06/4141 - DM 12,80

Weltauflage: 20 Millionen Exemplare!

HEYNE FANTASY

Romane und Erzählungen internationaler Fantasy-Autoren im Heyne-Taschenbuch

ALAN BURT AKERS
Die Gezeiten von Kregen
06/3634 - DM 4,80

Geheimnisvolles Scorpio
06/3746 - DM 4,80

Wildes Scorpio
06/3788 - DM 4,80

Dayra von Scorpio
06/3861 - DM 5,80

POUL ANDERSON
Conan der Rebell
06/4037 - DM 6,80

L. SPRAGUE DE CAMP
Conan und der Spinnengott
06/4029 - DM 6,80

Die Königin von Zamba
06/4086 - DM 5,80

Die Suche nach Zei
06/4087 - DM 5,80

Die Rettung von Zei
06/4088 - DM 5,80

L. SPRAGUE DE CAMP / LIN CARTER
Conan der Barbar
06/3889 - DM 9,80

Conan der Befreier
06/3909 - DM 6,80

Conan der Freibeuter
06/3972 - DM 6,80

L. SPRAGUE DE CAMP / LIN CARTER / BJÖRN NYBERG
Conan der Schwertkämpfer
06/3895 - DM 6,80

C. J. CHERRYH
Die Feuer von Azeroth
06/3921 - DM 6,80

STEPHEN R. DONALDSON
Lord Fouls Fluch
06/3740 - DM 8,80

Die Macht des Steins
06/3795 - DM 9,80

Die letzte Walstatt
06/3839 - DM 9,80

E. R. EDDISON
Der Wurm Ouroboros
06/3833 - DM 8,80

Die Herrin Zimiamvias
06/3867 - DM 7,80

Ein Fischessen in Memsion
06/3907 - DM 7,80

Das Tor des Mezentius
06/3992 - DM 7,80

ALAN DEAN FOSTER
Kampf der Titanen
06/3813 - DM 5,80

ROBERT E. HOWARD / L. SPRAGUE DE CAMP
Conan der Pirat
06/3210 - DM 6,80

Conan der Abenteurer
06/3245 - DM 6,80

Conan der Thronräuber
06/3263 - DM 6,80

Conan der Eroberer
06/3275 - DM 7,80

ROBERT E. HOWARD / LIN CARTER / L. SPRAGUE DE CAMP
Conan
06/3202 - DM 6,80

Conan von Cimmerien
06/3206 - DM 6,80

Conan der Wanderer
06/3236 - DM 6,80

Conan der Krieger
06/3258 - DM 6,80

ROBERT E. HOWARD u.a.
Conan der Rächer
06/3283 - DM 6,80

KATHERINE KURTZ
Das Geschlecht der Magier
06/3576 - DM 5,80

Die Zauberfürsten
06/3598 - DM 6,80

Ein Deryni-König
06/3620 - DM 6,80

Camber von Culdi
06/3666 - DM 6,80

Sankt Camber
06/3720 - DM 7,80

Camber der Ketzer
06/4018 - DM 9,80

TANITH LEE
Herr der Nacht
06/3802 - DM 5,80

Herr des Todes
06/4012 - DM 9,80

URSULA K. Le GUIN
Der Magier der Erdsee
06/3675 - DM 5,80

Die Gräber von Atuan
06/3676 - DM 5,80

Das ferne Ufer
06/3677 - DM 5,80

Preisänderungen vorbehalten.

Wilhelm Heyne Verlag München

HEYNE FANTASY

Romane und Erzählungen internationaler Fantasy-Autoren im Heyne-Taschenbuch

MARK M. LOWENTHAL
Crispan Magicker
06/4028 - DM 7,80

ELIZABETH A. LYNN
Die Zwingfeste
06/3955 - DM 6,80

Die Tänzer von Arun
06/3956 - DM 7,80

Die Frau aus dem Norden
06/3957 - DM 9,80

PATRICIA A. McKILLIP
Die vergessenen Tiere von Eld
06/3882 - DM 5,80

MICHAEL MOORCOCK
Elic von Melniboné
06/3643 - DM 4,80

Der verzauberte Turm
06/3727 - DM 4,80

Im Banne des schwarzen Schwertes
06/3753 - DM 4,80

Sturmbringer
06/3782 - DM 5,80

Elric von Melniboné – Die Sage vom Ende der Zeit
Sechs Romane in einem Band
06/4101 - DM 9,80

JOHN NORMAN
Gor – die Gegenerde
06/3355 - DM 4,80

Der Geächtete von Gor
06/3379 - DM 5,80

Die Priesterkönige von Gor
06/3391 - DM 5,80

Die Nomaden von Gor
06/3401 - DM 4,80

Die Meuchelmörder von Gor
06/3412 - DM 5,80

Die Piratenstadt von Gor
06/3433 - DM 5,80

Sklavin auf Gor
06/3455 - DM 5,80

Die Jäger von Gor
06/3472 - DM 5,80

Die Bestien von Gor
06/3875 - DM 6,80

Die Erforscher von Gor
06/4045 - DM 6,80

ANDREW J. OFFUTT
Valeron der Barbar
06/3868 - DM 5,80

Conan und das Schwert von Skelos
06/3941 - DM 6,80

Conan und der Zauberer
06/4006 - DM 5,80

Conan der Söldner
06/4020 - DM 5,80

ERHARD RINGER / HERMANN URBANEK (Hrsg.)
Ashtaru der Schreckliche
06/3915 - DM 6,80

Die Götter von Pegana
06/4076 - DM 9,80

PETER STRAUB
Schattenland
06/3999 - DM 9,80

MÄRIA SZEPES
Der Rote Löwe
06/4043 - DM 9,80

JACK VANCE
Die sterbende Erde
06/3977 - nur DM 3,80

KARL EDWARD WAGNER
Conan und die Straße der Könige
06/3968 - DM 6,80

GENE WOLFE
Der Schatten des Folterers
06/4063 - DM 7,80

Die Klaue des Schlichters
06/4064 - DM 7,80

Das Schwert des Liktors
06/4065 - DM 7,80

Die Zitadelle des Autarchen
06/4066 - DM 7,80

ROGER ZELAZNY
Die Burgen des Chaos
06/3840 - DM 5,80

Jack aus den Schatten
06/3901 - DM 5,80

Preisänderungen vorbehalten.

Wilhelm Heyne Verlag München

HEYNE SCIENCE FICTION

Romane und Erzählungen internationaler SF-Autoren im Heyne-Taschenbuch.

06/4043 - DM 9,80

06/4125 - DM 6,80

06/4103 - DM 6,80

06/4181 - DM 7,80

06/4075 - DM 5,80

06/4055 - DM 5,80

06/4059 - DM 8,80

06/4030 - DM 12,80

HEYNE SCIENCE FICTION

25 JAHRE Heyne Science Fiction und Fantasy

Romane und Erzählungen internationaler SF-Autoren im Heyne-Taschenbuch.

06/4081 – DM 7,80

06/4074 – DM 8,80

06/4071 – DM 6,80

06/4072 – DM 8,80

06/4105 – DM 5,80

06/4083 – DM 6,80

06/4127 – DM 7,80

06/4095 – DM 9,80

Heyne Taschenbücher.
Das große Programm von Spannung bis Wissen.

Allgemeine Reihe
mit großen Romanen
und Erzählungen
berühmter Autoren

Heyne Sachbuch
Heyne Reisebücher
Heyne-Jahrgangs-
bücher

Scene
Cartoon & Satire
Heyne Ex Libris
Heyne Filmbibliothek

Heyne Biographien
Heyne Lyrik
Heyne Stilkunde

Heyne Ratgeber
Heyne-Kochbücher
kompaktwissen
Heyne Computer
Bücher

Der große
Liebesroman
Heyne-Rubin

Heyne Western

Blaue Krimis/
Crime Classic
Romantic Thriller
Eden-Bücher
Exquisit Bücher

Heyne
Science Fiction
Heyne Fantasy
Bibliothek
der SF-Literatur

Die Unheimlichen
Bücher

Jeden Monat erscheinen mehr als 40 neue Titel.

**Ausführlich informiert Sie das Gesamtverzeichnis
der Heyne-Taschenbücher.
Bitte mit diesem Coupon oder mit Postkarte anfordern.**

Senden Sie mir bitte kostenlos das neue Gesamtverzeichnis

Name

Straße

PLZ/Ort

**An den Wilhelm Heyne Verlag
Postfach 20 12 04 · 8000 München 2**